KB118576

삶의 끝에서

THE PRIORITY LIST
by David Menasche

이 도서의 국립중앙도서관 출판예정도서목록(CIP)은
서지정보유통지원시스템 홈페이지(http://seoji.nl.go.kr)와
국가자료공동목록시스템(http://www.nl.go.kr/kolisnet)에서 이용하실 수 있습니다.
(CIP제어번호: CIP2016004150)

삶의 끝에서

어느 교사의 마지막 인생 수업

다비드 메나셰 지음 | 허형은 옮김

문학동네

내게 억지로 용감해질 필요는 없다고 해놓고

용감하다는 게 뭔지 직접 보여준

작은형 자크 메나셰에게

차례

여는 글

　괜찮다면 역사에 남을 위대한 야구 선수 루 게릭*의 고별 연설 중 한마디를 인용하고 싶다. 서른여섯의 나이에 살날이 얼마 남지 않았다는 선고를 받고 며칠 후, 관중이 꽉 들어찬 양키 스타디움 한가운데에 서서 한 말이다. 오늘 저는 제가 세상에서 가장 운이 좋은 사람이라고 생각합니다.

　나도 내가 가장 운이 좋은 사람이라 생각하고, 실제로도 그렇다.

　교사 인생의 정점을 찍었던 2006년, 뇌종양 판정을 받고 앞으로 몇 달밖에 살지 못한다는 얘기를 들었을 때 나도 당시의 루 게릭과

---

* 뉴욕 양키스의 내야수. 1939년 대뇌와 척수의 운동신경세포가 파괴되어 근육이 점점 힘을 잃는 근위축성측삭경화증으로 은퇴했고, 이 년 뒤인 1941년에 사망했다. 이후 이 질환은 루게릭병으로 널리 알려졌다.

비슷한 나이였다. 그로부터 칠 년이 흘러 불구가 되고 눈까지 거의 멀었지만 이곳 뉴올리언스의 내 집에 앉아 여전히 창밖 분홍빛 목련의 아름다움을 느낄 수 있고, 사랑하는 가족들을 꼭 안아줄 수 있고, 친구들과 마음껏 웃을 수 있고, 또 이렇게 내 이야기를 여러분께 들려줄 수도 있으니 나는 얼마나 행운아인가.

그러나 나는 현실적인 사람이다. 의사 말대로라면 내가 아직까지 살아 있는 건 기적이다. 내 병은 이 치열한 기 싸움에서 결국 승리하는 쪽이 내가 아니라 종양이 될 것임을 끊임없이 상기시킨다. 나는 암이 언젠가 내 인생을 거두어갈 것임을, 그리고 그 언젠가가 그리 멀지 않았음을 알고 있다.

하지만 시야가 점점 흐릿해져 어둠이 나의 세계를 집어삼키는데도, 팔의 힘이 점점 약해져 스스로 포크를 들어 식사를 할 수 없게 되는데도, 다리가 나를 배신해 비틀거리는 일이 점점 잦아지는데도, 나는 얼마 안 되는 여생을 내가 아는 유일한 방식대로 살아가기로 했다. 바로, 즐겁게 사는 것이다.

이제는 예전처럼 당당히 교실을 호령할 수 없게 되었다. 대신 그동안 얻은 경험과 인생 교훈을, 특히나 내가 죽어가고 있는 이때, 다른 사람들과 나눔으로써 그들에게 삶의 소중함을 일깨워줄 수 있기를 바랄 뿐이다. 시간이 얼마 남지 않은 지금보다 인생이 더 소중하게 느껴진 적은 없었으니까.

다시 한번 야구계의 철마* 루 게릭의 마지막 인사를 인용하고자 한다.

　끝으로, 비록 제게 이런 불운이 닥쳤지만
　그래도 참 살맛나는 인생이라는 말로 인사를 마치겠습니다.

　숨이 멎는 그날까지, 나는 사는 것을 멈추지 않을 것이다.

---

* Iron Horse. 1925년 루 게릭이 대타로 경기에 출장한 이후 십사 년 동안 2,130경기
연속 출장 기록을 세워 얻은 별명이다.

1

왼쪽 귀에서 이명이 들렸다. 별거 아니라고 무시했지만, 놀이공원의 회전그네처럼 머리 주변에서 앵앵거리는 성가신 날벌레같이 신경을 긁어대는 게 문제였다. 다른 점이 있다면, 이 날벌레는 내 머리 안에 상주한다는 것이었다. 처음에는 무시하다가 어느 날, 이명이 시작되고 몇 달이 흘렀을 때, 결국 그 잡음이 미세한 경련으로 변해 얼굴부터 몸통의 왼쪽을 타고 내려와 발가락까지 이르러서야 이런 생각이 들었다. 병원에 가볼 때가 됐어, 메나셰. 진료 예약은 폴라가 했다. 우리 결혼생활에서 계획이 필요한 일은 전부 폴라의 몫이었다. 폴라가 없었다면 우리집은 진작 전기도 끊겼을 것이다.

처음에는 평소 진료를 받던 일반의를 찾아갔는데, 그가 나를 이비인후과 전문의에게 보냈고, 이비인후과 전문의는 다시 나를 신경과 전문의인 폴 댐스키 박사에게 보냈다. 댐스키 박사는 당시 서른 넷이었던 나와 나이 차가 별로 나지 않았고 쿨하고 직설적인 성격인 것 같았다. 그래서 마음에 들었다. 내 증상들이 신경압박이나 사소한 신경경련에서 비롯된 거라고 말해주길 바랐지만, 그런 기대를 짓밟고 의사는 검사를 잔뜩 지시했다. EEG, EKG, CAT, MRI. 알파벳 범벅의 정체 모를 검사들이었다. 이중 앞의 세 가지 결과가 정상으로 나왔을 때, 나는 한시름 놓았다. 만약 이상이 있다면 MRI, 즉 자기공명영상에서 확실히 드러날 거라는 게 댐스키 박사의 말이었다. 결과를 알려면 며칠 기다려야 한다고 했다. 기다리는 걸 좋아하는 사람은 없다. 나도 예외가 아니다. 그래서 그 며칠 동안 정신을 온전히 쏟을 수 있는 유일한 일에 몰두했다. 바로, 아이들을 가르치는 일이었다.

코럴리프 고등학교가 마이애미 최고의 마그넷 스쿨*로 꼽히는 데에는 이유가 있다. 여섯 개 부문으로 구성된 우리 학교의 대입 준비 특화반—인터내셔널바칼로레아**, 농업·공업과학, 경제·금융, 법률·행정, 보건과학, 시각·공연예술—에 들어오기 위해 전국 각지의 난다 긴다 하는 학생들이 경쟁한다. 입학은 추첨을 통해 결정되는데, 시각 및 공연예술과는 예외다. 입학 자격을 얻으려면 오디션

---

* 특정 분야에 재능을 보이는 학생들을 육성하기 위해 특수 과목이나 교과과정을 운영하는 공립학교. 입학 지원자를 자석처럼 끌어들인다 하여 '마그넷 스쿨'이라 부른다.
** 스위스에서 시작된 대학 입학 국제 자격제도.

을 거쳐야 하며, 경쟁이 말도 못하게 치열하다. 그렇게 들어온 재능 넘치는 아티스트들이 북적거리는 우리 학교의 분위기는 흡사 영화 〈페임〉의 한 장면을 보는 것 같다. 복도는 항상 열정적으로 노래나 댄스 스텝을 연습하는 학생들로 가득차 있다. 그곳에 있으면 덩달아 기운이 날 수밖에 없다. 병을 얻기 전에 나는 그런 신나는 학교로 출근하는 즐거움을 단 하루도 놓친 적이 없었다.

나는 1997년 개교 당시부터 코럴리프 고등학교와 함께한, 말하자면 '원년 멤버'다. 교사로 처음 부임한 곳이 바로 이 학교였고, 사실 그때만 해도 내가 가르치는 학생들보다 나이도 그리 많지 않은 스물다섯의 새파란 청년이었다. 그곳에서 일한 십육 년의 세월 대부분을 11학년 영어 우등반 및 대학과정 선행학습반을 맡아 가르쳤다. 갓 열다섯 살—많아야 열여섯 살—이 된 아이들이 태어나서 처음으로 인생의 중요한 결정—미래의 직업, 인간관계, 앞으로 정착할 곳, 진학할 대학, 공부할 전공—을 내리는 과정을 가까이서 지켜보는 것은 큰 기쁨이었다. 동시에 그 나이 때는 운전을 배우고, 난생처음 급여를 받으며 일을 해보고, 마약이나 알코올, 섹스, 정체성이라든가 자신에게 주어진 자유를 가지고 여러 실험을 해보는 시기이기도 하다. 아이들에게는 인생의 중대한 전환기인 셈이다. 처음으로 독립성을 얻고 때로 더 큰 자유를 갈망하게 되는 시기인데도 불구하고, 놀랍게도 대부분의 아이들은 아직 학교에 싫증을 내지 않는다. 아이들이 겪는 그러한 탈바꿈 과정에서 내가 한 부분을 차지할 수 있다는 것이 큰 축복으로 느껴졌다.

그 아이들에게 나는 그저 그런 선생이 아니라는 신호를 보내는 한 방법으로, 내 교실 문을 항상 활짝 열어두었다. 그래서 언제나 대여섯 명에서 많게는 여남은 명의 학생이 점심시간에 놀러와 복작거리며 시간을 보내곤 했다. 누군가 연극 대사나 노래, 안무를 연습하거나 바이올린 또는 기타를 연주하는 날이 많았다. 남자친구 문제나 학점 때문에 학생이 울면서 뛰어들어오는 경우를 제외하면, 그리고 그런 경우는 주로 일과 시작 전이나 학교가 파한 후여서, 내 교실은 늘 흥과 활기가 넘쳤다.

암 선고를 받은 날도 그런 분위기였다.

내가 가장 좋아하는 명절인 추수감사절 바로 전날이었던 걸로 기억한다. 나는 직장 최고의 동료이며 영어 우등 졸업반을 가르치는 데니즈 아널드와 내 책상에 앉아 노닥거리고 있었다. 데니즈는 아담한 몸집에 어울리게 밥을 새 모이 먹듯 깨작거리는 습관이 있었다. 뭘 먹는다고 해도, 책상에 숨겨둔 M&M 초콜릿이나 몇 알 꺼내 먹는 게 고작이었다. 그래서 나는 점심때 기왕이면 몸에 좋은 먹을거리를 산 다음 데니즈의 양심을 공격해 몇 입이라도 같이 먹게 만들곤 했다. 그날도 우리는 학교 카페테리아에서 사온 샐러드 1인분을 나눠 먹으면서, 이번에는 시든 양상추와 눅눅한 크루통*이 담긴 플

---

* 수프나 샐러드에 넣는 바삭하게 튀긴 빵조각.

라스틱 용기에 오이씩이나 얹어줘서 얼마나 다행이냐고 비꼬며 키득거리고 있었다. 그러는 동안에도 학생들은 쉴새없이 들락거렸다. 점심을 대충 다 먹어가는데, 내 휴대폰 신호음인 옛날 버전의 마리오 브러더스 게임 주제곡이 울렸다. 폴더를 열어 보니 담당 의사의 번호가 떠 있었다.

"여보세요?" 나는 전화를 받으며 책상에서 일어섰다.

"댐스키 박사님 담당 간호사인데요." 수화기 저편에서 어딘지 애조 띤 목소리가 조심스럽게 말했다. "검사 결과가 나왔습니다."

나는 성격이 워낙 낙관적이라 항상 좋은 결과만을 예상하는 버릇이 있어서, 그날도 아주 기운차게 대답했다. "아, 그래요? 잘됐네요! 어떻게 나왔는데요?"

그러나 간호사는 잠깐 머뭇거렸고, 그 잠깐은 내 심장이 오그라들기에 충분한 시간이었다. "아뇨, 직접 오셔야 합니다. 그리고 반드시 보호자와 함께 오세요."

명치에 강펀치를 맞은 기분이었다. "지금 학교에 있는데, 수업이 다 끝나야 갈 수 있어요."

두려움은 비이성적인 사고를 부른다. 그때 나는 아마 지금 당장은 못 간다고 미루면—그렇게 해서라도 전화를 받기 직전의 평범한 삶에 억지로 매달리면—결과를 바꿀 수 있을 거라고, 간호사가 "아, 괜찮아요. 그럼 다른 날로 잡죠, 뭐" 이렇게 말해줄 거라고 믿었던 것 같다. 하지만 그런 일은 일어나지 않았다.

"시간은 걱정하지 마세요. 박사님이 늦게까지 기다리실 거예요."

이번에는 스파이크화를 신은 발에 명치를 걷어차인 느낌이었다.

"알겠습니다." 나는 간신히 대답했다.

휴대폰을 탁 닫고 데니즈에게 고개를 돌렸다. 데니즈는 입을 벌린 채 불안이 어린 눈으로 나를 쳐다보고 있었다. "검사 결과가 나왔대." 내가 힘겹게 입을 뗐다. "병원까지 와야 알려주겠대. 나쁜 소식이라는 뜻이지." 친구는 나를 안심시키려는 듯 눈에 힘을 주고 나를 보며 말했다. "너무 걱정 마, 다비드. 괜찮을 거야. 왜 이래! 넌 천하무적이잖아."

그날 오후 수업을 어떻게 마쳤는지 모르겠다. 학생들과 토론에 너무 깊이 빠져들던 나머지 이따금 의사와의 면담 약속을 까맣게 잊었던 것은 기억난다. 수업이 다 끝나고 데니즈와 나란히 주차장으로 걸어갔다. 앞으로 무슨 일이 벌어질지, 지금 내 기분이 어떤지, 그런 얘기를 나눴던 것 같다. 내 차가 있는 곳까지 다 와서 데니즈를 돌아보며 말했다. "이렇게 평범한 일상도 오늘이 마지막이겠지?" 시간을 멈출 수만 있다면.

운전석에 올라타자마자 나는 라디오를 크게 틀고, 아내를 데리러 가기 위해 우선 펠머토 고속도로를 타고 북쪽으로 향했다. 폴라는 마이애미에 있는 다른 고등학교에서 역사를 가르친다. 운전면허가 없어서 출퇴근할 때 내가 항상 데려다주고 데리러 갔다. 이게 우리의 일상이었다. 그날도 폴라는 여느 때처럼 밖에서 기다리고 있다가 내가 도착하자 얼른 조수석에 올라탔다. 나는 라디오 볼륨을 줄이고 조용히 소식을 전했다.

폴라는 침착하게 굴려고 했지만 나만큼이나 어쩔 줄 몰라하는 게 역력했다.

병원까지 가는 길은 영겁 같았지만, 내게는 찰나처럼 느껴지기도 했다. 의사의 선고를 듣는 순간을 미룰수록 그만큼 더 오래 현실을 외면할 수 있었기 때문이다. 외면하면서도 입안은 바짝바짝 말라가고 위장이 꼬여왔다. 폴라가 옆에서 오늘 하루는 어땠는지 조잘조잘 늘어놓았고 그렇게 애써주는 게 고마웠지만, 솔직히 한마디도 귀에 들어오지 않았다. 그냥 무심히 고개만 끄덕일 뿐이었다. 그리고 곧 넘어갈 것 같은 숨을 고르는 데 온 신경을 집중해야 했다.

약속한 대로 댐스키 박사는 우리가 도착했을 때 병원에 남아 기다리고 있었다. 간호사는 시선을 피하며 우리를 진료실로 안내했다. 문은 열려 있었다. 방에 들어가자 책상 뒤에 앉아 있는 댐스키 박사가 바로 보였다. 지난번에 봤을 때보다 갈색 머리가 조금 짧아진 것 같았고, 흰 가운 차림에 청진기를 목에 걸고 있었다. "앉으시죠." 박사는 책상을 마주보고 있는 황갈색과 갈색이 섞인 비닐 의자 두 개를 가리키더니, 이내 내가 알아들을 수 없는 의학용어를 늘어놓기 시작했다. 다형성교모세포종? 무슨 뜻인지 이해는 고사하고 제대로 발음조차 할 수 없었다. "자," 댐스키 박사가 내 표정을 보더니 말했다. "그럼 이미지로 보여드리죠."

박사 뒤의 커다란 컴퓨터 모니터에 불길해 보이는 이미지가 떴다. 형체가 불분명한 커다란 검은색과 흰색과 회색 덩어리가 한데 뭉쳐 있는 것이, 나한테는 그저 로르샤흐 검사* 이미지처럼 보일 뿐이었다. 박사는 뒤로 돌아 모니터를 가리키며 사무적으로 말했다. "저게 선생님의 뇌입니다." 나는 더 잘 보려고 의자를 끌어당겼고, 폴라도 일어서서 내 뒤로 와 섰다. 그렇게 해도 내가 보고 있는 게 뭔지 당최 알 수가 없었다. 박사는 회색 바탕 한가운데에 있는 하얀 덩어리를 가리켰다. 일기예보에 나오는 것—도플러레이더 화면에 뜬 허리케인 구름—처럼 보였다. 그러나 내 머릿속 허리케인의 정체는, 의사 말에 따르면, 종양이었다. 알아듣고 자시고 할 것도 없는 단어였지만, 그 말을 듣는 순간 수만 가지 질문이 떠올랐다. 나도 모르게 내 안의 교사 본능이 발동하고 있었다.

"그게 무슨 소리죠? 양성인가요?" 현실을 외면하려는 부질없는 노력이었다.

그러자 댐스키 박사는 클립보드와 펜을 탁 내려놓고 내 눈을 똑바로 보았다. 마음이 불편한 듯 의자에서 잠깐 꼼지락하다가 이렇게 대답했다. "양성 뇌종양이라는 건 없습니다."

"암이라는 말입니까?"

---

* 스위스의 정신의학자 로르샤흐가 창안한 검사로, 좌우 대칭의 잉크 얼룩을 제시한 다음 무엇으로 보이는지 묻고 그 대답을 분석하는 성격·심리 진단 검사.

"예, 암입니다."

말로 명치를 얻어맞을 수 있다면 이런 기분일까. 폐에서 숨이 훅 빠져나갔다. 인생에 패한 기분이 들었다. 머리가 멍했다. 내 표정을 보더니 박사는 방금 자기가 날린 펀치의 얼얼함을 상쇄하려는 듯 허둥거렸다. "그렇지만 아직은 모든 걸 다 알기에는 일러요, 다비드. 조직검사를 해봐야 합니다." 무슨 조직검사? 이미 암이라고 말해놓고. "더 알아볼 필요가 있어요." 댐스키 박사가 말을 이었다. "얼마나 빨리 커지고 있는지 알아내야 합니다. 아니면, 지난 이십 년간 계속 거기 있으면서 아주 천천히 자라왔는지도 모르죠."

좋아, 조직검사 정도는 얼마든지 받아주지. 그때는 그게 내 두개골 일부를 들어내는 걸 의미하는 줄은 전혀 몰랐다.

"여름방학까지 기다렸다가 해도 될까요?" 내가 물었다.

박사는, 때로 학생들이 지나치게 순진한 질문을 던질 때 내가 그러는 것처럼, 입을 굳게 다물었다.

"아니요, 그럼 너무 늦습니다."

"좋습니다. 그럼 크리스마스 휴가 때는요? 고작 한 달 뒤잖아요."

"솔직히 선생님이 그때까지 살 수 있을지 걱정입니다." 박사가 말했다.

나는 뺨을 세게 맞은 것처럼 움찔했다. 그런데 공격은 거기서 멈추지 않았다. 치료를 받지 않으면 남은 수명은 이 개월 정도밖에 안 될 겁니다. 댐스키 박사의 말이었다. 나는 진료실을 둘러보았다. 벽

21

은 수술복 색깔보다 채도만 조금 낮은 색으로 칠해져 있었고, 벽에 유일하게 걸려 있는 그림은 척수와 뇌를 그린 포스터였다. 한쪽 구석에는 빳빳한 흰색 종이를 깐, 스테인리스스틸 진찰대가 있었다. 모든 것이 너무 차갑고 사무적으로 느껴졌다. 곧 죽는다는 선고를 내릴 거면 최소한 듣는 환자에게 안락한 장소라도 제공해야 마땅하지 않나? "제가 저로 살 수 있는 시간이 얼마나 남았습니까?" 하고 물었지만, 이미 답을 알고 있었다. 그럴 수 있는 시간은 이미 다 지나갔다.

폴라는 동요를 보이지 않았지만, 나는 완전히 무너지고 말았다. 잠시 실례하겠다고 나와서 주차장으로 가 형에게 전화를 걸었다. 나보다 여덟 살 많은 작은형 자크는 프리랜서 에디터 겸 저널리스트였다. 항상 눈코 뜰 새 없이 바빴지만 내가 형을 찾을 때 달려와주지 않은 적이 없었다. 그런 자크는 내게 바위와도 같은 존재였다. 형의 목소리를 듣자마자 감정이 폭발했다. 울면서 헐떡거리느라 겨우 몇 단어를 내뱉는 정도였다. 뇌종양이래. 말기래. 몇 달밖에 못 산대. 겨우 서른넷밖에 안 됐는데, 빌어먹을. 내 일을 사랑하는데. 아내도 사랑하고. 삶을 이렇게나 사랑하는데. 판에 박힌 얘기로 들리겠지만, 사람이 사형선고를 받으면 저절로 이런 생각이 들게 마련인가보다. 어떻게 나한테 이런 일이? 이 끔찍한 악몽에서 대체 언제 깨어나는 거지?

내가 흐느껴 울며 자크에게 한 말도 그것이었다. 어떻게 이런 일이 일어날 수 있어? 나는 평생 좋은 사람이 되려고 노력해왔는데. 옳은 일을 하려고 애써왔단 말이야. 혹시 언제 머리를 부딪쳤나? 뭘 잘못 먹어서 이렇게 된 건가? "다비드." 듣다못해 자크가 끼어들었다. "너, 이렇게 무너져선 안 돼." 작은형다운 말이었다. 고개를 들어. 마음 단단히 먹고 헤쳐나가는 거야. 배짱을 보여봐. 나는 자크를 위해 그렇게 하고 싶었다. 폴라를 위해서. 내 학생들을 위해서도. 나약하고 힘없고 이성을 잃은 사람이 되고 싶지는 않았다. 그래서 크게 한번 숨을 들이마셨고, 한번 더 심호흡을 했다. 그러자 어디서인지도 모르게, 내 입에서 나올 거라고 상상도 못했던 말이 튀어나왔다.

"걱정 마, 알아서 할게." 그 말을 내 귀로 듣는 것보다 더 신기했던 건, 내가 진짜로 할 수 있다는 걸 그 순간 진심으로 믿었다는 것이다.

2

서로 기댄 어깨가 축축하게 젖을 정도로 실컷 눈물을 쏟은 뒤, 폴라와 나는 추수감사절을 지내러 우리 부모님 댁으로 향했다. 말기암선고를 받고 난 후의 삶은 그전의 삶과 얼마나 다른지. 전에는 일 년중 추수감사절만 눈이 빠져라 기다렸다. 내가 가장 좋아하는 명절이었고, 어머니가 온갖 은제 식기와 도자기, 두드리면 챙 하고 맑은 소리가 나는 목이 긴 와인잔까지 죄다 끄집어내 본격적으로 요리 실력을 발휘하는 유일한 날이기도 했다. 이날만큼은 가까운 가족―어머니와 아버지, 작은형 자크와 형수 텔, 그리고 두 사람의 아들 이매뉴얼과 노아, 큰형 모리스와 형수 미셸, 그 둘의 아들인 자크와 잭(보다시피 우리 집안은 삼십 년 넘게 딸 기근이다)―은 물론이고 먼 친척들까지 빠짐없이 한자리에 모였다. 줄잡아 스무 명에서 많게는 서른다섯 명 정도 됐다. 이 인원을 다 배불리 먹일 음식을 차리려면 다리를 접어서 보관하는 긴 테이블을 꺼내와 식당에서 거실까지 쭉 연결해야 했다. 내게는 일 년 중 가장 행복한 시간이었다. 보통 오후 다섯시쯤 되면 하나둘 도착했고, 자크와 나는 바텐더를 자청해 식전에 둘러앉아 그간의 소식을 나누는 친척들에게 칵테일을 제공했다. 추수감사절의 하이라이트는 저녁 일곱시쯤 온 가족이 둘러앉은 식탁에 갖가지 곁들이와 함께 내는, 자동차 한 대 크기의 칠면조 고기를 갈라서 나눠 먹는 것이었다.

내가 사는 마이애미에서 우리 부모님이 계시는 파스텔톤의 화사한 동네인 펨브로크 파인스까지는 차로 약 사십 분이 걸렸다. 벌써 임시운전면허증을 발급받은 폴라는, 평소 같으면 목에 칼이 들어와도 운전대를 안 잡겠다고 했을 텐데, 먼저 자기가 운전하겠다고 나섰다. 나는 내심 안도하며 운전석을 양보했다. 부모님께 암에 걸렸다는 소식을 전할 때 무슨 일이 있어도 약한 모습을 보이지 말아야겠다고 결심했지만, 실은 그 대화를 나눌 순간이 너무 두려워서 최대한 마음을 다잡아야 했다. 어머니가 눈물을 터뜨릴 건 안 봐도 뻔한 일이었다. 어머니에게 연중 가장 특별한 날을 망칠 생각을 하니, 죄책감이 무겁게 마음을 짓눌렀다.

폴라와 내가 도착했을 때 이미 작은형네 식구가 와 있었다. 뉴욕에서 출발해 두 시간 전쯤에 도착했다고 했다. 마침 다 같이 거실에 모여앉은 김에, 부모님께 소식을 전하기로 했다. 다른 손님들이 도착하려면 몇 시간은 있어야 하니, 그사이에 모두들 마음을 추스를 수 있을 것 같았다. 혹시 나도 모르게 방어적인 제스처를 취하고 있지 않을까 잔뜩 의식하면서, 자신 있는 태도를 보이라고 속으로 계속 중얼거렸다. 몸을 뒤로 기대. 다리도 꼬아. 팔짱은 절대 끼면 안 돼. 편안해 보여야 해. 부모님은 내 맞은편 2인용 안락의자에 앉아 계셨다. (연애 초기의 젊은이들처럼 딱 붙어 계신 모습이 도저히 결혼 사십칠 주년을 맞는 노부부로는 보이지 않았다.)

"저기." 우리 동네 날씨라도 전할 것처럼 최대한 아무렇지 않게 운을 뗐다. "댐스키 박사가 MRI 결과가 나왔다고 해서 확인하러 다녀왔어요."

어머니의 표정이 굳었다.

그러자 심각한 얘기가 나올 것을 직감한 탤이, 어쩌면 형이 미리 귀띔해줬을 수도 있는데, 두 아들을 불러와 자리에 앉혔다. 처음엔 여덟 살, 열한 살짜리 조카들이 이런 얘기를 듣기에는 너무 어린 것이 아닌가 걱정이 됐다. 하지만 한편으로는 조카들이 지켜보고 있으니 더 강한 모습, 아무렇지 않은 모습을 보여야겠다고 마음을 다잡게 되었다.

"그래서? 의사가 뭐래?" 어머니가 물었다.

어머니의 눈에 어린 두려움에 나부터 눈물이 터질 것 같았다. 하지만 여기서 눈물을 쏟으면 내 결심이 물거품이 될 터였다. 그래서 대신 의사가 한 말을, 내가 전혀 알아듣지 못해서 나중에 위키피디

아에서 찾아봐야 했던 의학용어를 그대로 되풀이했다. "다형성교모세포종GBM은 인간에게 가장 흔하고 또 가장 공격적인 원발성* 악성 뇌종양인데요, 교질세포에 발생하고 기능성 뇌종양 전체의 52퍼센트, 두개강 종양의 20퍼센트를 차지한다고 해요. 그런데 GBM 자체가 굉장히 드물어서, 십만 명당 두세 사람 정도 발병한대요. 치료법으로는 화학치료, 방사선치료, 외과수술이 있고요." 의사에게 들은 마지막 정보 한 가지는 일부러 생략했다. 바로 이것이었다. "치료를 받을 경우 중앙생존기간**은 십오 개월입니다. 치료를 받지 않으면 사 개월 반이고요."

어머니는 울음을 터뜨렸다. 한순간에 온몸의 힘을 앗아가는 크나큰 슬픔을 느꼈을 때에만 터져나오는 종류의 울음이었다. 그 모습에 더럭 겁이 났고, 내 마음도 찢어지는 것 같았다. "엄마." 나는 달래는 투로 말했다. "내가 엄마 정말 사랑하는 거 알죠? 하지만 지금은 진정하셔야 해요. 전 괜찮을 거예요. 다 괜찮아질 거예요."

"방금 한 말이 도대체 무슨 뜻이냐?" 오열을 멈추지 못하고 어머니가 겨우 내뱉었다. 나는 옆에 앉은 폴라에게 도움을 청하며 간절한 눈빛을 보냈지만, 폴라는 도와줄 생각이 없는 것 같았다. 그래서

---

* primary. 원인 질환 없이 발병하는 것. 다른 질환 또는 이상의 결과로 발병할 때는 속발성(secondary)이라고 한다.
** 같은 병기의 환자가 99명 있을 때 생존기간을 첫번째부터 99번째까지 나열하여 그중 50번째 환자가 생존한 기간.

내가 직접, 의사가 했던 그대로, 뭐가 잘못됐는지 설명해주기로 했다. 먼저 양 주먹을 맞댔다. "이게 우리 뇌 크기예요." 그리고 강조를 위해 오른손을 펼쳐 보이며 말했다. "이쪽 손이 제 건강한 쪽 뇌라고 치면, 지금 이게 점점 커지는 종양 때문에 두개골 쪽으로 밀려 압박을 받고 있는 상황이에요." 이렇게 말하며 오른쪽 주먹을 들어 보였다. 그때 열한 살 먹은 조카 이매뉴얼이 불쑥 물었다. "근데 어쩌다 그 병이 생긴 거예요?" 좋은 질문이야. "나도 몰라." 솔직히 대답할 수밖에. "그냥 살다보면 어떤 사람은 걸리고 어떤 사람은 안 걸리는 그런 병이야. 굉장히 드물게 발생하는 병인데, 보통은 유아 아니면 아주아주 나이든 사람들이 걸리지. 어떻게 보면 나 같은 사람이 걸린 게 차라리 다행인지도 몰라. 다른 데는 다 건강하니까, 병을 이길 확률이 높은 셈이잖아." 나 자신도 설득당할 만큼 확신에 찬 설명이었다.

내 아버지는 예술가이고 남다르게 예민한 분으로, 자신의 감정을 그림으로는 아름답게 표현할 수 있지만 말로 표현하는 데는 다소 부족한 편이다. 그런 아버지가 이 청천벽력 같은 소식을 받아들이는 방식은 현실 부정이었다. "그렇구나." 한참을 듣고 있다가, 특유의 간결한 말투로 짧게 언급할 뿐이었다. "넌 이겨낼 수 있어. 괜찮을 거야." 이것으로 아버지는 임무를 완수했다고 생각하는 듯했다. 곧 화제를 돌려 간질을 앓고 있는 친구분 이야기를(더불어, 최소한 나는 그런 병이 아니니 얼마나 다행인지를!) 늘어놓기 시작했고, 우리

는 암이라는 단어가 우리 삶을 덮치기 전의 평화로운 가족으로 돌아
간 듯 아무렇지 않게 두런두런 담소를 나누었다.

몇 시간 뒤 숙부들, 숙모들과 사촌들, 가족의 오랜 친구들까지 다
도착했고, 나는 최대한 평소처럼 행동하려고 애썼다. 세상에 근심
하나 없고 언제나 크게 웃을 준비가 되어 있는 다비드가 그들이 아
는 나의 원래 모습이었다. 내가 아는 한 아직 다른 친척들은 아무도
내 병에 대해 몰랐고, 덕분에 그날 하루만큼은 암에 걸렸다는 사실
을 더 쉽게 잊을 수 있을 줄 알았다. 그런 내 바람은 곧 무너졌다. 작
은형과 열심히 칵테일을 만들고 와인을 따르고 있는데, 사촌 대니가
내게 느릿느릿 다가와 말했다. "너, 아프다며." 나는 충격에 숨을 들
이마셨지만, 얼른 추스르고 조금 전 부모님께 보여주었던 가면을 썼
다. "아, 그거, 병원에서 더 자세히 검사해본다고 했어." 최대한 가
볍게 들리도록 애쓰며 이렇게 대답했다. "암에 걸린 거야?" 대니가
또 물었다. 한숨이 나왔지만, 대수롭지 않게 대했다. "조직검사도
아직 안 해서, 지금으로선 속단하긴 일러. 아직은 확실하게 말할 수
없어." 그렇다, 빨리 꺼지라고 대충 얼버무린 것이었다. 하지만 대
니는 쉽게 꺼져줄 생각이 없는 듯했다. "어떤 종류의 암인데?" 바로
전날 댐스키 박사가 준 자료들을 실컷 공부하고 온 터라, 그걸 고대
로 대니에게 읊어주었다. 내가 그랬던 것처럼 그도 하나도 못 알아
들으라고, 어려운 전문용어를 그대로 사용했다. "다형성교모세포종
이라는 암이야. 지름이 43밀리미터 되는." 대니는 멍한 표정으로 나

를 쳐다보았다. 그래서 좀더 풀어서 설명해주었다. "내 오른쪽 측두엽에 골프공만한 종양이 생겼다는 뜻이야."

"지금 상태는 어때?" 대니가 물었다.

무엇이 나를 순간적으로 자포자기하게 만들었는지 모르겠지만, 하여튼 그동안 꾹꾹 눌러담았던 것들이 갑자기 터져나왔다. 요 며칠 나를 괴롭히던, 몸 왼쪽을 관통하는 찌릿찌릿한 통증과 한번 덮칠 때마다 기운을 쭉 빼놓는 발작을 자세히 묘사했다. "하루에 다섯 번은 그런 증상이 일어나는데, 매번 온몸이 감전된 느낌이야." 그렇게 말하고 대니를 다시 쳐다봤는데, 대니의 눈에 눈물이 고여 있었다. "정말 유감이야." 대니가 진심 어린 목소리로 말했다. "많이 힘들겠네. 너무너무 안됐다." 이 말을 몇 번이고 반복했다. 나도 유감이라고 했다. 잠시 결심이 무너져 사촌의 추수감사절을 망쳐버린 것이 유감이었다.

그 자리에서 나는 결심했다. 다비드, 다시는 그러지 마! 네 병을 자세히 설명하는 건 다른 사람한테 못할 짓이야! 사람들이 원하는 건 마음의 부담을 덜어줄 말이라고. 사실대로 말해봤자 그들이 할 수 있는 건 어차피 아무것도 없어. 이제부터는 이렇게 말하는 거야. "난 괜찮아요!" 그럼 그들도 이렇게 말할 테니까. "잘됐네! 다비드가 괜찮대!"

사촌 대니의 반응을 보고서, 사람들에게 내 상태를 솔직히 이야기하면 그들은 내게 부담을 주기 싫어서 나와 거리를 두고 자기 고민을 털어놓기를 꺼리게 된다는 것을 깨달았다. 그렇게 되는 건 정말 원치 않았다. 암 때문에 삶이 크게 변할 것은 예상했지만, 그것 때문에 내가 가장 가치 있게 여기는 자질들을 잃을 생각은 추호도 없었다. 그중 내가 최고로 여기는 것이 낙관주의와 공감 능력이었다. 나는 항상 남을 격려하고 도와주는 사람이었다—자신을 불쌍히 여기거나 남에게 도움을 구하는 건 내가 가장 하기 싫어하는 일이었다.

이런 이유로, 향후 육 년간 수도 없이 반복 공연하게 될 연기가 시작되었다.

몸은 좀 어때요?

아주 좋아요! 잘 지내고 있어요. 어떻게 지내세요?

시간이 흐르면서 점점 익숙해지고 나중에는 나 자신마저 진짜로 믿게 된 연기였다.

그날 밤, 집으로 돌아가는 길에 내가 운전을 하겠다고 고집을 부렸다. 그때는 몰랐지만 그건 내가 사랑해마지않는 애마 머스탱을 직접 운전할 마지막 기회였다. 얼마 지나지 않아 우리 상황에 더 적합한—내가 보기엔 거대한 토스터처럼 생겼지만 폴라가 몰기에는 더 안전한—차종으로 바뀌었으니까. 무려 십삼 년 동안 내가 운전하는 차에 폴라를 태우고 온갖 곳을 다녔다. 장 보러 갈 때도, 병원에 갈 때도 항상 데려다주었고, 그동안 폴라가 새로 장만한 구두들도 전부 내가 차로 데려가 산 것이었다. 그런데 이제 폴라가 운전면허를 따겠다고 한다. 그 아이러니에 헛웃음이 나왔다. 더이상 내가 믿고 의지할 만한 사람이 아니라는 걸 폴라가 깨달은 것이다. 자기가 평행 주차 하는 법을 터득하기 전에 내가 먼저 죽게 생겼는데.

우리집 진입로로 들어선 것은 자정이 다 되어서였다. 폴라는 곧장 잠자리에 들었지만, 영 잠이 오지 않았던 나는 아예 일어나서 다음주 월요일 수업 계획을 짜기로 했다. 책상 앞에 앉았는데, 갑자기 공황이 번개처럼 나를 덮쳤다. 우리 반 아이들은 어떡하지! 이 생각이 연쇄반응을 불러온 것이다. 조직검사를 하려면 휴가를 내야 할 텐데. 그동안 하루도 결근한 적이 없었는데. 내가 왜 안 나왔는지 아이들이 궁금해할 거야. 그럼 도대체 뭐라고 말해야 하지? 무슨 말로 설명해야 할까?

그래서 그 주말 내내 나는 잠자는 시간 빼고 나머지 시간을 전부 아이들에게 할말을 준비하고 자연스럽게 들릴 때까지 연습하는 데 할애했다. 대사를 쓰고 또 고쳐썼고, 거울을 보고 내 표정이 내가 전달하려는 메시지와 일치할 때까지 반복해서 연습했다. 일요일 자정 쯤에는 더이상 연습이 필요 없을 정도로 완벽히 준비가 되어 있었다.

3

    그날 나는 교실에 들어서는 발걸음까지, 모든 것이 완벽하게 준비된 상태였다. 걸음걸이는 딱 내가 상상한 모습 그대로, 자신 있고 흔들림 없어야 했다. 주말 내내 "얘들아, 선생님이 암에 걸렸단다"로 시작되는 연설을 연습하면서, 문득 보조 도구가 있으면 좋겠다는 생각이 들었다. 내가 아니라 아이들의 이해를 돕기 위해서였다. 재미난 소도구를 사용하면 '암 선고'라는 무시무시한 말이 주는 공포를 조금 덜어낼 수 있을 것 같았다. 가뜩이나 예민한 십대 아이들인데(예민하다는 말로 부족하다는 것, 나도 안다), 게다가 학생들 중에는 암이라는 병을 주변에서 처음 접하는 아이들도 많을 테니, 가능한 한 잘 설명해야 했다. 병을 설명하되 겁을 먹게 하거나 아이들이 내게서 멀어지게 하지는 말아야 했다. (암이 전염병이라고 생각하는 사람이 그렇게 많을 줄은 나도 몰랐다.) 내 병은 감출 수 있는 것이 아니었고—앞으로, 아니, 내게 '앞으로'라는 시간이 존재하기나 한다면, 어떤 일이 닥칠지 빤하니까—내가 말하지 않아도 수술이나 화학치료, 방사선치료의 부작용이 나타나기 시작하면 누구라도 내가 성치 못하다는 걸 알아차릴 터였다.

그게 아니라도, 나는 학생들에게 진실을 숨긴 적이 단 한 번도 없었다. 진실이 아무리 무섭고 아무리 거대한 후폭풍을 불러오는 것일지라도 숨겨선 안 된다는 것이 내 철칙이었다. 지난 세월 동안, 교실에서 솔직하게 자신을 드러내는 일이 가져온 긍정적 결과를, 그것이 학생들에게 남의 눈만 의식하는 삶을 살았다면 결코 경험하지 못했을 해방감을 느끼게 해주는 것을 목격해왔다. 학기마다 솔직하고 자신에게 충실하게 살자는 주제로 토론을 하는 날이면, 남학생이건 여학생이건 꼭 하나씩 친구들 앞에서 일종의 '커밍아웃'을 하곤 했다. 그것이 본인에게 해롭게 작용한 적은 아직까지 한 번도 없었다. 아이들이 면도칼로 자기 몸을 긋는다든지 자기 살을 담뱃불로 지진다든지 혹은 그 비슷한 아주 개인적이고 고통스러운 비밀을 털어놓는 것을 수도 없이 지켜봤다. 그렇게 말하기가 얼마나 어려웠을지, 얼마나 큰 용기가 필요했을지 이해가 갔고, 고백하고 나서 교사인 나와 급우들이 자신을 그런 어두운 면까지 포함해 있는 그대로 받아들여주는 것을 보고 아이들의 인생이 달라지는 것 또한 수없이 목격했다. 마음을 무겁게 짓누르던 비밀을 털어놓으면서 학생들이 더 활짝

만개하는 것을, 그리고 본인뿐 아니라 반 친구들도 함께 인생의 귀중한 교훈을 배우는 것을 수년간 지켜봤다. 신뢰에는 존중이 따라온다는 교훈이었다. 그랬기 때문에, 내가 인생의 가장 신성한 통과의례를 마음 터놓고 함께할 만큼 아이들을 신뢰한다는 것을 그들이 알아주길 바랐다. 죽음이라는 통과의례. 그 의례에 초대하려면, 상대방이 겁먹지 않을 방식으로 해야 했다. 애들한테 평소 설교하던 걸 직접 실천할 때야. 나는 속으로 되새김질했다. 아이들은 진실을 알 자격이 있어. 너와 같이 이 단계를 밟아나갈 아이들이니까. 그러니 너무 충격받지 않게 잘 설명해. 이렇게 고민을 계속하다가, 레게 머리처럼 보이는 모자를 뒤집어쓴 귀여운 펭귄 인형을 가져가서 설명하면 분위기가 한결 가벼워지지 않을까 하는 아이디어가 떠올랐다. 그 인형이 어디서 났는지는 나도 모르겠다. 아마 학생이 준 선물이겠지. 어쨌건 주말에 집에서 서성이다가 그걸 발견한 것이 다행이었다. 나는 녀석에게 '윈즐로'라는 이름을 붙여주었다. 그냥 그 순간에 떠오른 이름이다.

드디어 월요일. 마이애미의 바다색 경치를 담은 그림엽서를 그대로 가져온 것처럼 유난히 파랗고 아름다운 날이었다. 만면에 미소를 띠고 옆구리에는 윈즐로를 끼고서, 1교시가 시작된 교실로 성큼성큼 들어갔다. "좋은 아침이다!" 나는 기세 좋게 외쳤다. "오늘은 다들 기분이 어때?" 그러면서 내 책상 뒤에서 스툴을 끌어다 거기에 윈즐로를 앉혔다. "할말이 있다. 다들 자기 책상을 조금씩만 앞으로 당겨봐." 학생들은 드디어 저 선생이 미쳤구나 하는 표정으로 낄낄

대며 서로를 쳐다보았다. "무슨 일인데 그러세요?" 학생들이 물었다. "이번엔 또 무슨 게임을 하려고 그러세요, 선생님?" 나도 못 이기는 척 따라 웃었다.

다들 자리를 잡은 것을 확인하고 나는 윈즐로를 내려다보며 이야기를 시작했다. "요즘 내가 몸이 좀 안 좋다고 얘기했지?" 밝은 목소리로 운을 뗐다. 윈즐로가 고개를 끄덕였다. "한쪽 귀가 따끔거린다고 한 거 기억나?" 윈즐로에게 다시 물었다. "좋은 소식은, 내 귀가 멀쩡하다는 거야!" 여기서 크게 한번 숨을 고르고, 다음 말을 뱉었다. "근데 몇 가지 검사를 더 받아본 결과, 뇌종양이 있다고 하더라고." 이렇게 말하고 고개를 들어 아이들을 둘러보았다. 방금 전까지만 해도 큰 소리로 웃고 팔을 휘두르며 떠들던 학생들이 음소거 버튼을 누른 듯 벙어리가 되어서는 심각한 얼굴로 나를 바라보고 있었다. "종양이 뭐예요?" 한 학생이 물었다. "혹이라는 뜻이야." 갑자기 내려앉은 침묵이 가시방석처럼 느껴졌다. 우리 반 교실은 언제나 배움과 나눔의 소리로 왁자지껄한 곳이었는데. 다른 학생이 말했다. "우리 삼촌도 암에 걸렸는데, 돌아가셨어요." 그러더니 그 여학생은 왈칵 울음을 터뜨렸다. "선생님도 죽는 거예요?" 또다른 학생이 물었다. "언젠가는." 나는 이렇게 대답했다. "하지만 지금은 아니야."

아이들이 이 소식을 얼마나 힘들게 받아들이고 있는지, 굳이 헤아리지 않아도 알 수 있었다. 사촌 대니가 떠올랐다. 똑같은 실수를 두 번 저지르지 않으려면 정신 똑바로 차리고 빨리 수습해야 했다. "자, 자. 그렇게 충격먹을 필요 없어. 내가 얼마나 신나게 잘살고 있는데! 누구나 살다보면 지고 가야 할 짐이 생기는 법인데, 내 짐은 이거라고 생각하면 돼." 나는 윈즐로를 한쪽에 치워놓고, 내가 그렇게 쉽게 사라져줄 줄 아느냐는 둥, 너희는 나를 떼어버릴 수 없다는 둥 별 시답잖은 말로 아이들의 기운을 북돋워주었다.

그리고 최근에 새로 배운 주문을 덧붙였다.

"걱정 마. 내가 다 알아서 할 테니까."

그날 그 교실에 나도 있었다. 그것도 맨 앞줄에. 나는 항상 맨 앞줄에 앉는 학생이었다. 메나셰 선생님은 윈즐로를 끼고 교실에 들어오셨다. 처음에는 무슨 일인가 했다. 선생님이 곧 설명을 하기 시작했다. 평소에 재미난 이야기를 들려주는 것처럼, 그렇게 말문을 여셨다. 그런데 "암"이라는 단어가 귀에 들어왔다. 충격적이었다. 나는 울기 시작했다. 당장 다음날부터 선생님을 볼 수 없을 것만 같았다. 너무나 무기력하고, 버림받은 기분이었다. 나에게도 안된 일이지만, 선생님의 수업을 영영 들을 기회가 없는 다른 학생들에게도 참 안된 일이었다.

메나셰 선생님은 평생 한 번 만날까 말까 한, 그런 선생님이었다. 학교를 떠나고도 오랫동안 가슴에 남을 것들을 가르치는, 그런 선생님 말이다. 항상 우리를 존중해주셨고, 우리도 똑같이 선생님을 존중했다. 생각해보라, 수업중에 쪽지를 주고받아도 된다고 허락해주는 선생님이 또 어디 있겠는가! 그러면서 하시는 말씀이 "나는 영어 교사야! 영어 교사가 읽고 쓰기를 장려하지 않을 이유가 뭐가 있겠어?"였다. 하지만 선생님의 수업은 너무나 재미있어서, 친구에게 쪽지를 쓸 생각조차 들지 않을 만큼 다들 정신없이 빠져들곤 했다. 한순간도 놓치기 싫었고, 항상 수업에 참여하고 싶고 선생님이 가르치는 것은 전부 쪽쪽 빨아들이고 싶었다.

선생님이 우리를 떠난다는 건 상상조차 하기 싫었다. 그것도 그렇지만, 앞으로 몇 년 동안 고통받으실 걸 생각하니 더 가슴이 아팠다. 어떤 말을 해야 좋을지, 내가 어떻게 하면 좋을지, 망연자실했다. 그런데 그때 선생님이 내가 평생 잊지 못할 말씀을 하셨다. "걱정 마. 내가 다 알아서 할 테니까." 살면서 누군가가 그토록 자랑스러웠던 적은 없었다. 교실을 나설 때, 조금 전에 느꼈던 공허감은 사라지고 마음이 든든했다. 그리고 나도 모르게 미소를 짓고 있었다.

지젤 로드리게스
코럴리프 고등학교 2008년 졸업생

4

소설가 앨리스 시볼드*는 이렇게 말했다. "실제로 실현되는 꿈은 내가 품고 있는 줄도 몰랐던 꿈인 경우가 많다." 나는 교사가 될 운명이었나보다. 대학과정을 절반이나 마쳤을 때까지 그걸 깨닫지 못했을 뿐. 그리니치빌리지에 있는 뉴스쿨**의 유진 랭 칼리지에서 저널리즘을 공부하다가, 소가 뒷걸음치다 쥐 잡은 격으로 나도 모르고 있던 내 꿈을 발견했다. 뉴스쿨은 〈프린스턴 리뷰〉가 토론과 논의 장려 부문에서 국내 최고의 대학으로 꼽은 학교다. 토론과 논의라면 내 전문 분야였다. 서점을 운영하는 부모님 덕에 책에 대한 애정은

---

* 『러블리 본즈』라는 작품으로 이름을 알린 미국의 소설가.
** 1919년 설립된 진보적 성향의 사립종합대학. '신사회과학연구소' '사회조사를 위한 뉴스쿨'이라는 이름으로도 알려졌다.

누구 못지않게 물려받은, 오로지 말발로 승부하는 녀석이었으니까. 내가 통쾌한 토론보다 유일하게 더 사랑한 것이 있다면 바로 글이었다. 그래서 글을 쓰는 일로 나가볼까 했다. 그러나 아무리 야심찬 계획도 '어디 한번 본격적으로 해볼까?' 하고 나서는 순간 정이 떨어지기 마련이다. 나 역시 교육과정을 밟기 시작하고 오래지 않아, 혹시 길을 잘못 들어선 게 아닌가 슬슬 의구심이 들었다. 당시 가장 핫한 음악 전문잡지 중 하나인 〈스핀〉의 하계 인턴십에 지원했는데, 거기 에디터들이 내게 새로 발매된 음반을 한 뭉텅이 갖다 안기더니 다음날 아침까지 리뷰를 써오라고 했다. CD를 한 장 한 장 정성껏 듣고 타자기 앞에 앉았는데, 갑자기 머릿속이 하얘졌다. 내가 제일 좋아하는 밴드 레드 핫 칠리 페퍼스를 어찌 감히 평가한단 말인가? 내 의견이 틀리면 어떡하지? 가수가 항의 전화를 걸어오면 어쩌지? 나는 발작적으로 글을 써내려갔고(쓰는 것보단 발작을 더 많이 했지만), 밤을 새워 간신히 리뷰를 완성했다. 다음날 아침 수면 부족에 좀비 꼴이 되어, 밤새 긴장으로 딱딱하게 뭉친 어깨를 주무르며 과제를 제출하는데, 문득 이런 생각이 들었다. 이게 진정 네가 원하는 일이야? 망설임 없이 대답이 나왔다. 절대 아니야! 이렇게 강도 높은 스트레스를 지속적으로 받다간 스물한 살도 못 넘기고 죽을 거야.

인턴십은 따냈다. 함께 지원한 다른 학생들은 〈스핀〉에서 수습기자로 일하게 해준다면 생애 처음으로 장만한 자가용이라도 선뜻 내놓았을 것이다. 하지만 나는 마냥 좋아할 수 없었다. 어떻게 이 짓을 계속하지? 이런 생각이 고개를 들었다. 나는 마감에 쫓겨야 일을 잘하는 타입이 아니야. 아마 번번이 글이 막혀서 기사 한 꼭지도 제대로 못 써낼 거야. 히스테리 발작을 일으키고 말 거라고. 영원히 불면증에 걸리고 말거야! 그래도 천성이 낙관적이라, 좋아하는 작가 잭 케루악의 작품 『길 위에서』에 나오는 구절을 떠올리며 긍정적으로 생각해보려 했다. "왜 그런 것 때문에 구질구질하게 고민하는가? 너의 앞에 황금빛 땅이 펼쳐져 있고, 예상치 못한 온갖 사건들이 너를 놀래주려고, 또 살아 있는 기쁨을 느끼게 해주려고 기다리고 있는데." 하지만 나를 기다린 '온갖 사건들'이란 나도 부모님도 다음 학기 등록금으로 낼 돈이 없다는 것이었고, 그래서 결국 인턴십을 포기해야 했다. 별로 아쉽지는 않았다.

내가 품고 있었던 줄도 몰랐던 꿈이 모습을 드러낸 것은 바로 그때였다. 한 학기를 휴학하고 시내 레스토랑에서 테이블 치우는 일로 시간외근무까지 해가며 학비를 충분히 모은 뒤, 학업을 계속하려고 뉴스쿨에 복학했다. 학기가 반쯤 지났을 무렵, 내가 존경하는 교수 한 분이 교사 및 작가 양성 프로그램에 등록해보면 어떻겠느냐고 제안하셨다. 재능 있는 작가 지망생들을 일주일간 뉴욕의 몇몇 공립학교에 보내 아이들을 가르쳐볼 기회를 제공하는 프로그램이었다. 나는 뉴욕 북부에 있는 한 초등학교에 배정받아 기운이 펄펄 넘치는 1학년 꼬맹이들을 가르치게 되었다. 마이애미 토박이인 나는 중정中庭에 투명하게 얼어붙은 연못이 자리한 소박한 마을 학교를

보고 마법처럼 한눈에 홀려버렸다. 출근 첫날, 교과서에 나오는 것
만 가르치지는 말아야겠다는 생각이 들었다. 그래서 즉흥적으로 월
트 휘트먼의 『풀잎』을 읽어주었다("여기 앉아 세상의 모든 슬픔을,
그리고 모든 압제와 수모를 보고 있노라니……"). 시 구절을 낭독
하는데 맥박이 점점 빨리 뛰고 기운이 솟았다. 휘트먼의 시는 내게
항상 그런 효과가 있었다.

　책상다리를 하고 내 앞에 쪼르르 앉아 있는 여섯 살짜리 아이들
의 눈이 호기심으로 반짝반짝 빛났다. 아이들은 내가 낭독을 끝내기
도 전에 너도나도 손을 번쩍 들었다. 꼬맹이들이 무슨 질문들이 그
렇게 많은지. "시를 다 읽고 난 다음에 얘기해보도록 하자, 어때?"
이렇게 타이르자 아이들이 한목소리로 외쳤다. "좋아요!" 낭독을
끝내자마자 다시 손들이 일제히 올라갔다. 몇몇 질문에 대답해주다
가, 갑자기 좋은 아이디어가 떠올랐다. "얘들아, 지금 당장 밖으로
나가서 우리가 직접 시를 써보면 어떨까?" 그러자 아이들은 신이 나
서 소리질렀다. 나는 아이들에게 옷을 두툼하게 입히고, 새끼 오리
들처럼 한 줄로 세워 데리고 나갔다. 나가는 아이 한 명 한 명에게
노란 포스트잇 한 뭉치와 크레파스 세 개를 쥐여주면서, 눈에 띄는
것들을—포스트잇 한 장에 단어 하나씩—적어보라고 했다. 아이들
은 정원을 구석구석 헤집으며 뛰어다녔고, 내가 보기엔 휘트먼과 크
게 다를 바 없이, 자기를 둘러싼 세계에 열광적으로 환호했다. 아이
들은 돌아다니며 '바위' '나뭇잎' '발자국' '눈송이' 같은 단어를 열

심히 메모지에 적었다.

새끼 오리들 중 하나가 입술 위에 얼어붙은 콧물을 달고 있고 또 다른 두 아이가 부들부들 떨고 있는 것을 보고, 얼른 아이들을 안으로 데려갔다. 교실에서 아이들에게 메모지를 전부 칠판에 붙인 다음 마음에 드는 순서대로 배열해보라고 했다. 그렇게 하자, 훌륭한 시 한 편이 완성되었다! 아이들은 배움의 성취감과 희열에 도취돼 방방 뛰었고, 그들을 지켜보는 나도 똑같은 희열을 느꼈다. 바로 그 순간이 내 인생의 전환점이 되었다. 돌이킬 여지가 없는 인생의 선택을 내린 것이다. 교사가 되겠다고 결심한 순간이었다.

품고 있는 줄도 몰랐던 꿈이 실현되려 하고 있었다.

메나셰 선생님은 우리가 무엇을 배워야 할지만 가르쳐주신 게 아니다. 어떤 것을 배우는 방법과 그것을 즐기는 법까지 가르쳐주셨다.

에이드리애나 앙굴로
코럴리프 고등학교 2008년 졸업생

5

　폴라를 만난 건 뉴스쿨에 다닐 때였다. 어쩌다보니 철학 수업을 같이 듣게 되었다. 짙은 금발에 투명한 피부, 내가 본 눈 중에 가장 슬퍼 보이는 푸르스름한 초록색 눈까지, 아주 전형적인 미국 여자의 외모였다―반전이 있다면, 코에 피어싱을 했고 뒷면에 얼터너티브 록 밴드 이름인 'Sonic Youth'를 스프레이로 뿌린 검정색 가죽 재킷을 걸치고 있었다는 것이다. 폴라는 그 수업을 듣는 학우들 중 가장 똑똑한 학생이었고, 내가 만난 사람 중에서도 가장 머리가 좋은 사람이었다. 나는 여자의 외모보다 두뇌에 끌리는데―아! 이 아이러니란!―폴라의 뇌는 슈퍼컴퓨터급이었다. (그 두뇌로 나중에 퀴즈 쇼 〈제퍼디!〉에 나가 모두를 놀라게 했으니, 더 설명해 무엇하랴.) 아무튼 강의 시간에 그녀는 항상 뭔가 좀 '있어 보이는' 의견을 자신 있게 내놓았고, 나는 그런 그녀의 지성에(그리고 그녀의 재킷에) 매력을 느꼈다.

강의실 밖의 그녀와 가까워지고 싶다고 처음으로 느낀 순간이 기억난다. 그날 다 합쳐서 열 명 내지 열두 명 정도 되는 학생들이 세미나실에 모였고, 교수님은 그리스 철학자 플라톤의 저서 『국가』에 나오는 '동굴의 비유'를 가지고 토론을 해보라고 했다. 플라톤의 스승인 소크라테스와 플라톤의 형인 글라우콘이 나누는 가상의 대화로 이루어진 이 일화는 우리가 현실을 서로 얼마나 다르게 인식하고 받아들이는지 극명하게 대조해서 보여주는 복잡하고 중의적인 이야기다. (역시 철학에 가벼운 재미란 없다.) 미리 읽어오는 것이 과제였고, 수업 시간에 토론할 준비를 해오라는 예고도 있었다. 그런데 교수님이 우리에게 의견을 내보라고 했을 때 저마다 피상적인 말만 늘어놓는 것이, 다들 숙제를 설렁설렁 해온 티가 났다. 하지만 폴라는 예외였다. 책을 그냥 읽어온 정도가 아니라 철저히 연구하고 분석해 설득력 있는 질문과 주장으로 중무장하고 온 것이다. 읽는 것만으로 성에 안 차 플라톤의 이론을 정말 제대로 이해하고 싶었던 것 같다. 내게는 그게 그렇게 섹시해 보일 수가 없었다. 그 순간 나는 폴라에게 홀딱 반해버렸다.

그날 강의가 끝나고 용기를 짜내 폴라에게 다가가 말을 걸었다. 동기 몇 명이서 이스트빌리지에 있는 7B 바(바가 위치한 주소에서 따온 이름이다)에 가기로 했다면서, 은근히 떠보았다. "너도 같이 가면 정말 좋겠어." 폴라가 일 초의 망설임도 없이 승낙했을 때, 뜻밖의 전개에 속으로 어깨춤을 추었다. 그날 밤에 실컷 음악을 감상한 건 물론이고, 원 없이 들이켠 롤링 록 맥주 덕에 토론에도 한층불이 붙어 밤새도록 이야기를 나누었다. 영원히 기억에 남을 밤이었다. 우리는 7번가를 내다보는 커다란 창 바로 옆 테이블에 자리를 잡고 앉았다. 내가 가장 좋아하는 자리였다. 폴라는 나를 마주보고 앉았다. 밤이 깊어갈 무렵 친구 그레그가 내게 바짝 기대더니, "쟤랑 잘해봐" 하고 속삭였다. 그걸 들은 폴라가 슬쩍 웃었다. 나는 그 웃음을 파란불로, 그러니까 폴라도 나를 최소한 조금은 마음에 들어한다는 뜻으로 받아들였다.

우리는 한껏 들뜬 채 7B에서 나왔고, 나는 폴라에게 12번가에 있는 러브 홀의 기숙사까지 데려다주겠다고 했다. 우리 둘 다 그냥 헤어지는 것이 아쉬웠고, 그래서 가는 길에 있는 유니언스퀘어 파크에 들렀다. 폴라는 그때부터 이미 역사광이었는데, 우리는 공원 구석구석에 서 있는 조지 워싱턴, 에이브러햄 링컨, 마르키스 드 라파예트*의 동상을 하나씩 감상하며 천천히 산책했다. 그리고 제임스 분수 옆에서 첫 키스를 나눴다. 폴라의 룸메이트가 기숙사 방에 누가 불쑥 찾아오는 걸 싫어한다는 말에, 나는 그럼 내 방으로 가서 계속 얘기하자고 했다. 내 룸메이트인 콜린과 찰리는 누가 찾아오든

---

* 미국독립전쟁 때 조지 워싱턴의 편에서 싸운 프랑스 후작.

별로 신경쓰지 않는 타입이었으니까. 그날이 내 행운의 날이었는지, 폴라는 내 초대를 수락했고 그날 밤 이후 내 곁에 계속 머물렀다. 그리고 얼마 안 있어 우리는 동거를 시작했다. 나는 폴라를 "내 범생이 여자친구"라고 자랑스럽게 부르고 다녔다.

마침 폴라도 교사 및 작가 양성 프로그램에 참여했고, 나처럼 인생이 변하는 경험을 한 터였다. 뉴스쿨에서 두 학기를 더 공부한 후 우리는 교직이수 과정이 있는 다른 학교로 옮겨가기로 했다. 그렇게 해서 고른 곳이 내 고향인 마이애미에 있는 한 대학이었다. 처음 한 달 동안은 우리 부모님 댁에 얹혀살다가, 노스마이애미비치에 집을 얻어 나왔다. 폴라에게는 스트레스가 적지 않았을 것이다. 마이애미는 그녀에게 문화 충격 그 자체였다. 나랑 같이 두 번 와본 적이 있지만—그중 한 번은 5급 허리케인 앤드루가 이곳을 강타했을 때였다—짧게 머물렀을 뿐이었다. 폴라는 사방이 녹지이고 사람이 거의 눈에 띄지 않을 정도로 인구밀도가 낮으며 범죄도 거의 없다시피 한 버몬트주에서 나고 자란 사람이었다. 그런 사람이 한밤중의 총성은 놀랄 일도 아닌 험악한 동네의 삭막한 아스팔트 숲속 비좁은 아파트에서 살게 된 것이다. 하지만 우리가 비용을 감당할 수 있는 집은 그런 곳밖에 없었다.

그러나 일단 플로리다 국제대학으로 편입한 뒤에는 집이 어떻고 동네가 어떻고 불평할 겨를이 없었다. 레스토랑에서 일하면서 돈을 벌고 학교에서는 열심히 수업을 듣느라 집에 엉덩이 붙이고 앉아 있을 새가 없었기 때문이다. 수업과정은 숨 돌릴 틈 없이 빡빡했지만, 우리 둘은 기를 쓰고 우수한 성적을 사수하는 독한 공부벌레였다. 그래서 그때는 힘들기보다 짜릿했던 시기로 기억에 남아 있다. 우리는 많은 이들이 '현실 세계'로 나가면 이내 잃어버리곤 하는 이상주의를 아직 간직하고 있었다. 그것을 끝까지 잃지 않을 각오가 나는 되어 있었다. 그렇게 정신없이 두 학기를 달려온 우리는 이제 마라톤의 최종 직선코스만 남겨두고 있었다. 마지막으로 인턴십만 잘 마치면 되는 것이었다. 그런데 나는 그에 앞서 아주 따끔한 교훈을 얻게 되었다. 머리보다 입이 먼저 움직이면 절대 안 된다는 교훈이었다.

마지막으로 학점을 따야 할 과목은 '학급 경영 기술'이라는 수업이었는데, 간단히 말하면 학생들을 어떻게 통제하면 되는지 배우는 시간이었다. 폴라도 그 수업을 같이 들었다. 그 과목 교수와 나는 물과 기름처럼 서로 맞지 않았다. 그 교수님은 교사가 절대적인 권력과 권위를 행사해서 학생들을 통제해야 한다고 믿는, 철저한 규율 신봉자였다. "크리스마스 즈음까지는 애들한테 미소조차 보여서는 안 됩니다." 하루는 이런 말까지 했다. "처음부터 잘해주면 애들은 선생님 머리 위로 기어오르려 들 거예요." 뭐라고? 아직 학생 입장인 내가 보기에 저렇게 지나치게 엄격한 교수법이 효과가 있으리라고는 상상할 수 없었고—우선 나한테부터 효과가 없었으니까—그래서 그렇게 말했다. 당시 나는 입에 여과장치가 없었고, 그러니 얼마나 막말을 했을지는 여러분의 상상에 맡기겠다. 아마 제삼자가 봤다면, 의견을 제시한다기보다 십대 청소년이 불손하게 대드는 것처럼 보였을 것이다.

말할 것도 없이 교수님은 격노했다. "모두가 자네를 항상 좋아하도록 만들 수 있을 거라 자신하나?" 한껏 비꼬며 던진 이 물음에 마키아벨리의 논쟁이 숨어 있음을 나는 즉시 눈치챘다. 마키아벨리는 제자인 젊은 공자에게, 타인의 사랑은 결코 억지로 얻을 수 없다고 가르쳤다. 사랑하느냐 사랑하지 않느냐는 절대적으로 백성에게 달렸으며, 다만 군주는 백성들로 하여금 자신을 두려워하게 만들 수는 있다고 했다. 나는 학생들이 두려워하는 선생이 되고 싶지 않았다. 그래서 이렇게 말했다. "아뇨, 하지만 학생들이 저를 존경하게 만들 수는 있겠지요. 제가 수업 준비를 잘해가고 가르치는 내용을 제대로 알고 있다는 것을 보여주면 학생들은 저를 존경할 테고, 아이들을 진정으로 아끼고 최선을 다하는 모습을 보이면 존경할 테고, 또 그런 존경심이 들면 자연히 저를 좋아하게 되지 않겠습니까?"

강의실 여기저기에서 산발적으로 박수가 터져나왔지만, 내가 내 연설에 감탄해 자축하기도 전에 박수 소리는 잦아들었고 다음 순간 교수님의 의자가 거칠게 벽 쪽으로 밀쳐지는 소리가 났다. 나를 쳐다보는 교수님의 눈초리가 너무 차가워서, 밤색 눈이 당장이라도 새파란 색으로 변할 것 같았다. 그 눈으로 나를 쏘아보며 교수님은 문을 가리켰다. "나가!" 잘하는 짓이다, 메나셰. 나는 어기적어기적 강의실에서 나가며 속으로 중얼거렸다. 그 수업은 교생실습을 마치고 졸업을 하고 교직을 맡는 드림 코스의 최종 장애물이었는데, 최종 성적이 '쫓겨남!'이 되고 말았다. '선생님 말에 절대 토 달지 말라' (농담이다)는 뼈저린 교훈에 대한 비싼 수업료였다.

어찌할 바를 모르고 공황 상태에 빠진 채 찾아간 사람이, 나를 가르치던 다른 교수 중 한 명인 게일 그레그 박사였다. 영어교육대학의 학과장이기도 했던 그레그 박사는 평소에 나를 될성부른 떡잎으로 보고 주시하고 있었고, 내 처지를 불쌍히 여겨 오도 가도 못하는 이 막다른 길에서 벗어날 방도를 제시해주었다. 그레그 박사와 공동으로 개별 연구를 진행하는 것이었다. 그레그 박사가 정해준 연구 주제는 다소 거창한 것이었다. 위험 아동*을 대상으로 한 독서지도 커리큘럼을 짜오는 것이 그 학기에 내게 주어진 과제였다. 나는 그레그 박사에게 마음의 빚을 진 기분으로 프로젝트에 모든 에너지를 쏟아부었고, 당당히 A학점을 따냈다. 내가 입이 닳도록 인사하고 또 인사하자 교수님은 그럴 필요 없다고 손사래를 치며 이렇게 말했다. "얼른 사회에 나가서 좋은 선생님이 돼라." 그 말씀을 한순간도 잊은 적이 없다. 반면 폴라는 규율주의자 교수의 강의에 끝까지 남았고, 그 과목에서 C를 받은 것은 내 죗값을 대신 치른 셈이라는 데 우

---

* 한 인간으로서 그리고 사회 안에서 제 기능을 하는 어른으로 성장하는 데 실패할 확률이 높은 아이들. 낙제나 퇴학, 경제적 의존, 범죄, 사망에 이를 확률이 높은 아이들.

리 둘의 의견이 모아졌다. 폴라가 대학에 다니면서 유일하게 받은 C 학점이었으니까. 그리고 폴라는 그 사실을 이후로도 툭하면 입에 올려 내 죄책감을 자극했다.

그레그 박사는 교생실습지를 배정하는 담당자이기도 했는데, 폴라와 나의 부임지를 결정할 때가 되자 우리 둘을 코럴게이블스 고등학교에 함께 보내주었다. 나는 영어 과목, 폴라는 사회 과목이었다. 그런데 부임지가 정해진 지 며칠 만에 교생실습에서 내 지도교사를 맡은 3학년 영어 담당 선생님이 집안에 우환이 생겨―딸이 자살을 했다―도저히 아이들을 계속 가르칠 여력이 없다며 학교를 떠났다. 그래서 나는 지도교사 없이 정글에 혼자 덩그러니 남겨졌다.

학생들은 내게 아무 권한이 없다는 걸 직감으로 알아챘다. 그래도 나는 첫날부터 아이들을 나와 동등한 인격체로 생각하고, 영어 선생님에게 어떤 일이 생겼는지 솔직하게, 그러나 동정적으로 설명해주었다. "나 같은 초짜한테 배우게 돼서 미안하게 생각한다. 내가 너희한테 뭘 가르칠 수 있을지 나도 의문이지만, 어쨌든 최선을 다할 것을 약속한다."

그때 반 아이들은 과제로 『부엌 신의 아내』*를 읽고 있었는데, 솔직히 난 읽어본 적이 없는 작품이었다. "다들 책은 재밌게 읽고 있

---

* 『조이 럭 클럽』이라는 작품으로 널리 알려진 중국계 미국인 에이미 탄의 소설로, 중국계 미국 이민 여성의 이야기를 다루고 있다.

니?" 이렇게 묻자 대답으로 어깨를 으쓱하는 녀석들, 눈알을 굴리는 녀석들이 몇 보였고 최소한 한 명은 하품을 쩌억 했다. 이거, 안 되겠는걸. 수업 계획서를 들여다보니 다음 과제로 초서의 『캔터베리 이야기』가 선정돼 있는 것이 눈에 들어왔다. "내가 고등학교 때 『캔터베리 이야기』를 아주 재미있게 읽은 기억이 나는구나. 우리, 에이미 탄은 일단 접어두고 초서로 넘어가면 어떨까? 대신 에이미 탄을 끝까지 읽는 사람에게는 추가 점수를 줄게." 그러자 학생들의 표정이 밝아졌다. 몇몇은 입가에 웃음이 번졌다. "선생님은 고등학교 졸업하고서 『캔터베리 이야기』를 다시 들춰본 적이 없으니까, 좀 봐주기다? 그럼 나도 할 수 있는 만큼 해올게."

그날 저녁 집에 가서 『캔터베리 이야기』를 처음부터 끝까지 다시 완독했다. 반 아이들 이름도 하나도 빠짐없이 다 외웠다. 내가 약속을 했고 너희들을 존중하니 그 약속을 꼭 지킨다는 걸 보여주고 싶었다. 학생들의 존중을 얻고 싶었고, 교육에 관한 내 직관이―나를 쫓아낸 교수의 주장에도 불구하고―옳았음을 증명하고 싶었다. 다음날 교실 분위기는 사뭇 달랐다. 하루 전만 해도 무심하고 나를 성가셔하는 것처럼 보였던 학생들이 열성적인 태도로 초서를 논하면서 내게 글쓰기와 문학에 관한, 그리고 심지어 나에 대한 질문들을 던졌다. 아직 배울 게 많은 초짜 교사였지만, 그날 나는 교사로서 내게 주어진 가장 큰 권한은 직업에 자연히 따라오는 것이 아니라 학생들이 자진해서 내게 부여하는 것임을 똑똑히 배웠다.

교생실습이 끝나지 않았으면 했다. 그새 아이들에게 정이 들었고, 아이들이 배우는 것을 지켜보며 덩달아 느낀 희열은 중독성이 있었다. 그리고 일자리도 필요했다! 그런데 어찌어찌해서 그 일자리가 나를 찾아왔다. 그 학년 수업이 모두 끝났을 때, 가을학기에 문을 열 예정인 신설 특성화 고등학교에 학과장으로 부임하는 다른 영어 선생님이 내게 그 학교로 같이 가지 않겠느냐고 제안한 것이다. 마침 폴라도 마이애미 코럴파크 고등학교에서 정식 역사 교사 자리를 얻은 상태였다. 그날 나는 스물넷이라는 파릇파릇한 나이에 뼈를 묻을 직장을 결정지었다.

코럴리프 고등학교라는 곳으로.

메나셰 선생님의 교실은 내가 세상에 대한 내 의견과 입장을 눈치보지 않고 마음껏 표출해도 괜찮은 장소였다. "너희는 어린 아이가 아니니까 나도 너희를 아이로 취급하지 않겠다." 우리 반에 들어와서 선생님이 제일 처음 하신 말씀이다. 나는 선생님이 그저 선생님이라는 이유로 반 아이들에게 존경을 강요하지 않는 것이 마음에 들었다. 선생님이 우리에게 보여주신 존중과 사랑, 관대함 때문에 우리들은 그때도 그랬고 앞으로도 항상 선생님을 존경할 것이다.

선생님에게 그런 종류의 유대감과 존경심을 갖게 되면 자연히 학생들은 최선을 다해 공부하게 된다.

제럴 타이론

코럴리프 고등학교 2010년 졸업생

6

생애 첫 수업을 하는 날 아침, 조금이라도 더 교사답게 보이게 해줄 옷을 찾으려고 옷장을 미친듯이 뒤졌다. 선택지가 그리 많지 않았다. 마지막으로 옷 쇼핑을 한 것이 어느 록 콘서트장의 기념품 매대에서 티셔츠 쪼가리 한 장을 산 것이었다. 폴라가 도와주겠다고 나섰다. "이거 어때?" 내 리바이스 청바지 중 제일 좋은 것을 들어 보이며 물었다. (흠, 그래도 개중에 깨끗한 청바지였다.) "음, 별로야." 폴라가 잘라 말했다. 이번에는 고등학교 때부터 있었던 것 같은, 페이즐리 무늬가 있는 셔츠를 꺼내 보여줬다. "이건?" 폴라는 고개를 저었다. "꿈도 꾸지 마." 결국, 어두운 카키 바지에 단추 달린 국방색 긴소매 셔츠(최근에 다려둔 것이었다)를 입고 갈색 닥터마틴을 신기로 했다. 어딘가 허전했다. 넥타이가 없었다. 가진 넥타이라고는 딱 한 개뿐이었다. 대학 시절 '스테이크 앤드 에일'에서 파트타임 웨이터로 일할 때 주야장천 맸던 것이었다. 그게 거기 있었다. 베이지색과 초록색이 섞인 기하학적인 무늬에, 지금 매도 이상할 것 없는 너무 좁지 않은 폭. 오래전 이스트빌리지 14번가 가판대에서 오 달러 하는 걸 삼 달러까지 깎아 산 것이었다. 차림새에 딱 어울리는 넥타이는 아니었지만, 이 정도면 쓸 만했다. 폴라가 매는 걸 도와줬고, 넥타이까지 갖춰 매자 비로소 출근할 준비가 된 것 같았다. 마지막으로 거울에 내 모습을 비춰 보고 신이 나서 외쳤다. "나도 이제 교사다!" 빨리 출근하고 싶어서 좀이 쑤셨다.

사실 그보다 두어 주 앞서, 내가 수업할 교실을 둘러보러 미리 학교에 다녀왔다. 교실은 더할 나위 없이 좋았다. 벽에 페인트칠도 새로 했고, 반들거리는 책상들은 새것인 티가 났다. 바닥부터 천장까지 통짜로 이어진 창은 초목 무성한 중정을 향해 나 있었는데, 야자수들이 우거진 중정에는 학교 상징색인 청록색과 은색, 검정색으로 칠한 피크닉 테이블이 군데군데 놓여 있었다. 나는 일단 셰익스피어 포스터 두 장만 단출하게 걸어놓고, 나머지 장식은 아이들에게 맡기기로 했다. 직접 꾸미면 좀더 자기들의 교실처럼 느낄 것 같아서였다.

그즈음 비스케인 만*에 있는 '러스티 펠리컨'이라는 레스토랑에 연수차 모인 동료 교사들과도 미리 인사를 나누었다. 유난히 아름다

* 플로리다 남단의 해안가 휴양지.

운 늦여름 저녁이었는데, 신나게 떠들다가 고개를 든 순간 만 저편에 내가 지난 몇 달간 집세를 대려고 웨이터로 일했던 하드록 카페가 보였다. 교사 연수에 참석하려고 그곳의 웨이터 일을 그만둔 것이 바로 그날 저녁이었다. 바닷물을 물끄러미 바라보다가, 바로 그때가 딱 롤업(냅킨에 포크와 나이프를 돌돌 마는 일)을 하고 있을 시간이라는 사실이 떠올랐다. 하지만 나는 롤업을 하는 대신 꿈의 직장으로 출근하는 전야를 누리고 있었다. 이제 내일이면 나도 정식 교사였다.

그곳에 모인 교사들 중 내가 제일 나이가 어렸다. 동료들과 같이 앉아 있으니 이런 생각이 들었다. 와, 다들 어른이네. 다음 순간 깨달음이 뒤통수를 때렸다. 이제는 나도 어른이었다. 새로 개교하는 우리 학교에 전국 각지에서 난다 긴다 하는 교사들이 지원을 해왔다. 그중에서 뽑힌 우리들은 '드림 팀', 즉 마이애미 최고의 교사라는 자부심이 대단했다. 나도, 비록 이십대 초반밖에 안 됐지만, 학교의 누군가가 나를 잠재력 있는 재목으로 인정해줬다는 생각에 어깨가 으쓱했다.

그런 생각에 조용히 신이 나 있는데, 동료 하나가 성큼성큼 다가오더니 씩씩하게 자기소개를 했다. "와우." 그녀는 나를 숱이 풍성한 짙은 색 머리부터 끈을 짝짝이로 꿰어 신은 구두까지 슥 훑어보더니 이렇게 말했다. "완전 초짜네."

첫 출근용 복장을 고를 때 계속 고심했던 것도 바로 그 한마디 때

문이었다. 옷을 고르고 나서도 나는 되도록 나이들어 보이기 위해
매일 넥타이를 매고 수염도 길러야겠다고 결심했다. 동료들 못지않
게 나도 그곳에 있을 자격이 있다는 것을 어필하려면 최소한 그들과
비슷하게 보일 필요가 있었다. 척하다보면 되겠지.

　동료들에게 잘 보이고 싶은 마음도 크긴 했지만, 내게 진짜 중요
한 건 아이들이었다. 빨리 만나보고 싶어 미칠 지경이었다. "평범한
스승은 말을 하지만, 괜찮은 스승은 설명을 하며, 훌륭한 스승은 몸
소 보여주고, 위대한 스승은 영감을 준다." 작가이자 학자인 윌리엄
아서 워드가 한 말이다.

　나는 위대한 스승이 되고 싶었다. 아이들이 지금껏 만나보지 못
한 최고의 스승이.

　나는 코럴리프 고등학교가 개교한 첫날 메나셰 선생님의 1교
시 영어 수업을 들은 학생이다. 그 첫 시간부터, 나는 메나셰 선
생님의 수업은 다른 수업들과는 다르리라는 걸 직감했다. 일단
선생님인데도 쉽게 다가갈 수 있는 편안함이 느껴진다는 게 달
랐다. 메나셰 선생님은 강사 타입이 아니었다. 이야기꾼이었다.
자신의 인생 경험담을 풀어내면서 가르치는 법을 알았다. 선생
님은 학생들과 대화를 나누었다. 선생님의 수업에 들어가면, 마

치 우리가 배우는 문학과 시, 단어의 세계에 흠뻑 빠져 있는 그 몇 시간이 세상에서 가장 가치 있는 시간인 양 느껴지곤 했다.

우리는 E. E. 커밍스와 월트 휘트먼, 투팍 새쿠어*의 시를 읽었다. 잘못 말한 것이 아니다. 그 투팍 새쿠어가 맞다. 선생님은 우리에게 투팍의 〈The Rose That Grew from Concrete〉를 소개해주었다. ("아무도 가꿔주지 않는 콘크리트에서 홀로 피어난 장미여 영원하라.") 새로운 세상을 맛본 기분이었다. 어느 곳에나, 우리 모두의 마음속에도, 시가 존재함을 깨달았기 때문이다.

지금 와서 돌아보면 메나셰 선생님이 초짜 교사였다는 걸 알겠지만, 우리가 어설픈 선생님한테 배운다는 생각이 든 적은 한 번도 없었다. 학생을 가르치는 첫날부터 선생님은 가장 어려운 개념도 모든 아이들이 쉽게 이해하도록 만드는 능력을 보여주셨다.

가끔씩 나는 선생님이 우리를 학교에서 또 개인적 삶에서 얼마나 많이 성장시켜줬는지 당신은 알고 계실까 궁금해질 때가 있다. 메나셰 선생님은 우리를 그냥 가르치는 데 그치지 않고 우리에게 영감을 주었다.

에이샤 바벌

코럴리프 고등학교 2001년 졸업생

---

* 미국 힙합 음악의 전설로 불리는 래퍼 겸 배우.

7

출근 첫날, 교실을 마저 꾸며놓으려고 새벽같이 출근했다. 차갑지도 따뜻하지도 않은 베이지색의 벽에 생명을 불어넣어 교실을 아이들이 들어오고 싶어하는 공간으로 만들고 싶었다. 그래서 집에서 책을 몇 권 가져와 붙박이 책장에 진열했고, 내가 좋아하는 미국 작가 여러 명의 사진으로 직접 만든 콜라주 포스터를 내 책상 뒤 벽에 붙여놓았다. 월트 휘트먼, 루이자 메이 올컷, 에밀리 디킨슨, 프레더릭 더글러스*, 제임스 볼드윈**, 해리엇 비처 스토, 에드거 앨런 포(무

---

* 흑인 어머니와 백인 아버지 사이에서 태어나 노예가 되었으나 평생을 노예제 폐지 운동에 바친 인권운동가이자 연설가이자 작가.
** 뉴욕 할렘 가 흑인들의 종교체험을 다룬 자전적 소설 『산에 올라 고하여라』로 유명한 작가.

섭게 노려보는 사진이었다), 그리고 절대 빼놓을 수 없는 어니스트 헤밍웨이까지. 이들의 사진을 가지고 콜라주를 만드는 데 몇 시간을 들였는지 모른다. 그 포스터에 마지막 압정 하나를 박아놓고 나서야 창립 기념 직원회의에 참석하러 아래층 교장실로 달려갔다. 다들 개교에 대한 기대감에 부풀어 웅성웅성하고 있었다. 플로리다 주에서 가장 뛰어나고 가장 똑똑한 학생들이 모였다는 학교 아닌가. 들뜬 동료들을 쭉 둘러보다가 문득 이런 생각이 들었다. 오늘은 내 생애 최고의 날이야!

회의가 끝나고 우리는 각자 맡은 반 학생들 이름이 적힌 프린트를 받았다. 명단을 한 장씩 넘겨 보면서 좁고 긴 복도의 반들반들 윤나는 리놀륨 바닥에 경쾌한 구두굽 소리를 울리며 우리 반 교실로 걸어가는데, 갑자기 감정이 북받치면서 벅찬 설렘으로 뱃속에서 파도가 일렁였다. 내 학생들, 마치 아기를 가진 부모가 뱃속의 아이는 어떤 모습일까 그려보듯 상상 속에서만 만나본 내 학생들에게 이제 이름이 생긴 것이다. 내가 가르칠 아이들이야!

교실로 돌아온 나는 화이트보드에 검정색 마커로 내 이름을 크게 썼다. "영어 우등반에 온 것을 환영합니다! 다비드 조엘 메나셰." 쇼가 시작되기까지 한 시간도 채 안 남아 있었고, 나는 부랴부랴 개막 인사를 연습하기 시작했다.

"좋은 아침이다! 코럴리프 고등학교에 온 걸 환영한다. 내 이름은 메나셰라고 해. 다-비드. 조엘. 메나셰. [이 부분은 숀 코너리의 제

임스 본드처럼 읽어달라.) 이상한 이름인 거, 나도 알아. '데이비드'
랑 스펠링은 똑같지만, '다비드'라고 발음하지. 우리 아버지가 이집
트 카이로 출신이고 어머니는 시베리아 태생이거든. 데이비드라는
이름은 영어권 국가 외에는 전부 다비드로 발음된다. 대표적으로 미
켈란젤로가 빚은 르네상스 시대 조각 작품도 다비드라고 발음하지."

내 이름에 얽힌 유래―내 평생 어머니가 그렇게 불렀고 지금까지
도 온 가족이 부르고 있는 다비드라는 발음의 유래―가 어렸을 적
나 혼자서 지어낸 허상이었음을 알게 된 건 그로부터 몇 년 후, 정확
히 말하면 바로 지난여름 멕시코의 코수멜 섬으로 크루즈 가족 여행
을 계획하면서였다. 부모님 댁 식탁에 둘러앉아 여행 계획을 최종
점검하면서 여권을 확인하던 중 문득 생각나 물었다. "근데 제 이
름을 왜 다비드라고 지으셨어요?" 그러자 어머니를 포함해 그 자리
에 있던 모두가 웃음을 터뜨렸다. "왜요?" 나는 어리둥절해서 가족
들을 둘러보며 물었다. 큰형 모리스가 흐느끼듯 웃는 중간중간에 숨
을 진정시키고 설명해주었다. 내가 태어났을 때 형은 열한 살이었는
데, 부모님께서 네가 제일 맏이니 막내의 이름을 지어보라고 하셨고
그래서 형은 자기가 제일 좋아하는 TV 드라마 〈파트리지 패밀리〉*
의 주연배우 데이비드 캐시디의 이름을 골랐다. 그것을 어머니가 발
음하니 고향 악센트 때문에 '다-비드'로 소리가 났고, 나도 내 이름

---

* 미국 ABC에서 1970년부터 1974년까지 방영한 가족 밴드를 소재로 한 시트콤.

을 말할 수 있는 나이가 됐을 때 어머니를 따라서 다비드로 발음하기 시작했다. 나를 '데이비드'라고 부르는 사람들을 일일이 지적하며 고쳐주고 다닌 지 거의 사십 년이 되어서야, 그리고 학기 첫 수업마다 반 아이들에게 내 이름을 어떻게 발음하는지 가르쳐주기를 수백 번 되풀이한 뒤에야, 그런 로맨틱한 비하인드 스토리 따위는 없다는 걸 알게 되었다. 이로써 미켈란젤로의 조각상과 공유한 공통분모가 사라져버렸다. 나는 그냥 평범하게 〈파트리지 패밀리〉의 데이비드 캐시디 이름을 따 다비드가 된 것이었다.

8

　내 첫 수업에 가장 먼저 들어온 녀석은 글쎄, 곤드레만드레 취해 있었다. (고작 몇 분 전, 나의 가장 큰 고민거리가 '화이트보드에 쓸 마커를 어디서 찾나'였다니, 세상일은 참 오묘하다.) 거창한 첫인 사 리허설을 막 마친 순간, 이 친구가 비틀거리며 교실로 들어왔다. "어이, 안녕하십니까?" 학생은 배짱 좋게 인사하며 그것도 제일 앞 자리에 털썩 앉았다. 긴 머리는 떡이 져 있고 오지 오즈번 콘서트에 서 파는 검은색 티셔츠를 통 넓은 청바지에 받쳐 입었는데, 그 바지 의 벨트 고리에 연결한 체인 끝에는 지갑이 딜렁거렸다. 또 손목에 는 스파이크가 달린 금속 팔찌를 차고 있었다. 녀석이 내 앞을 지나 쳐 가는데 술냄새가 훅 풍겼다. 처음에 나는 몹시 당황했다. 1교시 였고, 평범한 사람 같으면 아직 그날의 첫 커피도 못 마셨을 만큼 이른 아침이었다. 오전 여덟시도 안 돼 술에 만취한 열다섯 살짜리 아이를 보는 심경은 착잡하기 그지없었다. 게다가 그렇게 취한 아이가 대체 왜 내 코앞에 앉은 걸까? 슬금슬금 제일 뒷자리로 가서 앉아야 정상 아닌가? 정신 차려, 메나셰, 이건 실제 상황이야. 나는 속으로 마음을 다잡았다. 술에 절어 수업에 들어오는 학생이라니. 꿈의 직장에 출근한 걸 축하해.

나는 학생에게 다가가 내 소개를 했다. "안녕, 내 이름은 메나셰야. 너는?" (나는 항상 내 소개를 그렇게 했고, 그러다보니 학생들도 인이 박여 어느새 나를 메나셰로 부르게 되었다.)

"저는 에런 로클리프라고 합니다." 남학생이 초점 잃은 눈을 하고 씩 웃으며 말했다. "만나서 반갑습니다."

"나도 반갑다." 나는 침착하게 대답했다. "술냄새가 심하게 나는데. 마시다 온 거니?"

아이의 얼굴을 살피는데, 그 나이 때 내 모습이 겹쳐 보였다. 나 자신도 기분 변화가 극심하고 반항적인데다가 가진 건 배짱밖에 없어서, 부모님 말씀 안 듣고 말썽만 부리며 돌아다닌 건 물론이고 어른만 마주쳤다 하면 대들던 것이 불과 몇 년 전이었다. 하드코어 펑크스타일 스케이트보드족이었던 나는 옷차림도 그에 맞춰 껄렁껄렁하게 입고 다녔다. 청바지는 찢어진 것이 아니면 입지 않았고, 머리는 왼쪽 눈 위의 한줌과 뒤통수 아래로 가늘게 땋아내린 한 가닥만 빼고 전부 빡빡 밀었다. 그 머리 좀 어떻게 하라고 아버지가 하도 잔

소리를 해서, 듣다못한 어머니가 중간에 나서서 도대체 뭘 해주면 평범한 머리로 돌아오겠느냐고 물었다. "문신이요!" 나는 기다렸다는 듯 대답했다.

얼마나 기복이 심한 시기였던가. 마음은 소년인데 몸은 이미 남자인 것부터가 힘들었다. 시시때때로 호르몬이 요동을 쳤다. 조금 전까지 기분이 하늘을 날았다가 다음 순간 땅을 파고 들어갔고, 아무도 나를 이해 못한다며 괴로워하는가 하면 사람들의 관심을 받고 싶어서 별짓을 다 했다. 주목을 받기에 펑크 헤어스타일과 문신만큼 좋은 게 어디 있으랴? (아니면 술에 취해 수업에 들어오거나.) 내 생각에, 어머니에게 문신해도 된다는 허락을 받아낼 확률은 우리 학교 최고의 퀸카인 대니엘 그린버그를 내 여자친구로 만들 확률과 비슷했다. 그런데 이게 웬일인가? 어머니가 당장 차에 타라며, 같이 시내에 있는 문신 시술소로 가자는 것이었다. 가는 내내 어머니는 문신 대신 원하는 것은 없는지 계속 물어보았다. "네 방에 수족관을 들여놓는 건 어때?" 내가 물고기라면 사족을 못 쓴다는 걸 알고 이렇게 떠보기도 했다. 나는 잠깐 고민하다가, 큰 어항에 들어 있는 금붕어 몇 마리보다는 그래도 문신이 친구 녀석들한테 훨씬 쿨해 보일 것 같아서 거절했다. "됐어요. 그래도 고마워요."

그렇게 문신 시술소에 도착해 어슬렁거리며 벽에 붙어 있는 문신 디자인을 둘러보는데, 뒤에서 신음 소리가 들려왔다. 뒤를 휙 돌아보니 웬 거구의 근육질 바이크족이 목에 문신 시술을 받고 있었다.

66

가슴팍은 이미 피와 잉크로 뒤덮여 있었는데, 딱 봐도 상당히 고통스러워 보였다. 나는 눈이 휘둥그레져서 어머니를 돌아보며 말했다. "금붕어 몇 마리까지 사주신다고 했죠?"

그런 일이 있고도 부모님은 이후로 몇 년을, 정확히 말하면 내가 고등학교를 졸업하고 짐을 싸서 작은형 자크의 집으로 들어가기 전까지, 말썽쟁이 막내아들 때문에 골치를 썩어야 했다. 당시 스물다섯이었던 작은형은 뉴욕에서 보헤미안처럼 살고 있었다. 형이 사는 세계는 플로리다 남부에서 평범한 어린 시절을 보낸 나의 눈에 상징적으로도 문화적으로도 이질적으로 다가왔다. 우선 형은 브루클린의 어느 세탁소 위층 집에서 룸메이트 세 명과 같이 살고 있었다. 모든 것이 반듯하게 정돈되어 있고 조금만 나가면 탁 트인 고속도로가 나오며 집집마다 깔끔하게 가꾼 앞마당을 자랑하는 주택단지에서 살던 내가 하루아침에, 한 발만 내디디면 방바닥에 아무렇게나 쌓아놓은 책과 레코드판이 밟히고 앞 건물에 가려 햇빛이 하나도 들지 않는 기차간식 아파트*에서 살게 된 것이었다. 그러나 누구든 흥이 나면 밴드 연주를 하고 그림을 그리고 어려운 철학서를 취미로 읽는, 이제 막 꽃을 피우는 예술가들의 온상과도 같은 그곳에서 지내는 것이 나는 마냥 좋았다. 자크 형과 형의 친구들은 집세를 내려고 시급도 형편없는 서점에서 아르바이트를 했지만, 그래도 그들은 젊

---

* 한 방이 다음 방으로 가는 통로가 되는 구조의 싸구려 아파트.

고 열정이 넘치고 끊임없이 지적 자극을 받고 있었다. 그곳에서 형들과 함께 지내는 것이 나는 그렇게 좋을 수 없었다.

거기서 계속 붙어 지내려면 나도 내 몫을 해야 했기에, 웨스트빌리지에 있는 네이딘스라는 레스토랑에서 서빙 일을 시작했다. (이때 재미있는 일화가 하나 있다. 한 잡지에 이 레스토랑의 리뷰가 실렸는데, 리뷰어가 버스보이*, 즉 나를 "보자기로 싸서 주머니에 넣어 다니고 싶을 만큼 여리여리하고 귀여운 녀석"이라고 묘사한 것이다. 물론 큰형 모리스는 그 리뷰를 내 코앞에 들이밀며 실컷 비웃는 기회를 놓치지 않으셨다. 내가 그때 좀 귀엽긴 했지만 "여리여리하고 귀여운 녀석"이라니? 그 정도 모욕을 극복할 수 있으면 세상에 극복하지 못할 게 없겠다 싶었다.)

자크 형은 내게 기대치가 높았고 우리 사이에서 분명 주도권을 잡고 있었지만 그러면서도 나를 인격적으로 존중해주었다. 나는 그런 형을 어떤 면에서든 실망시키고 싶지 않았다. 작은형은 내게 최고의 스승이었다. 『길 위에서』부터 『바보들의 결탁』까지 지금 내가 제일 좋아하는 책으로 꼽는 것들은 전부 형이 권해준 작품들이고, 글쓰기와 문학작품에 대한 열정도 형이 불을 지펴준 것이었다. 물론 부모님도 만점짜리 부모 노릇을 해주셨지만, 학교교육과 배움의 재미를 일깨워 십대 시절의 자기파괴적 행동에서 벗어나도록 이끌어

---

* 레스토랑에서 테이블을 세팅하고 치우는 일을 하는 종업원.

준 사람은 자크 형이었다.

나도 내 학생들에게 그런 인생의 중심추 역할을 해주고 싶었다.

그래서 그 학생에게 다시 물었다. "술 마시다 왔니, 에런?"

"어, 그게, 네." 에런이 대답했다.

"잘 들어. 나같이 고지식한 영어 선생이 네가 취한 걸 알아챌 정도면, 경찰이나 교장 선생님은 어떻게 속여넘기려고 그러지? 네가 네 인생을 이렇게 막 굴리는 건 안됐다만, 다시는 취한 채로 내 수업에 나타나지 마라."

학창 시절 나는 학교 일과가 시작되기 전에 술을 마신 적이 단 한 번도 없었다. 우리 학교는 점심시간에 학교 밖으로 나가는 걸 허용했고, 그때 차 있는 친구들과 밖으로 나가 몇 잔 하고 집에 가서 낮잠을 자면서 취기를 없앤 다음 돌아온 적은 몇 번 있었다. 그런데 에런의 경우, 아침 댓바람부터 술에 절어 나타났다. 대체 무슨 파티가 아침까지 벌어진단 말인가? 나는 몹시 걱정이 됐다. 그날은 교사로 출근한 첫날이었고 그래서 뭘 어떻게 해야 좋을지 몰라 직감에 맡겼는데, 내 직감은 아이를 교장실로 보내거나 학생기록부에 행적을 남기면 아이를 학교에서 더 멀어지게 만드는 결과를 가져올 거라고 말하고 있었다. 나는 그 학생과 신뢰로 관계를 맺고 앞으로도 녀석을 계속 지켜보고 싶었다. 누군가 지켜봐줄 사람이 필요한 아이였으니까.

그날 저녁, 퇴근하고 집에 돌아와 한참을 고민하다가 2단계 계획을 생각해냈다. 에런이 절실히 관심을 원하고 있으니 우선 긍정적인 관심을 쏟아주되, 그 대신 관심받아 마땅한 행동을 했을 때에만 그러기로 했다. 아이들은 그냥 응석을 받아주는 게 아니라 누가 자기를 진심으로 생각해주면 그걸 귀신같이 알아챈다. 그러니 에런이 토론 시간에 날카로운 통찰력을 보이거나 유독 수준 높은 에세이를 제출하면 아낌없이 칭찬을 퍼부어주는 것이다. 에런이 입은 콘서트 티셔츠가 마음에 들면, "그 셔츠 쿨한데?" 하고 한마디해주리라. 두번째 단계는, 내 수업이 집중할 가치가 있는 수업이라는 것을 에런이 느끼게 해주는 것이었다.

내가 훌륭한 교사가 되고자 한다면, 먼저 틀에 박힌 사고에서 벗어나 아이들이 내가 가르치는 것에 흥미를 느끼게 할 방법을 찾아내야 했다. 교사로서 나의 성공을 판단할 지표는 연봉을 얼마나 많이 받는가도 아니고 아이들에게 모든 교과 내용을 빠짐없이 숙지시키는 것도 아니었다. 내가 얼마나 노력하고 있는지 보여줌으로써 아이들도 그만큼 열심히 노력하게 만드는 것이었다. 나는 학생들에게 기대치가 높았지만, 그보다 더 높은 기대치를 나 자신에게 부여하고 있었다.

"학생들은 기대한 만큼 나아간다"는 말도 있지 않은가.

그날부로 나는 기대치를 항상 높게 잡기로 했다. 아이들에게. 그리고 나에게도.

그때 무슨 생각으로 그랬는지 모르겠다. 말도 안 되는 이유로 선생님 코앞에 앉아야겠다고 생각했다. 제일 첫 주자로 교실에 당당하게 들어가, "나 공부하러 왔어요!" 하고 외치듯 건방지게 굴었다. 내게 다가온 선생님은 아주 침착하게 나더러 술 마시고 왔느냐고 물었다. 나는 이렇게 대꾸했다. "어, 글쎄요, 무슨 말씀이세요?"

　　누가 봐도 나는 취해 있었다. 수업에 들어가기 직전에 950밀리리터짜리 맥주를 두 병이나 들이켰으니 안 취하고 배기랴. 나는 특성화 고등학교에 다니기 싫었다. 내 친구들이 다니는 일반 공립학교에 다니고 싶었는데, 엄마가 한번 가보기라도 하라며 오즈페스트* 티켓으로 나를 구슬렸다. 그날 친구들이 자기네 학교로 가기 전에 나를 차로 새 학교에 데려다주겠다고 했다. 그런데 가는 길에 녀석들이 수업을 땡땡이치고 맥주를 사서 해변으로 가자고 했다. 나는 당황해서 이렇게 말했다. "너희 미쳤어? 학기 첫날이야. 난 학교 가야 돼." 하지만 녀석들은 위조 신분증을 가지고 있었고, 결국 우리는 내가 다닐 학교에서 800미터 정도 떨어진 세븐일레븐에 들러 맥주를 샀다. 친구들이 내게 950밀리리

---

* 미국에서 시작되어 세계 투어 축제로 자리잡은 하드코어 록 페스티벌.

터짜리 미키스 아이스 몰트 리커를 두 병 안겼고, 나는 두 병을 다 마셨다. 그리고 학교로 갔다.

선생님을 올려다봤는데, 별로 화난 것처럼 보이지 않았다. 대신…… 혼란스러워 보였다. 나는 충격을 받았다. 다른 선생님들 같으면 "넌 도대체 어떻게 된 애냐? 어떻게 감히 취해서 내 수업에 들어와?" 하고 길길이 뛰었을 것이다. 나는 교장실로 보내져 정학을 맞았을 테고, 잘못하면 퇴학까지 당했을 수도 있다. 그런데 메나셰 선생님은 그러지 않았다. 진심이 느껴지는 걱정스러운 표정으로 나를 찬찬히 살펴보았다. '내가 선생이니 나한테 복종해' 식으로 나오지 않았다. 나를 진심으로 걱정하고 있으며 인간적으로 존중한다는 것을 보여주었다.

그후로 다시는 취해서 수업에 들어가지 않았고, 메나셰 선생님의 수업은 한 번도 빠지지 않았다. 다른 수업은 밥먹듯 빠졌어도 선생님의 수업만은 꼬박꼬박 들어갔다. 메나셰 선생님이 내게 기대치가 높다는 것을 알고 있었고, 내가 잘해내도록 저렇게 노력하시는 선생님을 절대 실망시켜드리고 싶지 않았다.

에런 로클리프
코럴리프 고등학교 2000년 졸업생

9

맞벌이 교사로 일하면서 어느 정도 자리가 잡히자, 폴라와 나는 내 집 마련을 해보기로 했다. 우리가 세들어 살던 사우스마이애미에 있는 집은 둘의 월급으로는, 그것도 교사 월급으로는 턱도 없어서—그 당시 둘 다 각각 사만 달러 미만의 연봉을 받고 있었다—시내에서 점점 바깥으로 빠지다가 결국 마이애미 국제공항의 비행경로와 겹치는, 두 6차선 도로 사이의 주택가에 숨어 있는 적당한 크기의 집을 찾아냈다. 첫 보금자리로 딱 적당한 이 랜치 스타일*의 집은 전체 120제곱미터 크기에 침실 두 개, 창 없는 욕실 한 개가 전부

---

* 폭은 좁으나 가로로 길고 높이가 낮으며 외관과 내관의 치장을 최소화한, 현대식과 서부식을 합친 미국의 주택 건축양식.

였지만, 폴라와 나는 보자마자 한눈에 마음에 들어했다. 물론 부동산 중개업자는 우리를 밝은 대낮에만 데려가 집을 보여줬고, 그래서 우리는 입주한 뒤에야 비행기가 이착륙할 때마다 집이 덜덜 흔들린다는 것, 그리고 근처 모텔들이 한밤에 길바닥을 배회하는 매춘부들을 주고객으로 둔 시간당 요금제의 싸구려 모텔이라는 것을 알게 되었다. 그래도 상관없었다. 우리는 젊고 서로를 죽도록 사랑했으며 우리만의 집이 생겼다는 것에 한껏 들떠 이 새로운 변화를 최대한 즐기기로 했다.

주말이면 큰형 모리스가 물려준 가구와 폴라의 가족사진, 유화를 전공한 내 제자가 선물해준 현대미술 작품 따위로 집을 꾸몄다. 우리 어머니는 항상 집에 화분을 잔뜩 키우는데, 그중에 고르고 골라 가져온 보스턴줄고사리와 벤저민고무나무 화분으로 집안 여기저기를 장식했다. 소박하나마 딸려 있는 앞마당에 나가 서봤더니, 광활한 폰더로사 목장과 비교도 안 되는 손바닥만한 땅이지만 마치 내가 마이애미판 벤 카트라이트*라도 된 양 세상을 다 가진 기분이 들었다. 거기에 나무 한 그루를 심고는 폴라에게 의기양양하게 선언했다. "이 나무가 자라서 하늘에 닿을 때까지 여기 살면서 지켜볼 거야!" 그곳은 우리 둘에게만큼은 엽서의 그림 같은 집이었고, 우리는

---

* 1959년부터 1973년까지 미국 NBC에서 방영된 텔레비전 서부극 시리즈 〈보난자〉(Bonanza, 노다지라는 뜻)의 주인공.

아침마다 부엌에 앉아 커피를 마시면서 이런 행운을 건진 것에 감사했다. 우리에겐 서로가 있었고 이제 소박하나마 우리만의 부동산을 장만해 정식으로 뿌리를 내렸으니, 더할 나위가 없었다.

이 그림에서 빠진 것이 하나 있다면 해맑게 뛰어노는 아이들이었다.

그동안 우리는 아이를 가질까 말까를 두고 수없이 오락가락하고 있었다. 그러다 결국 개를 키우는 것으로 시작해보는 게 어떻겠느냐는 폴라의 제안에 내가 동의했고, 그 정도면 우리 둘 다에게 만족스러운 절충안인 것 같았다. 어차피 나도 어렸을 때부터 개를 키우고 싶어했으니까. 그래서 이사하고 얼마 뒤 토요일 오후에 동네 유기견 보호소로 차를 몰고 가 우리의 첫아이를 입양해 왔다. 몸집은 기껏해야 럭비공만한데 발은 곰발바닥만한 잡종 강아지였다. 그 녀석에게 마일로라는 이름을 붙여줬다. 생후 육 개월이 됐을 무렵 마일로는 몸무게 40킬로그램에 육박하는 몸집으로 자라나 하루종일 기운 넘치게 뛰어다녔고, 더 놀라운 건 앞으로 더 자랄 기미가 보인다는 것이었다. 우리 부모님이 처음으로 놀러오셨을 때, 마일로는 너무 신이 난 나머지 거실 창문의 방충망을 뚫고 현관까지 뛰어나가 어머니에게 (물론 환영의 인사로) 달려들었다. 그후 어머니는 마일로만 보면 혼비백산하게 되었다.

폴라와 마일로가 있고 울타리 친 마당이 딸린 내 집도 생기자, 또하나의 꿈을 이룬 기분이었다. 내 가족이 생긴 것이다. 내가 보기엔 어디 하나 부족할 데 없는 완벽한 가족이었다. 완벽한 가족이 원하는 게 뭐겠는가? 여기서 또 아쉬운 게 있다면 뭘까? 또다른 식구다. 그래서 우리는 마일로가 몸집이 자기 발에 맞게 다 자라고 심지어 나보다도 커진 뒤, 여동생을 하나 입양했다. 불도그와 잉글리시 복서의 잡종인 루시라는 녀석이었다. 루시는 몸집은 작지만 튼튼했고, 마일로와 뒹굴며 장난을 쳐도 밀리지 않을 정도로 깡다구가 있었다. 마일로와 루시는 금세 둘도 없는 친구가 되었다. 여기에 유기묘 세 마리를 더 들이자 우리는 마이애미 사우스웨스트 4번가의 '완벽한 가족'이 되었다. 나는 우리집을 '메나셰 맨션'이라고 불렀다.

10

시간이 흘러 우리 반 교실 벽은 학생들 작품으로 메워져갔다. 빅토르 위고의 『파리의 노트르담』에 나오는 동명의 집시 여인을 모티프로 한 〈에스메랄다〉라는 화려한 색감의 추상작품, 『허클베리 핀의 모험』의 주인공들을 본떠 만든 모빌, 그리고 나중에는 내 뇌를 찍은 MRI 이미지를 유화로 그린 작품까지 걸렸다. 내 책상 바로 옆 벽에 걸려 있는 코르크보드는 학생들의 프로필 사진으로 하나둘 장식되다가 나중에는 빈틈없이 빼곡하게 뒤덮였고, 책장은 학생들이 좋아하는 책과 내가 차마 내다버리지 못한, 지난 학기 학생들이 제출한 탁월한 에세이들로 터질 지경이 되었다. 가끔은 211호 교실이 내 집보다 더 포근한 보금자리처럼 느껴졌다. 아이들을 가르치는 건 내게 공기를 마시고 밥을 먹는 것과 같았다. 새벽같이 출근하고, 해가 져야 퇴근하고, 어떻게 하면 아이들이 공부에 더 흥미를 느낄까 밤새도록 고민했다. 아이들이 제공하는 인풋—수업 내용 중 어떤 것에 관심을 보이고 어떤 것을 자신과 관련짓는지 등등—이 바로 내게 주어진 숙제였다. 학생들을 관찰하고 그들에 대해 배우고 그리고 무엇보다 그 아이들이 하려는 말에 귀기울이면서, 나는 나만의 새로운 교육법을 개발하려고 노력했다.

새 반을 맡으면 항상 제일 먼저 학생들에게 시킨 일이, 한 명씩 일어서서 지금까지 살아오면서 가장 좋았던 선생님과 가장 싫었던 선생님이 누군지, 그리고 그 이유가 뭔지 말해보라고 한 것이었다. 그 대답을 듣는 것만으로도 학생들을 배움에 끌어들이는 열쇠는 바로 어떻게 가르치는가에 있음을 알 수 있었다. 매우 유익한 이 학기 첫날의 대화에서 내가 발견한 사실은, 학생들 입장에서는 교사가 때로는 서로 상충하거나 취하기 매우 어려운 여러 자질들을 동시에 갖추고 있기를 바란다는 것이었다. 내 학생들이 원하는 교사는 사려 깊고 자기들을 걱정해주지만 동시에 자기들 손에 휘둘릴 만큼 줏대 없지는 않은 사람이었다. 자기들을 아껴주지만 친구처럼 만만하지는 않은 사람이어야 했다. 미간에 힘주고 애써 귀를 쫑긋 세울 필요가 없을 만큼 발성이 큰 사람이어야지, 안 그러면 금세 수업 내용에 흥미를 잃는다고 했다. 말투가 나긋나긋한 교사는 곧 지루한 교사였고, 지루한 교사에게는 가차없이 F학점을 매겼다. 아이들은 자기를 존중해주는 교사를 원했지만, 그렇다고 모든 면에서 대등하게 대해주는 교사를 원하지는 않았다. 자기들보다 경험도 많고 배운 것도 많으니 교단에 서서 가르치는 거라는 정도는 당연히 이해하고 그런 선생님들이 멋있고 좋긴 한데, 그렇다고 자기들을 모자란 어린애로 취급하지는 말아달라고 했다. 이건 특히 새겨들어야 할 포인트였다. 아무리 교사 대 학생이라 해도 자기들을 너무 아랫사람 대하듯 하는 태도를 아이들은 가장 싫어했다. 그리고 교사가 학생을 얼렁뚱땅 속여넘기려 드는 것도 그 못지않게 싫어했다. 나도 학생들이 제출한 에세이를 검사하다가 중간에 "여기까지 읽지 않으실 거라는 데 저의 전 재산을 걸죠!" 따위의 냉소적인 낙서를 발견한 적이 한두 번이 아니다. 그럼 나는 그 코멘트에 동그라미를 치고 "네가 이걸 읽고 있으리라는 데 내 전 재산을 건다!"라고 답글을 달아주곤 했다. 사실 나는 학생들이 제출한 에세이를 몇 시간이 걸리건 하나하나 꼼꼼히 읽고, 종이에 피라도 쏟은 것처럼 섬뜩하게 보일 때까지 빨간 펜으로 평을 열심히 적어주는 편이었다. 학생들이 에세이를 쓰는 데 시간을 들였으니 나도 그것을 읽고 더 나아지도록 도와주는 데 시간을 들이는 게 당연하다는 것이 내 지론이었다.

　나는 아이들이 자기들에게 요구하는 바가 많고 기대치도 높은 교사와 만나고 싶어한다는 것을 알게 되었다. 아이들에게 기대치란 훌륭한 동기였다. 학생들을 가르친 첫해가 끝나갈 때쯤, 내가 딱딱한 교재들 대신 반 아이들에게 추천도서로 권해주려고 고른 책 스물다섯 권의 목록이 완성되었다. 내가 '명작 읽기 과제'라고 부르는 그

목록에는 『위대한 개츠비』나 『동물 농장』 『벨 자』 같은 작품들도 포함돼 있었다. 책 목록만 달랑 준 것이 아니라 각 작품의 요약 줄거리도 첨부했고, 그 줄거리를 훑어보고 구미가 당기는 작품들을 골라 학기중 아무때나 읽어오라고 했다. 자기가 고른 책이 마음에 안 들면 다른 작품으로 바꿔도 되지만, 대신 정해진 날짜까지 새로 고른 책을 반드시 읽고 그 작품에 대한 과제를 제출해야 했다.

수업 시간에 우리는 『헝거 게임』부터 내가 가장 좋아하는 소설 『시계태엽 오렌지』까지 다양한 작품을 다루었다. 또 스타인벡과 헤밍웨이, 포크너는 물론 디킨슨, 휘트먼, 프로스트까지 고결한 문인들의 작품도 공부했다. 그러나 나는 대중적인 래퍼들의 가사라든지 그웬덜린 브룩스*같이 할렘 르네상스**의 영향을 받은 작가의 시 같은 것도 텍스트로 활용했다("우린 정말 멋있어. 우린/ 학교를 떠났거든. 우리는/ 밤늦게 배회하지. 우리는/ 직구를 던져⋯⋯").***

자기 인생이라는 드라마에 푹 빠져 있는 십대 학생들의 주의를 공부로 돌리려면 그저 그런 수업 재료로는 턱도 없었다―이틀이 멀다 하고 누군가에게 상처받고, 삼각관계보다 더 치열한 친구 관계에서 이리 치이고 저리 치이고, 남자친구나 여자친구 때문에 고민

---

* 흑인 소녀 애니의 성장을 그린 연작 시집 『애니 앨런』으로 1950년에 흑인 최초로 퓰리처상을 받은 미국의 시인.

** 1920년대 뉴욕의 할렘을 중심으로 꽃핀 흑인 문화·예술.

*** 그웬덜린 브룩스의 시 「우린 정말 멋있어」 중에서.

하고, 아, 그 나이 때 겪는 실연은 또 얼마나 고통스러운지! 십대 청소년들은 자기중심적이다. 자기에 관한 이야기나 어떻게든 자기와 연관된 주제가 아니면 흥미를 보이지 않는다. 그래서 내가 내준 숙제 중에는 '그림 자서전'을 만들어오는 것이 있었다. 이 그림 자서전을 만들려면 먼저 자기 인생의 핵심적인 사건 열 가지를 골라야 한다. 그런 다음 형용사나 부사를 쓰지 않고 각 사건을 설명하는 간단한 문장(자전거 타는 법을 배웠다)을 하나씩 적고 거기에 이미지나 그림, 사진을 곁들여 콜라주를 완성해오라고 했다. 결과물은 기대 이상이었다. 배꼽 잡고 웃게 만드는 재밌는 작품도 간간이 나왔다. 이를테면 "수영하는 법을 배웠다"라는 문장 옆에 상어떼에 쫓겨 헤엄치는 사람 사진을 붙여온 학생이 있었다. 또 "운전하는 법을 배웠다" 옆에는 심하게 찌그러진 차에 충돌 테스트용 마네킹 둘이 앉아 있는, 잡지에서 오려낸 사진을 붙여놓기도 했다. 학생들은 그런 작품에 열광했다. 그렇게 웃고 즐기다가 아이들이 이제 끝이겠지 생각할 때쯤 나는 이런 질문을 던졌다. "너희들 혹시 '그림 한 장이 천 마디 말을 한다'는 표현 들어봤니?" 학생들이 고개를 끄덕였다. "좋아. 그럼 자기가 만든 콜라주를 잘 보고 천 단어 내외로 이야기를 만들어와. 천 단어를 못 채우겠으면 최소한 A4용지 앞뒷면이라도 채워봐."

학기 마지막 에세이 과제로 잭 케루악의 『길 위에서』를 추천한 적도 참 많았다. 케루악이 친구 한 명과 여행을 하면서 자아를 찾아간 경험을 바탕으로 한 작품이다. 하지만 『길 위에서』는 모두가 좋아할 만한 책은 아니었다. 내가 가르친 학생 중에 매시 곤잘러스라는 말 많고 과장된 표현을 좋아하는 여학생이 있었는데, 이 책은 도저히 자신이 소화할 수 없는 책이라며 고집을 부렸다. "이 책은 정말 말이 안 돼요!" 어느 날 방과후에 매시가 교실로 뛰어들어오며 이렇게 외쳤다. 나는 어깨를 으쓱하며 대꾸했다. "그럼 다른 책으로 바꾸렴." 그러면서 톰 로빈스*의 『딱따구리와 함께하는 조용한 삶』을 권했다. 캐멀 담뱃갑 안에서 펼쳐지는(설명하려면 복잡하니 직접 읽어보시라) 특이한 러브스토리인데, 이 또한 읽는 이들마다 호불호가 극명하게 갈리는 작품이다. "알았어요." 매시가 부루퉁하게 대답했다.

그러고는 다음날 또 눈을 부라리며 흥분해서 교실로 뛰어들어와 이렇게 외쳤다. "선생님, 저한테 왜 그러세요? 이 책도 말이 안 되잖아요!" 과제를 그렇게 쉽게 포기하도록 내버려둘 내가 아니었다. "계속 읽어봐. 어떻게든 그 책을 즐길 방법을 찾아낼 수 있을 거야." 예상대로 매시는 즐길 방법을 찾아내는 데 성공했다. 기말 과제를 제출하는 날, 매시는 평소보다 일찍 왔다. 그리고 수업 시간에 자기가 발표할 차례가 되자, 앞으로 나와 책의 인상적인 장면들을 연기

---

* 1932년생 미국 작가. 주로 코미디-드라마 장르를 쓰며, 소설 『카우걸도 블루스를 부른다』는 1993년에 영화로도 만들어졌다.

해 보이면서 책을 읽으며 자기가 겪은 고통을 마임으로 표현했다. 매시의 퍼포먼스는 그 아이가 생각해낸 톡톡 튀는 아이디어만큼이나 훌륭했다. 나는 지나가듯 한마디해줬을 뿐인데, 머리를 쥐어뜯을 만큼 지루한 과제를 빛나는 걸작으로 승화시킨 매시가 대견스러웠다. 그날 퇴근하는 내 발걸음은 다른 날보다 좀더 가벼웠다.

수업 시간이 열띤 토론의 장으로 변할 때도 많았다. 나는 다소 색다른 방식을 동원하더라도 어떻게든 아이들이 창의력을 발휘하도록 유도하는 과제를 내주려고 각별히 신경썼다. 학생들이 책을 통해 만나는 저자와 등장인물들에 공감하고 그 대상들을 존중하도록, 그리고 궁극적으로는 자신의 인생에서 만나는 타인들을 존중하는 법을 배우도록 하는 것이 내 의도였다. 스테퍼니 에릭슨의 에세이 「우리가 거짓말을 하는 방식들」을 가르친 날, 본격적인 수업에 앞서 아이들에게 먼저 자신이 거짓말을 했거나 아니면 누가 자신에게 거짓말을 했던 경험을 공책에 써보라고 했다. 그런데 그 수업은 나를 포함해 모두에게 예상치 못한 깨달음을 주었다. 학생 한 명이, 어렸을 때 산타클로스의 존재를 굳게 믿었는데 어느 해 크리스마스이브에 아빠가 선물을 포장하고 있는 것을 보고 그때껏 부모가 자신을 속여왔음을 깨달았다고 썼다. 발표를 하면서 학생은 그날 이후로 아빠에 대한 절대적인 믿음을 회복하지 못했다고 고백했다. 산타클로스가 없다는 사실을 알게 된 것이 문제가 아니었다. 부모님이 자신을 속였다는 사실이 큰 충격을 준 것이었다. "부모님을 못 믿으면 세상에서 누굴 믿어요?" 그 학생이 한 말이다.

　처음에는 각자 경험담을 발표하던 것이 어느새 거짓말에도 정도가 있다, 악의가 전혀 없는 듯 보이는 거짓말도 뜻밖의 파장을 불러온다는 주제의 토론으로 번졌다. 에릭슨이 에세이에 쓴 것처럼 "우리는 거짓말을 한다. 거짓말을 안 하는 사람은 없다. 우리는 과장을 하고, 축소해서 말하고, 충돌을 피하고, 상대방의 감정을 상하게 하지 않으려 돌려 말하고, 편리하게도 잊어버렸다고 얼버무리고, 진실을 숨기고, '강자'에게 거짓말하는 것을 정당화한다. 대부분의 사람들처럼 나도 아무렇지 않게 사소한 거짓말을 내뱉고, 그러면서 자신이 정직한 사람이라 믿는다. 그래, 나도 거짓말해. 그렇지만 아무도 다치지 않잖아? 이렇게 스스로를 속이면서. 그러나 과연 정말 다치지 않을까?" 나는 이것이 상당히 의미심장한 질문이라고 생각했고, 그래서 학생들에게도 이 질문을 던졌다. 그리고 선의의 거짓말과 뻔뻔한 거짓말을 분류해보라고 했다. 선의의 거짓말이라는 주제는 아주 흥미로운 토론을 불러왔다. 심한 거짓말이 나쁘다는 건 모르는 사람이 없다. 그렇다면 좋은 의도에서 한 거짓말은? ("물론이지, 버지니아, 산타클로스는 진짜 있단다!") 처음에는 학생들 대부분이 정당성을 주장했지만, 부모님이 좋은 뜻에서 한 작은 거짓말이 자기네 반 친구에게 얼마나 큰 여파를 끼쳤는지 깨닫고 생각을 바꿨다. 버지니아는 이 불신의 씨앗이 나중에 친구들, 또 사귀는 남자친구들과의 관계에도 균열을 일으켰다고 털어놓았다.

나는 아이들에게 해가 되지 않는 거짓말, 내가 어렸을 때는 '뻥'이라고 불렸던 거짓말의 예를 들어주었다. "여자친구가 '나 오늘 어때?' 하고 물으면 다들 예쁘다고 대답하지. 근데 거짓말이야. 그런 거짓말은 괜찮은 걸까?" 이 질문에 대한 반응은 매번 비슷하다. "그럼 어떻게 해요? 여자친구 기분을 상하게 할 수는 없잖아요?" 이쯤에서 나는 이 주제에 대해 위대한 문학가들이 한 말을 인용한다. 한 번은 조지 버나드 쇼를 인용했다. "거짓말쟁이에게 주어진 벌은 사람들이 그를 안 믿어주는 게 아니라 자신이 아무도 못 믿게 된다는 것이다." 다른 반 수업에서는 존 스타인벡의 『에덴의 동쪽』에 나온 한 구절을 인용했다. "보통 거짓말쟁이들은 자기가 한 거짓말을 잊어버리거나 아니면 자신의 거짓말이 어느 순간 반박의 여지가 없는 진실과 마주하게 되는 바람에 정체가 탄로 난다." 아이들에게 격한 반응을 불러일으킨 또다른 인용은 로즈 장학생* 출신의 사전 편찬자인 버건 에번스가 한 말이었다. "여자에게 거짓말을 하지 않는 남자는 여자의 기분을 전혀 배려해주지 않는 사람이다." (물론 이 말은 버건 에번스가 진실을 감당 못하는 여자들을 두려워한다는 뜻이다.) 학기마다 재현된 이 열띤 토론은 열에 아홉 번은 다음과 같은 결론으로 마무리되었다. 거의 모든 거짓말은 두려움에서 나오며, 나

* 영국 옥스퍼드 대학에서 공부하는 뛰어난 외국인 학생들에게 주어지는 로즈(Rhodes) 장학금의 수혜자.

아가 우리가 하는 거짓말들은 우리가 품은 두려움의 정도를 드러낸 다는 것이다. 학생들에게 굉장히 의미 있는 통찰이었다.

그해 메나셰 선생님의 수업을 들으면서 나는 세상을 보는 새로운 시각을 얻었고, 사람들이 그 세상을 살아가는 자신의 모습을 바라보는 관점을 이해하는 법을 배웠다. 말 뒤에 숨은 의미를 읽는 법, 글의 구조와 쓰인 단어에서 작가의 목소리를 듣는 법을 배웠다. 그러다 어느 순간 언어의 마법이 보이기 시작했고, 그것을 어떻게 활용하고 어떻게 가지고 놀지도 터득하게 되었다.

그뿐만 아니라 메나셰 선생님은 진짜 세상에 대해서도 가르쳐 주셨다. 선생님을 통해 나는 가치 있는 삶이란 지식을 추구하고 나누는 삶임을 알게 되었다. 우리가 세상을 제대로 이해하고 있다면, 어쩌면 우리의 의무는 지금 당장 세상을 바꾸는 것이 아니라 우리 다음 세대가 그럴 수 있도록 도와주는 것, 다음 세대에게 변화를 창조할 도구를 쥐여주고 더 나은 세상을 만들어가도록 영감을 주는 것일지도 모른다는 것을.

앨버토 에레라

코럴리프 고등학교 2009년 졸업생

메나셰 선생님이 처음으로 내준 숙제가 생생히 기억난다. 각자 앞으로 어떻게 살고 싶은지, 어떤 소망과 꿈을 품고 있는지, 그리고 그것들을 성취하기 위해 무엇을 어떻게 할 생각인지 (물론 2행 간격으로) 에세이를 써오는 것이었다. 모두 숙제를 제출하자 선생님은 한 사람씩 불러서 각자 써낸 것을 가지고 면담을 했다. 내 숙제를 손에 쥐고서 선생님은 이렇게 말했다. "비키, 이건 네 목소리가 아니잖아. 네가 여기 써낸 건 전부 쓸데없는 헛소리야. 난 이게 너의 진심이라고 믿지 않는다. 네가 진짜로 하고 싶은 말이 뭐야?" 뒤통수를 얻어맞은 기분이었다. 나는 말문이 막혔다. 어느 대학에 지원할지도 결정 못 한 열일곱 살짜리 여자애가 인생에서 진정으로 원하는 걸 어떻게 안단 말인가? 하지만 그 질문을 들은 순간 내게 변화가 찾아왔다. 그날부로 나는 좋은 학점을 받기 위해, 아니면 선생님께 칭찬받기 위해 공부하던 것을 멈추고, 그 대신 내가 학교에서 얻고 싶은 것, 그리고 가장 중요한, 내 인생에서 얻고자 하는 것이 무엇인지 열심히 고민하기 시작했다. 내게 그토록 뜻깊은 선물을 준 선생님은 메나셰 선생님이 처음이었다. 하지만 그게 메나셰라는 사람이다. 강제로 어떤 생각을 주입한다거나 특정한 방식으로 사고하도록 유도한 적도 없고, 자신이 던진 질문에 그저 점수나 따려고 학생이 듣기 좋은 대답을 하는 것을 용납하지도 않는다. 메나세 선생님은 학생들에게 끊임없이, 문학에서든 아니면 각자의 인생에서든, 진실을 추구할 것을 요구한다. 틀에서 벗어난 사고를 하도록 이끈다.

비키 캄파도니코

코럴리프 고등학교 2009년 졸업생

경험이 쌓이면서 나는 유의미한 논의를 이끌어내는 가장 좋은 방법으로 내가 '소용돌이spiral'라고 이름 붙인 도구만한 게 없다는 걸 알아냈다. 어려울 것 없다. 화이트보드에 단순한 소용돌이 하나를 그리고 그 중심을 콕 짚으며 설명을 시작한다. "처음부터 시작해볼까? 우리는 모두 탄생에서 출발하지. 애초에 사람은 다 자기중심적이야. 배가 고프거나 졸리거나 기저귀에 똥을 싸면 일단 울기부터 하지. 문제가 당장 해결되길 바라니까. 자기 울음소리에 엄마 아빠가 한밤중에 깨도 눈 하나 깜빡하지 않아. 그저 자기 욕구만 충족되길 바랄 뿐이야."

여기서 소용돌이 중심에서 조금 떨어진 지점에 마커를 갖다 대며 설명을 이어간다. "이제 여러분은 서너 살쯤 됐어. 엄마가 사탕을 하나 주셨어. 입에 넣어보니 사탕이 너무 맛있어. 온 우주가 그 사탕을 중심으로 존재하는 거 같아. 그런데 그만 사탕을 떨어뜨려 흙이

묻었고, 그걸 엄마가 내다버리셨어. 여러분은 자기한테 유일하게 소중한 것을 잃어버렸다는 생각에 울고, 또 울고, 도무지 그치지를 않아. 자기 딴엔 모든 것을 잃은 거야. 이 시기에 우리는 자기 자신 이외의 다른 것들을 자신과 연관짓기 시작하지만, 자기에게 직접 영향을 주는 것들에만 관심이 있지."

마커를 조금 더 바깥쪽으로 옮긴다. "이제 여러분은 여덟 살이 됐어. 어느 날 엄마가 울고 계신 게 보여. 가서 위로해드리고 싶지만, 그냥 다른 방으로 가서 자기가 하고 싶은 일을 해. 그렇게까지 마음 쓰이지는 않는 거야, 아직은. 하지만 여기서 씨앗이 심어졌어. 몇 살 더 먹으면 비로소 타인에게 진짜 감정적 반응을 느끼고 또 보여주기 시작해. 열 살이면, 엄마가 우는 걸 또 봤을 때, 이제는 가서 안아주지. 시간이 점점 흐르면서 우리는 조금씩 더 자기 자신으로부터 벗어나 자신과 개연성이 점점 떨어지는 것들까지 신경쓰기 시작하는 거야."

마지막으로 소용돌이 거의 끝 부분에 이르러 설명을 마무리짓는다. "우리 중 다수가 이 지점에 이르지 못해. 하지만 이 지점이 우리 목표가 될 수는 있어. 우리는 여기에 다다르기를 원해. 이 경지에 이르면 과거와 미래, 그리고 자신에게 직접적인 영향을 주지 않는 것들에까지 마음을 쓰게 돼. 예를 들면 아프리카에서 굶고 있는 아이들이나 중동에서 한창인 전쟁, 제삼세계 국가들이 겪는 빈곤 같은 것 말이야. 이 지점에 이른 사람은 마음 깊은 곳에서 타인과 공감하고 남을 진심으로 존중하고 따뜻하게 대해. 왜냐면 이 경지에 이르렀다는 건 자기 자신보다 남을 더 생각하게 됐다는 뜻이거든."

놀랍게도 내 소용돌이 모델은 학교에서 대히트를 쳤다. 학생들은 너도나도 공책에 소용돌이를 그렸고 심지어 자기 몸에 펜으로 그리기도 했다. 미술반 학생들은 스케치북에 그렸고, 음악 전공 학생들은 오선지에 그렸다. 얼마 안 가 학교 어디를 가든, 벽보에, 게시판에, 로커 문짝에 그려진 소용돌이가 눈에 띄었다―우리 반 학생들은 물론이고 내 수업을 한 번도 들은 적이 없는 아이들에게도, 자기 자신의 요구와 욕망을 추구하는 것에만 그치지 말고 타인까지 생각하라고 일깨워주는 역할을 하게 된 것이다.

소용돌이가 큰 효과를 거두는 것을 보고 나는 인생의 교훈을 문학과 엮어서 가르칠 또다른 방법을 찾기 시작했다.

그렇게 고민하다가 나온 것이 바로 우선순위 리스트다.

11

　어느 날 저녁, 식사를 마친 뒤 폴라는 친정어머니와 통화하려고 침실로 들어가고 나는 거실에 남아 셰익스피어의 『오셀로』 복사본을 다시 꺼내들었다. 낱장이 닳아 해지고 누렇게 바랠 정도로 여러 차례 읽은 작품이었지만, 학생들이 내용에 공감하는 데 어려움을 겪고 있어서 한번 더 읽으면 혹시 아이들이 좀더 수월하게 몰입하도록 도와줄 방법이 떠오르지 않을까 했던 것이다.

　두어 시간을 골똘히 생각하다가, 갑자기 아이디어가 떠올랐다. "드디어 해결책을 찾은 것 같아!" 폴라가 아직도 전화기를 붙잡고 있어서, 나는 혼자 허공에 대고 소리쳤다. 그 아이디어란 이것이다. 보통 사람들의 삶에 보편적으로 연관되는 단어―명예, 사랑, 부, 권력, 직업, 존경 같은 단어들―를 가지고 리스트를 만든 다음, 학생들에게 각 등장인물이 자기 인생에서 우선시했다고 생각되는 것에 순위를 매겨보라고 하면 어떨까? 예를 들면, 기독교도이자 무어인이며 영웅으로 칭송받는 장군인 오셀로의 리스트에서는 명예가 제일 상단을 차지할 것이다. 부관으로 승진할 기회가 좌절되어 오셀로에게 복수를 꿈꾸는 기수 이아고는 우선순위 리스트 제일 위에 직업을 배치할 확률이 높으며, 오셀로에 대한 한결같은 마음 때문에 죽음에까지 이른 데스데모나는 사랑을 가장 우선시할 것이다. 내 의도는 이렇게 우선순위를 정해봄으로써 학생들이 등장인물 간의 차이점은 물론 공통점들을 발견해내고, 나아가 보통 사람들은 마냥 선하거나 마냥 악하지 않은 복잡한 존재라는 것을 깨닫도록 하는 것이었다. (물론 그렇다 해도 이아고의 행동을 정당화해줄 만한 것은 별로 없다!)

그날 아침, 첫 수업에 들어가서 나는 보드에 『오셀로』의 등장인물들 이름과 그 옆에 나란히 저 단어들을 죽 적어놓고, 학생들에게 공책에 그것을 베껴 쓴 다음 희곡 속 인물 각각이 생각할 법한 우선순위를 매겨보라고 했다. 아이들은 그 작업에 너무나 몰두한 나머지, 종이 쳤는데도 거의 반 전체가 몇 분 더 자리에 남아 각자의 리스트를 가지고 열띤 토론을 벌였다. 그날 나는 내가 맡은 수업마다 아이들에게 같은 과제를 내주었고, 그때마다 같은 현상이 일어났다. 학생들은 등장인물들을 이해하기 시작했고, 자신과의 연관성을 조금씩 발견하는 동시에 그만큼 자기 자신도 조금씩 더 이해하고 있었다. 한 학생이 "나는 이아고와 비슷해"라고 하면 다른 학생이 "난 오셀로하고 더 닮았는데"라든가 "난 데스데모나처럼 충직해"라고 응수하는 식이었다.

이 수업이 워낙 큰 효과를 봐서, 이듬해에는 더 미묘하고 한마디로 정의하기 어려운 단어들—독립성, 영성, 스타일 등—을 목록에 추가했다. 그리고 이번에는 학생들에게 희곡 속 등장인물뿐 아니라 자기 자신의 입장에서도 우선순위를 매겨보라고 했다. 거기서 끝내지 않고, 누구든 앞으로 나와 보드에 자기가 매긴 우선순위를 공개해보라고 했다. 보통 용기로는 할 수 없는 일이었지만—또래 친구들에게 자신의 속살을 드러내면서 친구들이 그런 자신을 비판하지 않을 거라고 믿어야만 가능한 일이었으니까—그럼에도 이 단순한 과제는 학생들에게 자신을 들여다볼 통찰력을, 더불어 친구들과 자신을 동일시하고 상대방과 깊이 공감할 수 있는 능력을 배양해주었다. 처음엔 문학작품을 이해하고자 시작했던 과제가 나중에는 인생 수업으로 진화한 것이다. 아이들은 그 과제에 열광했다.

나도 아이들의 리스트를 보면서 배운 것이 많다. 단어를 배열한 순서에 더 깊은 이야기가 숨어 있는 경우가 많았다. 한 예로, 교육보다 직업을 위에 놓은 에이미 S.는 대학을 인생의 도약판으로 삼으려는 것일 테고, 반면 교육을 맨 위에 배치한 맬컴 B.는 미래의 직업을 아직 결정하지 못한 듯했다. 사랑이라는 단어를 어디에 놓는가는 항상 그 학생에 대해 많은 것을 말해주었다. 니콜 F.가 가족 바로 다음에 사랑을 적었다면, 그것은 미래에 꾸릴 자신의 가족, 언젠가 만나기를 꿈꾸는 남편과 아이들을 상징할 확률이 높았다. 그런가 하면 미겔 T.가 가족 다음에 안정이라는 단어를 배치했다면, 자신의 부모님과 형제자매를 생각하면서 목록을 작성했을 가능성이 농후했다. 한마디로 학생들이 만든 리스트는 작성 당시 각자가 인생에서 중요시한 것, 혹은 적어도 반 아이들과 머리를 맞대고 그 단어들을 분석하고 그것이 진짜로 무엇을 의미하는지 토론하기 전에 자신이 중요하다고 생각했던 것을 있는 그대로 보여준 것이었다.

이 과제가 불러온 변화 중에는 가슴 쩡한 순간도 있었다. 지독하게 수줍음을 타고 급우들에게 항상 주눅들어 지내던 라이언이라는 남학생의 이야기이다. 아름다운 목소리를 가진 라이언은 합창부에서 활동했는데, 노래할 때를 제외하고는 감정을 잘 드러내지 않는 아이였다. 내가 수업 시간에 우선순위 리스트를 작성해보라고 하자, 갑자기 라이언의 얼굴이 새빨개졌다. 이걸 어떻게 써야 하나 고민하며 초조하게 엉덩이를 들썩거리는 모양새로 보아, 마음이 상당히 불편한 것을 알 수 있었다. 나는 아이들이 작성하는 리스트를 슬쩍슬쩍 들여다보며 교실을 돌다가 라이언의 공책을 내려다봤는데, 프라이버시를 제일 위에 놓고 그다음에 가족, 그다음에 성性이 적혀 있었다.

몇 주 후 점심시간에 라이언이 우리 반 교실에 들어와 내 책상 옆에 놓인, 붉은색 천을 씌운 팔걸이의자에 털썩 앉았다. 그러고는 한참을 꾸물거리면서 손톱을 뜯거나 자기 무릎을 뚫어져라 쳐다보더니, 마침내 마음을 무겁게 짓누르던 돌덩이를 토해냈다. "저는 게이예요. 이 얘기를 하는 건 선생님이 처음이에요." 나는 라이언의 어깨를 두드려줬다. "잘했어. 네가 자랑스럽다. 용기가 필요했을 텐데." 긴장으로 잔뜩 올라가 있던 라이언의 어깨가 스르르 내려갔다. 우리는 그 학기 내내 대화를 계속했고, 나는 라이언에게 가족과 친구들을 믿고 고백해보라고 끊임없이 용기를 주었다. 결국 라이언은 가까운 이들에게 사실을 털어놓았고, 라이언의 부모님은 비록 시간이 걸리긴 했지만 아들의 정체성을 받아들였다.

학생들은 종종 내게 비밀을 털어놓았고 나는 항상 그런 신뢰를 소중하게 여겼지만, 내가 해줄 수 있는 일에는 한계가 있다는 것 또한 염두에 두고 있었다. 어떤 학생이 큰일을 당할 것 같거나 전문가의 개입이 필요하다 싶으면 해당 분야의 책임자에게 알려 반드시 도움을 받도록 했다. 그러나 대부분의 경우 아이들은 그저 누군가가 자신의 힘든 상황을 알아주고 이야기를 들어주는 것만으로도 고마워했다. 우선순위 리스트는 학생들이 (그리고 내가) 자신의 삶에 일어나고 있는 일들을 이해할 수 있게 도와주는 귀중한 도구였다.

우선순위 리스트가 기적을 일으켰다는 얘기가 아니다. 다만, 어찌된 일인지 그 단어들을 나열해보는 것만으로—보통은 아이들 자신조차 무슨 일이 일어나는지 눈치채지 못한 사이에—꼭꼭 숨겨두었던 비밀을 끄집어내고 의식 깊은 곳에 묻어두었던 진실을 드러내는 힘이 있었다. 내가 뭔가를, 리스트의 순위에서 어떤 단서를 알아

채고 당사자에게 혹시 이러저러한 것이 아니냐고 떠볼 때가 가끔 있
었다. "그걸 어떻게 아셨어요?" 그러면 학생들은 눈을 껌뻑거리며
이렇게 묻는다. "제가 부모님이랑 사이가 안 좋은 걸 어떻게 아셨어
요?" "제가 짝사랑하고 있다고 누가 말했어요?" 그 리스트가 아이
들이 입 밖에 꺼낸 어떤 말보다 아이들의 삶에 대해 더 많은 것을 말
해주었던 것이다. 우선순위 리스트는 아이들이 자신의 현재를 직시
하고 자신의 미래가 지닌 가능성을 내다보게 해주었다. 그리고 얼마
후, 내게도 같은 도움을 주었다.

메나셰 선생님은 우리가 인생에서 얼마나 중요한 시기를 보내
고 있는지, 우리가 지금 내리는 결정들이 나중에 얼마나 큰 영향
을 미치는지 거듭 이야기했다. 세상의 무게를 실감하게 해주었
지만 동시에—과제를 내주고, 의미심장한 질문을 던지고, 우선
순위 리스트를 작성하게 하는 등—그 무게를 감당할 도구도 쥐
여주었다. 우리가 가슴속에 있는 말을 꺼내도록, 그것도 그냥 말
하는 게 아니라 뚜렷한 의도를 가지고 말을 하도록 이끌어주었
고, 그렇게 해서 우리가 어른이 되는 법을 배우도록, 또 우리가
서로의 이야기 그리고 점점 성장해가는 우리 자신의 이야기를
경청할 줄 아는 사람이 되도록 선생님이 할 수 있는 것을 다 해주

었다.

고등학교에 다닐 즈음에는 우리가 마음 쓸 대상을 은근히 자기들이 원하는 쪽으로 유도하는 어른들, 어떤 것을 중요시하고 어떤 것을 무시해야 하는지—친구들, 학점, 돈, 인기 등—시시콜콜 일러주는 어른들이 주변에 참 많다. 그런 사람들은 끊임없이 자기들 생각과 사상을 우리에게 주입하려 한다. 백지 상태에서, 외부가 아니라 우리 자신의 내부에서 가치 체계를 만들어가라고, 그리고 우리 스스로 자신의 우선순위를 정하라고 독려하는 어른은 거의 없다.

메나셰 선생님의 우선순위 리스트는 우리가 자신을 직시하고 스스로 중요시하는 게 뭔지 생각해보게 했지만, 그러면서도 겁을 먹거나 지나친 부담을 느끼게 만들지는 않았다. 현재의 자신을 파악해 그것을 토대로 어떤 어른이 되고 싶은지 결정하도록 도와줬을 뿐이다.

멀리사 레이
코럴리프 고등학교 2012년 졸업생

선생님이 써주신 복도 통행증* 뒷면에 끼적거린 제 우선순위 리스트를 아직도 가지고 있어요. 선생님께 보여드린 저의 첫 리스트였고, 그래서 제가 가장 소중히 여기는 메모나 사진들과 함께 스케치북에 스크랩해두었어요. 대학에 진학해서도 영어 수업 과제로 우선순위 리스트를 가지고 리포트를 작성한 적이 있어요. 그것이 어떤 리스트이고 내게 어떻게 도움을 주었는지에 대해서요.

홀리 진 헨더슨
코럴리프 고등학교 2010년 졸업생

---

* 수업 시간에 교실 밖을 다닐 수 있는 허가증.

12

"제가 죽었나요?"

머리 위 새하얀 빛 속에서 마스크를 쓴 얼굴이 나타나 되물었다.

"글쎄요, 어떤 것 같아요?"

때는 2006년 겨울, 뇌신경외과 전문의인 아리아스 박사가 내 뇌에 가해지는 압력을 조금이라도 줄여보려고 종양의 일부를 제거한 직후였다. 박사는 이 "저등급 광범위 신경교종"이 지난 몇 년 동안 내 머릿속에서 계속 자라고 있었다고 했다. 나쁜 소식은, 종양이 사라질 가능성은 없으며 골프공만한 현재 크기에서 더 줄어들지도 않으리라는 것이었다. 좋은 소식은, 의사가 나를 죽이거나 내 운동신경을 망가뜨리지 않았다는 것이었고, 이는 내게 무엇보다 고마운 얘기였다. 아직 멀쩡히 걷고 말할 수 있다는 뜻이었으니까—게다가 더 희망적인 소식은, 만약 암이 커지는 속도가 지금처럼만 더디다면, 앞으로 몇 년은 비교적 정상적으로 생활할 수 있다는 것이었다. 말기 뇌종양 환자에게 그보다 더 좋은 소식은 없다.

폴라와 자크 형 얼굴 좀 보게 빨리 나를 회복실로 데려가달라고 재촉했다. 다들—좋으나 궂으나 항상 내 곁을 지키는 가족들—좋은 소식에 기뻐할 준비를 하고서 내가 돌아오기만 기다리고 있었다. 가족 말고 깜짝 손님도 있었는데, 내가 아직 마취약에 취해 있어서 정체를 알아채는 데 시간이 조금 걸렸다. 침대 발치 프레임에 끈으로 묶여 있는 그 손님은 커다랗고 반들거리는 헬륨가스 풍선이었다. 내가 스페인어를 잘 모르긴 하지만 풍선에 쓰인 문구는 이해할 수 있었다. "Es una niña!" '딸이래요!'라는 뜻이다. 큰형 모리스가 준비한 선물로, 병원 구내 선물가게에 남은 게 그것밖에 없었다고 했다. "종양이 여자애였나보지, 뭐." 작은형 자크가 던진 한마디에 모두 웃음을 터뜨렸다. 피가 마르는 몇 주간의 스트레스를 날려버릴, 속이 뻥 뚫리는 웃음이었다.

사나흘 정도 지나자 나는 예정보다 빨리 퇴원시켜달라고 의사를 조르기 시작했다. 어차피 절개 부위에 덮은 거즈를 갈아주는 일밖에 딱히 할 게 없는데, 그 정도는 집에서 직접 할 수 있다고 우겼다. 결국 병원측은 나를 퇴원시키기로 했고, 간호사들이 내 머리에 터번처럼 붕대를 둘둘 감은 다음 나를 휠체어에 태워 병원 출구까지 데려다주었다.

퇴원하고 처음 맞은 월요일, 나는 학교로 복귀했다. 아이들도 겨울방학이 끝나 막 학교로 돌아왔을 즈음이었다. 속이 메스껍고 머리가 띵했지만, 머리를 열고 뇌를 헤집었다는 것을 보여주는 눈에 보이는 유일한 증거는 오른쪽 귀 윗부분 머리 한줌을 민 자리에 드러난, 검은색 실로 가장자리를 꿰맨 말발굽 모양의 흉터뿐이었다. 그날이 내 인생 가장 행복한 날 중 하나였다고 말하면 이상하게 들리려나? 그날 나는 내가 정말로 있고 싶은 곳에, 함께 있고 싶은 사람들과 있었다. 햇살은 눈부시게 빛나고, 아이들은 나를 보겠다고 꾸역꾸역 몰려오고, 나는 다시 교실에 돌아와 있었다. 내 병은 안고 살아갈 수 있는 병이었다. 하지만 얼마나 더 살 수 있을까? 의사들은 명확한 대답을 회피했지만, 한마디로 정리하면 '모른다'였다. 종양이 더 자라지 않고 얌전히 있어주는 데 모든 것이 달려 있었다. 좋아. 언제 죽을지 모르는 것 정도는 감당할 수 있어. 어차피 그건 다들 똑같잖아?

그해 나머지를, 그리고 그 이듬해까지, 나는 살았다. 그냥 살았다. 단 하루도 결근하지 않았다. 명예학생단체*의 고문직을 맡아달라는 부탁을 수락했고, 우리 학교 롤러하키팀 코치직도 덥석 받아들였다. 폴라와 함께, 주로 에누리하는 재미로, 창고 세일을 돌며 싸구려 보

---

* National Honor Society. 각 학교마다 성적, 리더십, 봉사활동 등에서 우수한 학생만 들어갈 수 있는 단체로, 대학 지원시 큰 도움이 된다.

석이나 자질구레한 장신구를 사오기도 했다. 우리는 여전히 하키 게임을 보러 가거나 해변을 산책했고, 동네 클럽 처칠스에 밴드 연주를 보러 가기도 했다.

그렇게 살다가 2009년 어느 날, 두통이 시작됐다. 그때 나는 학교에 있었는데, 그해 첫 오픈 하우스를 준비하느라 부산하게 움직였던 기억이 난다. 오픈 하우스는 학교측이 학부모들을 초대해 교사들을 만나고 자식의 수업 일과를 직접 확인할 수 있는 기회를 주는 행사로, 교사들은 의무적으로 참석해야 했다. 어떤 변명도 통하지 않았다. 하물며 성가신 두통 따위로 빠진다니, 어림없는 일이었다.

그런데 하루종일 나를 괴롭히던 두통이 점점 강도가 세지더니, 오픈 하우스 행사를 시작할 때쯤에는 거의 앞을 똑바로 보기조차 힘들 지경이 되었다. 열두 시간 넘게 학교에 있었던데다 저녁도 못 먹어서 그런 거라고—중간에 집에 다녀올 시간이 없었다—자신을 달랬지만, 평범한 스트레스성 두통이나 허기에 의한 두통과는 차원이 달랐다. 극심하다고밖에 표현할 수 없는 통증이었다. 하지만 이제 와서 빠져나갈 수는 없었다. "정신 차려, 메나셰." 복도에서 우리 반 교실로 오는 첫번째 학부모의 발소리가 들려온 순간, 나는 스스로에게 단단히 일렀다.

교실이 얼추 다 찼을 때, 평소에 백 번도 넘게 써먹은 '환영 인사'를 기계적으로 읊었다. "이렇게 저를 괴롭히러 친히 와주셔서 감사합니다. 제가 오늘 아침 일곱시부터 여기 있었거든요? 근데 어떻게 학부모 여러분께 좋은 인상을 심어줄 수 있겠어요!" 기대했던 대로 적당한 농담이 분위기를 띄웠고, 모두 웃음을 터뜨렸다. 십 분만 더 참아, 그럼 집에 갈 수 있어. 나는 자동조종장치를 켜놓은 것처럼 나오는 대로 줄줄 떠들며 속으로는 나를 달랬다.

영원처럼 느껴진 십 분이었다. 꼬리에 꼬리를 무는 학부모들의 질문 세례. 성적. 추가 학점. 대학 입시. 그래도 마지막 한 명이 교실을 나갈 때까지 나는 잘 버텨냈다. 그러고는 곧 무릎에 힘이 빠지면서 쓰러져버렸다. "아, 너무 피곤해" 하고 비틀거린 정도가 아니라, 내 의지와 상관없이 그렇게 된 것이었다. 말 그대로 까무러친 것이다.

얼마 후 데니즈가 행사가 잘 끝났는지 둘러보러 우리 반 교실에 왔다가 내가 책상 위로 엎어져 있는 것을 발견했다. 그때 나는 막 의식이 돌아오고 있었는데, 이제는 꼭 누가 커다란 망치로 내 뇌를 두드리는 느낌이었다. 꽝! 꽝! 꽝!

데니즈가 폴라에게 연락했고, 나는 댐스키 박사의 진료실에서 폴라와 합류했다. 박사는 표정이 심상치 않았고, 잠시도 지체하지 않았다. 박사는 나를 진찰하더니 곧바로 구급차를 불러 1.5킬로미터 정도 떨어진 뱁티스트 병원으로 보냈다. 그리고 자기도 차로 따라왔다. 병원에 도착하고 얼마 안 되어 댐스키 박사는 새로 찍은 내 MRI를 손에 넣었다. 별로 좋지 않네요, 박사는 이렇게 말했다. 아주 안 좋아요. 얼마나 안 좋으냐면, 지금 당장 목숨이 위험할 정도예요. 지금 당장 뇌수술을 받지 않으면 죽을지도 모릅니다.

간호사 한 명이 나를 바퀴 달린 침상에 눕히는 동안, 다른 간호사가 메모지에 내 이름과 사회보장번호를 적어 테이프로 내 가슴팍에 붙였다. 침상 한쪽 옆에 폴라를 달고서 보조간호사가 전속력으로 나를 밀고 입원수속 창구를 지나 엘리베이터로 갔고, 타자마자 2층 버튼을 눌렀다. "자크 형한테 전화해." 엘리베이터 문이 스르륵 닫히는 순간 나는 폴라에게 힘없이 중얼거렸다. 댐스키 박사는 이미 수술실에서 대기하고 있었다. 마취의가 놓은 주사가 따끔 느껴지고 점점 의식을 잃어가면서 나는 과연 내가 살아서 아내와 형의 얼굴을 볼 수 있을까 생각했다.

수술은 몇 시간이나 계속됐고, 겨우 끝났을 땐 자크 형이 와서 기다리고 있었다. 캘리포니아에서 형이 제작하는 다큐멘터리영화를 위해 인터뷰를 진행하고 있었는데 소식을 듣고 바로 마이애미행 비행기를 탄 것이었다. 의사는 MRI를 보고 깜짝 놀랐다고 했다. 종양이 야구공 크기로 자라 있었던 것이다. 얌전히 있던 암덩어리가 갑자기 공격적으로 변해, 언제 죽어도 이상하지 않을 정도로 내 뇌의 정중선을 심하게 압박하고 있었다. 그때 당장 수술실로 데려가 종양을 잘라내 크기를 최소화하지 않았다면 나는 몇 시간 안에 죽었을 거라고 했다. 아니, 솔직히 오픈 하우스 때 학부모들 앞에서 자기소개를 하다가 쓰러져 죽지 않은 게 기적이라고 의사는 말했다.

내가 페이스북에 이렇게 올린 지 겨우 육 개월 만에 일어난 일이었다. "다비드 메나셰는 오늘 육 개월 주기의 정기검진을 위해 듀크

대학병원에 다녀왔으며 완전히 안정된 상태임을 알려드립니다. 기분좋다."

정말로 기분이 얼마나 좋았던지.

이번에는 수술 후의 내 사진과 함께, 수술 경과를 알리는 글을 새로 올렸다. "병리보고서가 나왔습니다. 신경교아종(최악의 종양입니다) 4기(가장 심한 단계죠)에 접어들었고, 그것도 가장 공격적인 상태라고 합니다. 당장 방사선치료와 화학치료를 받아야 합니다. 육주간 매일요. 좋습니다. 알려드리는데, 이런 종류의 치료를 받을 경우 중앙생존기간은 십이 개월에서 십오 개월 정도라고 합니다."

글을 올리자마자 거의 실시간으로 따뜻한 위로와 격려의 댓글이 십여 개 달렸다. 그러나 내 눈길을 잡아끈 것은 어떤 학생이 올린 호된 꾸짖음이었다. 한 해 전 코럴리프 고등학교를 졸업한, 괄괄한 성격의 헤더 마리 윌슨이라는 학생이 내 글에서 자기연민의 어조를 감지하고 독하게 한마디한 것이다. "이번주 내내 다들 나한테 '헤더, 얼른 메나셰 선생님의 페이스북에 가서 포스팅 읽어봐. 빨리. 너무 슬퍼' 하고 들들 볶아댔죠. 이제 겨우 시간이 나서 (지금 여기는 새벽 두시 반이에요) 읽어봤더니, 화가 나서 미치겠네요. 선생님한테, 그리고 나를 볶아대던 걔네들한테 화가 나고, 이 상황에도 화가 나요. 여기 있는 사람들이 지금 누구를 상대하는지 모르는가본데, 솔직히 제가 보기에는 선생님도 자기 자신을 잃어버리신 듯해요. 제가 2학년 때, 선생님이 처음으로 투병 사실을 밝혔던 날이 기억나요.

우린 선생님 걱정에 눈물을 쏙 뺐고, 어떻게 하면 도울 수 있을까, 어떻게 하면 고통을 덜어드릴까, 어떻게 하면 선생님을 잃지 않을까 저마다 고민했어요. 저도 그 자리에서 엉엉 울었던 게 기억나네요. 근데 선생님은 저랑 눈을 맞추면서, 걱정 말라고 하셨어요. 아무데도 안 간다고 그랬다고요! 그랬던 선생님이 지금 이렇게 나약한 모습을 하고 있는 걸, 그리고 사람들이 마냥 슬퍼하고만 있는 걸 저는 보기 힘드네요. 선생님은 아직 살아 계세요! 그리고 앞으로도 한동안 살아 계실 거고요. 이대로 포기하기엔 선생님은 가슴에 품은 불꽃이 너무 강한 분이잖아요. 어쨌든, 저는 내일 아침 여덟시에 수업이 있어서요. 내일 다시 여기 왔을 땐 더 밝은 글이 있기를 기대해요."

학생이 선생을 가르칠 줄이야. 읽으면서 입가에 살며시 미소가 번지는 건 어쩔 수 없었다.

내가 처음 메나셰 선생님의 수업을 들으러 교실에 들어갔을 때, 선생님은 거기 안 계셨다. 암 소식을 이미 들은 터라, 선생님을 어떻게 대하면 좋을지 걱정이 됐다. 그때는 이미 발병하고 이 년 정도 지났을 때라 모두들 선생님의 병에 대해 알고 있었다. 잠시 후 당당한 걸음걸이로 선생님이 들어오셨고, 옆통수의 흉측하고 큰 흉터에 저절로 눈길이 갔다. 끔찍해 보였다. 그런데 선생님은 스툴에 털썩 앉으시더니 교실을 다 밝힐 만큼 눈부신 미소로 아이들을 둘러보며 이렇게 말씀하셨다. "좋은 아침입니다, 여러분! 내 이름은 다비드 메나셰고, 보다시피 뇌종양을 앓고 있습니다." 담백한 인사였다. 그러더니 바로 수업 애기로 넘어가서, 앞으로 한 학기 동안 우리가 얼마나 이 수업을 즐기게 될 것이며 가르치는 입장에서 자신도 우리에게 얼마나 기대가 큰지 이야기하셨다.

제니퍼 브루어

코럴리프 고등학교 2009년 졸업생

13

내가 뭐든 빨리 배우는 사람은 아니지만, 딱 한 가지 빨리 배운 것이 있다. 옆에서 누가 자꾸 당신 앞으로 살날이 얼마 남지 않았다고—아니, 죽을 날이 가까웠다고—상기시켜주면 인생의 우선순위를 서둘러 재조정하게 된다는 것이다. 나의 최우선순위는 생존이었다. 그 수술을 받고서 이 년 반 동안 뻔질나게 병원을 드나들었고, 종양을 키우지 않기 위해 의사들이 시키는 모든 것을 다 했다. 퇴근하면 기가 쭉 빠져나가는 화학치료와 방사선치료 일정이 나를 기다리고 있었다. 결혼생활에도 균열이 가기 시작했다. 치료가 계속되면서 만성 구토와 피로에 시달렸고, 몸이 항상 퉁퉁 부어 있는 것은 물론이고 머리의 오른쪽은 머리카락이 죄다 빠져버렸다. 그리고 어렸을 적 기억의 한 뭉텅이가 머릿속에서 사라져버렸다. 별것 아닌 것들—예를 들면 내 왼쪽 무릎에 있는 상처가 어떻게 생긴 것인지 등—이 영 떠오르지 않아 답답했다. 어릴 때 가족들과 함께 간 디즈니 월드 여행이라든가 내가 가장 좋아했다는 파란색 슈윈 자전거가 이제는 다 사진 속에만 존재하는 추억이 되었다. '답답하다'는 말로는 그 기분을 온전히 표현할 수 없다. 태어나서 열다섯 살까지의 기억이 거의 사라졌다고 봐도 무방한데, 다행이라면 다행인 것은, 가족과 친구들이 재미난 일화와 사진들로 그 구멍을 하나둘 메워주었다는 것이다. 암이 내 뇌를 잠식해갈수록, 우리 부부관계를 유지하는 데 있어 폴라가 짊어져야 할 책임이 점점 커졌다. 우리의 역할은 서서히 뒤바뀌어, 폴라가 최근에 얻은 독립성과 나의 의존성이 우리 사이에 마찰을 빚어냈다.

발작도 강도가 점점 심해졌다. 의사가 처방해준 항발작제를 복용하면 심한 부작용이 뒤따랐다. 나는 열정적으로 살아야 직성이 풀리는 사람인데, 그 약을 먹으면 극단의 기분을 느낄 수가 없었다. 생생한 분노도 슬픔도 행복감도, 아무것도 느껴지지 않았다. 마치 내 감정의 가장자리들이 툭 잘려나간 것 같았다. 예를 들자면, 어느 날 저녁 폴라와 나란히 앉아 텔레비전에서 해주는 코미디 영화를 보고 있었다. 닉 놀티와 랠프 마키오가 나오는 (다른 제목도 아니고 마침) 〈티처스〉*라는 영화였다. 영화 중간에, 선생님이 프린트가 쌓여 있는 책

---

* 아서 힐러 감독의 1984년 영화로, 국내 개봉 제목은 '끝없는 사랑'.

상에 앉아 신문을 펼쳐 들고 열중해서 읽는 장면이 나온다. 수업 시작종이 울리자 학생들이 하나둘 들어와 프린트를 집어들고 자기 자리로 가서 앉는다. 그러는 동안 선생님은 한 번도 고개를 들지 않고, 수업이 끝나고 다시 종이 울리자 학생들은 또 우르르 교실을 빠져나가면서 같은 자리에 프린트를 갖다놓는다. 아무도 선생님이 죽어 있는 걸 눈치채지 못한 채. 그 장면을 둘이 같이 보는데, 폴라는 옆구리를 부여잡고 신나게 웃어젖혔다. 반면 나는 몇몇 대사가 웃기긴 했지만 반응을 할 수 없었다. 그냥, 웃음이 나오지 않았다.

재미와 농담, 미소 짓는 것, 감정을 느끼는 것을 너무나 사랑했기에 나는 항발작제를 끊었고 대신 발작을 감내했다. 나중에는 나만의 노하우도 생겼다. 발작이 일어날 신호가 오면 즉시 알아챘다. 덕분에 운전중이면 갓길에 차를 세우거나, 아이들을 가르치고 있으면 핑계를 대고 잠시 교실을 빠져나올 수 있었다. 보통은 다른 선생님에게 뭘 좀 물어보고 오겠다고 학생들에게 둘러대고는 복도로 나가 증상이 가라앉을 때까지 잠시 서 있다 들어오곤 했다.

처음에는 메나셰 선생님이 아프다는 것을 잊기가 쉬웠다. 그러다 더이상 모르는 척할 수 없는 때가 왔다. 내가 졸업반이었던 해의 어느 날, 다른 수업을 들으러 가는 길에 잠깐 선생님의 교실에 들렀다. 그 당시 선생님은 하루 6교시를 꽉 채워 가르치고 계셨고, 그것이 선생님의 몸에 무리를 주고 있는 것이 티가 났다. 내가 들어갔을 때 벌써 몇몇 학생이 선생님을 에워싸고 각자 자기가 다듬고 있는 에세이에 대해 조언을 구하려고 차례를 기다리고 있었다. 나를 본 선생님은 반색하며 이리 오라고 손짓했다. 기분이 안 좋은 날에도 나를 보면 항상 반겨준 선생님이었다. 나를 상대할 시간이 없을 때에도 여유가 있는 것처럼 하며 성의껏 얘기를 들어주셨다. 나는 때로 볼일이 없는데도 뭐 도와드릴 것이 없나 해서 괜히 선생님 교실을 찾아가곤 했다. 그날도 그런 날이었다.

"뭐 도와드릴까요?" 나는 물었다.

선생님은 모여 있는 학생들에게서 몇 발짝 떨어진 곳으로 나를 데려갔고, 평소의 선생님답지 않은 행동에 나는 뭔가 잘못되었다는 것을 알아차렸다. "나 대신 애들 좀 봐줘." 선생님은 이렇게 부탁하셨다.

조금 당황스러웠다. "예?"

"애들 질문에 답해줘. 부족한 부분이 뭔지도 봐주고."

"아, 알겠어요. 그럴게요." 그게 그렇게 쉬운 일인 줄 아나? 나는 속으로 툴툴거렸다.

선생님은 내가 어이없어하는 것을 눈치채셨는지, 재빨리 이렇게 덧붙이셨다. "발작이 일어나서 그래." 그러더니 빠른 걸음으로 교실에서 나가셨다.

나는 선생님이 시킨 대로, 후배들을 차례로 봐주며 아이들의 질문에 성의껏 대답해줬다. 일이 분 뒤 선생님이 돌아오셨다. 그때 처음으로 나는 선생님의 진짜 상태를 알게 되었다. 병세가 심각하다는 것을. 오른쪽 입가가 살짝 벌어져 있었고, 거기에 고인 침을 선생님은 소매로 슥 훔쳐냈다. 하지만 다음 순간 아무렇지 않게 내게 웃음을 지어 보이고는, 이내 학생들을 봐주기 시작했다. 나는 방과후에 다시 선생님을 뵈러 갔고, 이번엔 퇴근하려고 막 교실을 나서는 선생님과 마주쳤다. 아까 무슨 일이 있었던 거냐고 여쭤보았지만, 선생님은 아무 일 없었던 듯 행동했다. "별거 아니야." 이렇게만 말씀하실 뿐이었다. 그러고는 곧 몇 주 뒤에 닥칠 시험에 대해 이야기했다. 역시, 메나셰 선생님은 자기 병 때문에 학생의 성장을 막을 분이 아니었다.

멀리사 레이
코럴리프 고등학교 2012년 졸업생

치료 과정에서 내가 가장 끔찍하게 여겼던 건 MRI인 것 같다. 내 뇌는 레이디 가가보다 사진을 더 많이 찍었다. 의사는 두 달에 한 번씩 MRI 검사를 받으라고 지시했다. 종양의 변화를 정기적으로 확인하기 위해서란다. 그래서 나는 이 개월마다 꼬박꼬박 병원에 갔고, 먼저 피를 뽑은 다음 딱딱한 테이블에 누워 얼굴을 조금만 들면 코가 닿을 듯한 좁디좁은 튜브 속으로 스르륵 들어갔다. 폐소공포증을 일으키기에 그보다 더 적합한 곳은 없을 것이다. 두 시간하고도 구분 동안(도대체 구 분은 뭐지? 이 의문은 매번 들었다) 그 좁다란 원통 속에 꼼짝 못하고 누워 있으면 기계가 큰 소리로 쿵쿵거리며 이미지를 촬영했다. 그 소리가 너무 커서 아무 생각도 할 수 없었고, 목을 가다듬거나 간질간질한 부위를 긁기만 해도 처음부터 다시 시작해야 했기에 그야말로 미동도 없이 가만있어야 했다.

나는 MRI 검사를 받으러 가는 것이 몹시 두려웠다. 처음 그 기계에 들어갔을 때 있었던 일인데, 촬영이 절반쯤 진행됐을 때 의사가 내게 조영제를 주사했고 나는 즉시 토했다. 목이 타오를 듯 토사물이 목구멍으로 역류했고 콧구멍으로 뿜어져나와 두 귀와 눈으로 흘러내렸지만 나는 필사적으로 움직이지 않았다. 이런 걸 보면, 암에 걸리는 건 정말 별로다. 원통 속에 누워 토사물이 얼굴로 흘러내리는데 닦지도 못하고 가만히 있어야 되는 건 더 별로다.

그렇게 병원을 다니다가 나중에는 검사 결과에 매달려서 사는 지경에 이르렀다. 결과가 나오면 병원은 변화가 아주 미미할지라도 내게 통지했다. 내가 바랄 수 있는 최선은 종양이 그대로 있는 것이었다. 뭐든 변화가 있다는 건 나쁜 소식이었고, 그래서 나는 검사 결과가 나올 때 또 한번 이 개월의 유예기간을 벌 수 있을까 안달하며 이어지는 이 개월을 꼬박 두려움 속에 살았다. 간호사가 전화해서 "아무 변화 없습니다"라고 알려올 때마다, 나는 그 자리에서 덩실덩실 춤을 추었다.

의사들은 내가 치료 덕에 생명을 연장하고 있다고 믿었지만, 내 생각은 달랐다. 내가 하루하루를 버틸 수 있게 해주는 것은 내 일이었다. 학생들은 내 생명의 진수이자 나의 숨, 내 혈관을 타고 흐르는 피였다. 학교에 있으면 아프지 않았다. 가르침에 열정을 쏟아붓는 시간만이 존재했다. 암과 벌이는 싸움에서 승리하는 유일한 방법은, 내가 사랑해마지않는 일을 그놈이 가로막지 못하도록 하는 것이었다.

나는 계속해서 가르치는 일에 몰두했고, 아이들과 함께하는 얼마 남지 않은 시간을 매분 매초 소중히 여겼다. 아이들이 뭔가를 해내면 함께 기뻐했고, 더 잘할 수 있을 것 같을 땐 두 배로 밀어붙였다. 학생들과 함께하는 시간은 절대적으로 소중했고, 그래서 매 순간을 의미 있게 쓰고 싶었다. 우리가 내 투병이 아니라 배움과 서로에 대한 깊은 감사와 존중을 발판으로 관계를 더 다져갈 수 있도록 할 작정이었다. 교실은 발견의 장이며, 우리는 바로 그 교실에서 글로 쓴 언어와 자기표현의 중요함을 서로에게 가르쳐주었다. 또한 교실은 우리가 인간애를 펼쳐 보이고 건강한 개인 간의 관계를 다진 곳이기도 하다. 나는 할 수 있을 때까지 주변 사람들에게 좋은 영향을 미치고, 잃어버린 옛 기억이 남긴 공간에 새로운 기억을 채워넣고픈 욕구가 너무 강했다.

　학생들은 그런 소중한 순간들을 나와 공유하면서, 그리고 그 기억들을 의미 있는 것으로 만들어주면서, 자신들도 깨닫지 못하는 사이 내게 살아갈 의지를 불어넣고 있었다.

14

　하루는, 그날도 화학치료를 한 차례 받고 돌아와 저녁에 거실 소파에 혼자 앉아 TV 채널을 돌리면서, 누군가 얘기할 사람이 있었으면 좋겠다고 생각하던 참이었다. 폴라는 또 친정어머니와 통화중이었고, 보아하니 한참 수화기를 붙들고 있을 기세였다. 갑자기 왜 그런 충동이 들었는지, 그리고 왜 하필 그때 그런 충동이 들었는지 모르겠지만, 뭐에 홀린 듯 줄 쳐진 종이와 제일 좋아하는 볼펜을 집어들고 내 인생에서 중요한 것들을 적어내려가기 시작했다. 나의 우선순위 리스트였다. 짬을 내서 나만의 리스트를 작성해보는 건 처음이었고, 결과가 어떻게 나올지 맥박이 요동칠 정도로 기대가 됐다. 그러나 막상 리스트를 작성하고 한번 훑어봤을 땐 심장이 덜커덕 내려앉았다. 일 순위로 우정을 놓고 그다음으로 교육, 독립성, 존경을 배치했기 때문이다. 내 우선순위 상위권에 결혼생활이나 사랑은 없었다. 믿을 수가 없어서 한동안 종이를 뚫어져라 쳐다보았고, 나 자신의 솔직함에 너무 놀랐다. 그때 방에서 폴라의 웃음소리가 들려왔고, 순간 폴라의 리스트는 어떻게 나올까 궁금해졌다. 가족이 제일 위에 있을 건 안 봐도 뻔했다. 어머니와 자매들이 폴라의 삶에서 가장 중요한 사람들이었으니까. 그 뒤에는 직업, 교육, 반려동물들 순서로 대답할 것이 충분히 예상되었다. (우리집 개 마일로와 루시, 그리고 고양이 조이와 노라와 베티는 폴라에게 대리 자식들이나 마찬가지였다.) 그럼 나는 몇번째쯤 될까?

그러잖아도 지난 두어 해 동안 우리 관계는 조금씩 흔들리고 있었다. 내 병은 우리를 더 끈끈하게 이어주는 대신 서로를 멀어지게 만드는 침입자 노릇을 했다. 아니면 그전부터 멀어지고 있었는데 암이 우리가 미처 알아채지 못했던 현실을 더이상 외면할 수 없도록 거울 역할을 했는지도 모른다. 그렇게 소파에 앉아 그 어느 때보다 혼자임을 느끼며, 우리 둘의 우선순위가 언제부터 변하기 시작했는지 곰곰이 되짚어보았다. 나란히 앉아 각자 학생들의 과제에 점수를 매기고 함께 하키 중계를 시청하는 것을 언제부터 그만두었지? 우리 지역에서 열리는 전시회에 사이좋게 손잡고 다녀오는 건 언제부터 뜸해졌지? 동네 창고 세일을 돌며 괜찮은 물건을 찾으러 다니는 건? 언제부터 폴라는 매일 저녁식사를 끝내고 자기 전까지 전화통만 붙잡고 있게 됐지? 또 나는 어느 시점부터 학교에 되도록 늦게까지 남아 있기 시작했고, 주말을 여러 차례 반납해야 했던 특별활동 프로그램의 고문 교사는 왜 덜컥 맡겠다고 했지? 폴라에게 내 곁에 있어줘서 고맙다고 마지막으로 말한 게 언제였더라? 우리가 마지막으로 제대로 키스한 건 언제였더라?

15

"게으른 손은 악마의 도구"라는 말은 세대를 뛰어넘는 부모들의 영원한 훈육 레퍼토리지만, 우리 어머니는 이 말을 한 번도 입에 올린 적이 없다. 내가 기운이 펄펄 넘쳐 한시도 가만있지 못하는 아이였기 때문이다. 나는 길목에서 미식축구를 하거나 자전거를 탄 채로 빗자루를 창 삼아 마상 창 시합을 벌이거나 그도 아니면 스케이트보드라도 타고 돌아다녀야 직성이 풀렸다. 한시도 쉬지 않고, 어렵게 장만한 스케이트보드로 인도 가장자리를 긁으며 미끄러지다가, 엄마가 얼른 들어와 저녁 먹으라고 불러야 겨우 집에 들어가곤 했다. 그로부터 십오 년이 지나 놀이의 종류는 바뀌었지만 내 에너지 레벨은 조금도 변함이 없었다. 직업의식이 투철하다고 할 수도 있고, 아니면 일중독자라고 해도 좋다. 어느 쪽이든 나는 칭찬으로 받아들일 테니까.

아무리 그래도, 2011년 가을 학기부터 2012년 봄 학기까지는 내가 보기에도 스스로의 한계를 시험하는 해였다. 학교에서—공강도 없이 연달아 수업을 하고, 학생들 상담도 해주고, 중간중간에 교직원 회의에 들어가고, 특별활동에서 코치로 일하고, 행사가 있으면 인솔자 역할을 맡느라—열두 시간을 있다가 퇴근해서 집에 오면 또 시험지를 채점하고 다음 수업 준비를 하다가 지쳐 쓰러지듯 잠자리에 들었다. 그것도 모자라 기가 쭉 빨리는 화학치료에 일주일에 두 번씩 맞는 항암주사의 부작용으로 구토를 하다가 곤죽이 되어 널브러지곤 했다.

이런 고생에도 불구하고 나는 새로운 생활에 익숙해져갔다. 남들이 콧물감기 다루듯 아무렇지 않게 암 증상들에 대처했다. 화장실로 달려가 변기에 토하고 물을 내리고 양치실하고 다시 교실로 돌아오는 이 모든 과정을 삼 분 안에 해결할 수 있게 되었다. 물론 병의 증상과 치료의 부작용들은 일상의 걸림돌이었지만, 일단 다른 몸 상태는 괜찮았다. 심지어 우리 지역 '올해의 교사상'까지 받았다. 플로리다 주 남부 지역 후보에 오른 수천 명의 교육자들을 제치고 타낸 상이었다. 그때는 그 기분에 도취돼 영원히 그렇게 살 수 있을 줄로만 알았다.

7월 10일이 모든 것을 바꿔놓았다.

그날 폴라는 편찮으신 친정어머니를 돌보러 버몬트 주에 가 있었다. 저녁에 나는 친구 에이드리애나를 만나러 마이애미 107번 애비뉴에 있는 뉴웨이브 당구장에 갔다. 당구장에 도착하니 에이드리애나가 먼저 와 있었다. 우리는 세븐볼*을 치기 위해 요금을 치른 다음 바에서 맥주 한 병씩을 사와 테이블을 잡았다. 첫번째 판은 에이드리애나가 그동안 있었던 일들을 얘기해주느라, 내가 게임을 주도했다. 두번째 판은 막상막하였지만—에이드리애나도 지기 싫어하는 성격이었다—결국 내가 또 이겼다. "한 판 더, 어때?" 내가 살살 약 올리며 꼬드겼다. 에이드리애나는 망설이면서도 고개를 끄덕였다. "나는 지는 걸 즐기는 사람인가봐."

주크박스에서 밥 딜런의 〈Brownsville Girl〉이 흘러나왔고("브라운즈빌 곱슬머리를 한 브라운즈빌 아가씨/ 저 하늘 달처럼 반짝이는 진주 같은 치아"), 나는 3판 3승을 노리며 공을 칠 준비를 했다. 내 큐대를 들고 극적인 효과를 위해 영화 〈허슬러〉에 나오는 폴 뉴먼처럼 초크 칠을 했다. 매의 눈으로 당구대를 훑어보니, 날 잡아 잡수 하고 앉아 있는 사냥감처럼, 살짝 건드리기만 하면 포켓에 넣을 수 있는 공이 하나 보였다. 그런데 치려고 자세를 잡은 순간, 갑자기 테이블의 초록색 펠트에 하얀색 점들이 나타나 춤추기 시작했고 그 바람에 팔이 앞으로 미끄러졌다. 창피하게도 공은 엉뚱한 방향으로 굴러가 당구대 가장자리를 맞고 속절없이 튕겨나갔다. 그때

---

*포켓볼의 일종으로 일곱 개의 공을 가지고 치며 제한된 포켓에만 넣을 수 있는 게임.

는 천장 조명이 반사된 것이려니 하고 대수롭지 않게 여겼다. 에이드리애나가 통쾌하다는 듯 웃어젖혔고, 우리 둘 다 그러려니 하고 넘어갔다. 그런데 내가 다음 샷을 치려고 자세를 잡은 순간, 머리가 띵하고 어질어질해졌다. 롤러코스터를 타고 나서 막 땅바닥에 내려걸으려고 할 때의 그 느낌이었다.

가만히 서서 어지러움이 가시길 기다리는데, 왼손에서 큐대가 스르륵 빠져나갔다. 그걸 주우려고 몸을 숙이자, 아까와 같은 흰 점들이 바닥에 다시 나타나 춤추기 시작했다. 갑자기 불안해졌다. "뭔가 잘못된 것 같아." 에이드리애나를 보며 말했다. 왼손으로 큐대를 주우려고 했지만 집어들 수가 없었다. "왜 그래?" 에이드리애나가 걱정스러운 표정으로 물었다. 몸이 휘청거렸다. "기분이 안 좋아." 나는 중얼거렸다. "집에 갈래." 출입구로 향하는 내 뒤를 에이드리애나가 곧상 따라왔다. "내가 따라갈게."

나는 내 차에 올라타, 매일 폴라를 학교에 데려다주느라 지나는 길인 8번가로 향했다. 6킬로미터 정도만 가면 우리집이었다. 집에 거의 다 와갈 무렵, 좌회전을 하려고 사이드미러를 확인하고 중앙 차선에서 왼쪽 차선으로 변경했다. 그런데 다음 순간 쾅! 옆 차선에 서 있던 견인차를 그대로 들이받고 말았다. 분명 옆 차선을 확인했을 때는 없었던 차였다. 어떻게 견인트럭을 못 볼 수가 있지? 에이드리애나가 당장 갓길에 차를 세웠고, 그러는 동안 트럭 운전자와 나는 내려서 각자 차를 살펴보았다. 견인트럭은 멀쩡한데 내 차는 왼쪽

면이 완전히 찌그러져 있었다. "정말 죄송합니다. 전적으로 제 과실입니다." 나는 무안해서 연거푸 사과했다. 트럭 운전사는 별일 아니라는 듯 손을 내저었다. "괜찮으니까 너무 걱정 마쇼." 그러더니 곧바로 트럭에 도로 올라탔다.

다시 에이드리애나의 호위를 받으며 나머지 두 블록을 운전해 집으로 왔고, 도착하자마자 어머니 댁에 가 있는 폴라에게 전화했다. 방금 무슨 일이 일어났는지 전하는데, 좀처럼 진정이 되지 않았다. "내가 분명히 확인했거든?" 나는 거듭 강조했다. "근데 그 차의 라이트를 전혀 못 봤어. 아니, 아무것도 못 봤어. 그렇게 큰 트럭을 못 볼 리가 없는데, 그냥 갖다 박았다니까."

폴라는 당장 안과 진료를 예약하라고 했고 나도 그렇게 했지만, 폴라가 곧장 집에 돌아오겠다고 나서지 않아서 내심 화가 났다. 다음 날 정오쯤 집을 나서는데, 진입로에 주차해놓은 내 차의 상태가 눈부신 햇살 아래서 지난밤보다 몇 배는 처참해 보였다. 구겨진 내 차를 지나쳐, 절룩거리며 상점가에 있는 안과로 갔다. 잠깐, 그런데 우리 동네 파스텔 색깔의 집들이 다 어디로 간 거지? 간이 차고들은? 이웃들은? 전방을 주시했지만, 아무것도 보이지 않았다. 그 순간 나는 내 시야가 내 바로 앞에 있는 일직선의 인도로 제한되었음을 깨달았다. 그 시계視界를 벗어난 것들은 완전히 사라져버린 것이다.

나는 안과의사에게 내 병력을 간단하게 설명한 뒤, 전날 있었던 일을 이야기했다. 의사는 시야검사라는 걸 해야겠다며 내게 고글을 씌우고는, 둥근 사발처럼 생긴 장치를 보면서 눈앞에 번쩍 불빛이 보일 때마다 버튼을 누르라고 했다. 잠시 후 결과가 컴퓨터 프린트로 출력되어 나왔다. "이게 메나세 씨의 시야입니다." 의사가 결과에 깜짝 놀라며 말했다. 의사가 가리킨 종이에는 파이 모양의 도형이 있었는데, 파이의 왼쪽 전체가 비어 있었다. "이건 이쪽에 나타난 불빛을 전혀 못 봤다는 뜻이에요." 반대쪽에는 그래도 뭔가 표시된 게 좀 있었다. 열두시부터 두시 방향 사이에 나타난 진한 색깔의 조각. 시계의 80퍼센트를 잃고 말았다.

나는 패잔병이 된 기분으로, 왼쪽 팔을 젖은 국숫가락처럼 축 늘어뜨리고 왼쪽 발은 질질 끌면서 집에 돌아왔다. 암과의 싸움에서 내가 지고 있어. 전열을 재정비할 때야. 그로부터 몇 주간 추가 검사를 진행한 담당 의사들은 내가 당구장에서 발작을 일으켰다고 결론내렸다. 발작 때문에 하얀 점들이 보인 거라고 했다. 발작으로 뇌가 부어올랐고, 팽창한 뇌가 즉각적이고 심각한 신경손상을 초래한 것이다. 세븐볼을 치는 그 찰나의 시간에 나는 시계의 거의 대부분과 몸의 왼쪽에 대한 통제력을 잃은 것이다.

"이제 어쩌죠?" 내가 망연자실해서 물었다.

이후 몇 주에 걸쳐 뇌의 부종을 가라앉히기 위한 스테로이드치료를 받으면서, 부디 가을 학기가 시작되기 전에 그 치료가 마법 같은 효과를 보이기를 간절히 빌었다. 머릿속의 종양이 끊임없이 전송하는 공격적인 신호보다 스테로이드치료가 훨씬 더 고통스러웠음에도 불구하고, 교실로 돌아가겠다는 일념 하나로 버틸 수 있었다. 하지만 두어 주가 지나도 차도가 없자 나는 안과의사에게 시력을 회복할 희망이 있기는 한 거냐고 물었다. "흠, 희망은 언제나 있죠." 의사가 애매한 말로 대답했다. "그렇지만 지금의 상태에 익숙해지시는 게 나을 겁니다." 별로 희망을 주는 대답은 아니었다. 다른 의사들도 다르지 않았다. 한 번만 더 발작이 일어나면 그땐 나머지 시력도 잃고 전신이 마비될 거라고.

그게 다 무슨 뜻이지? 장님이 된다고? 암이 이긴다는 얘기야? 전신마비가 온다고? 당시에는 이런 것들에 대해 아예 생각을 하지 않으려고 했던 것 같다. 한꺼번에 이해하기에는 버거운 것들이었다. 내가 이해할 수 있는 거라곤 교실로 돌아가고 싶다는 것, 아이들에게는 내가 필요하고 내게도 아이들이 필요하다는 것뿐이었다. 우리는 아직 해야 할 일이 많았고, 나는 벌써 학교로 돌아갈 준비가 되어 있었다. 심지어 그동안 학생들에게 반응이 좋았던 수업 자료는 더 보강하고 별로였던 것은 과감히 버려가면서 다음 연도의 수업 계획까지 전부 짜둔 상태였다. 『호밀밭의 파수꾼』과 『뻐꾸기 둥지 위로 날아간 새』 『싯다르타』에 더하여 이번 연도에는 우등반 과정에 아서 밀러의 『세일즈맨의 죽음』, 테네시 윌리엄스의 『욕망이라는 이름의 전차』 같은 희곡 작품도 포함할 예정이었다. 아이들에게 희곡의 몇몇 장면을 재연하도록 시켜보는 것도 좋을 것 같았다. 선행학습반 아이들에게는 기본적으로 들어가는 「게티즈버그연설」과 마틴 루서

킹의 「버밍엄 교도소에서 온 편지」에 더하여, 사우스플로리다를 배경으로 한 내용이라 아이들이 공감할 것 같아서 선택한, 곧 출간될 데이브 배리*의 새 작품 『미친 도시』의 몇 구절을 학습 자료로 뽑아두었다. 교실 벽에 붙일 새 문학 포스터 몇 장도 골라놓고, 학기 첫날 신으려고 닥터 마틴 구두 한 켤레도 새로 장만해둔 터였다.

그러니 이제 이 고약한 방해꾼만 해치우고 나머지 여름방학은 그냥 이 악물고 버티기만 하면 되는 것이었다.

---

*1988년에 논평 부문 퓰리처상을 받은 미국 작가이자 유머 칼럼니스트.

16

그해 8월, 내 마흔번째 생일을 축하하러 온 가족이 멕시코로 크루즈 여행을 떠났다. 몇 달 전부터 계획한 여행이었지만, 공교롭게도 타이밍이 최악이었다. 나는 그때 오른손만으로 신발끈을 묶고 치약 뚜껑을 열고 바지 단추를 채우는 법을 막 익힌 참이었다. 그러다 보니 이제는 할 수 없게 된 일들을 매일같이 되새기지 않을 수가 없었다. 그리고 이제는 돌아갈 수 없는 예전의 내 모습도. 나는 더이상 내가 아니었다. 불과 얼마 전까지만 해도 병을 그럭저럭 숨겨서—황급히 화장실로 달려가 구토를 하고 온다든지 모자를 푹 눌러써 머리의 수술 흉터를 감춘다든지 해서—예전의 다비드와 다름없는 사람인 척하는 것이 가능했다. 그런데 이제는 질질 끄는 한쪽 다리와 축 늘어져 덜렁거리는 한쪽 팔 때문에 더이상 아무렇지 않은 척할 수가 없게 되었다. 내가 가장 패배감을 느꼈던 순간은 거울을 볼 때였던 것 같다. 오른쪽 안구에 남아 있는 한 조각의 시력으로 얼굴의 반쪽이나마 겨우 볼 수 있었는데, 거울을 들여다볼 때마다 발견하는 내 모습—퉁퉁 붓고 머리카락이 다 빠진 모습—은 참으로 낯설고 심란했다.

크루즈 여행을 떠나기 전에 최소한 잃어버린 시력과 운동 능력의 일부만이라도 회복되길 바랐다. 하지만 발작이 있고서 몇 주가 지났는데도 전혀 차도가 없었고, 그 몸으로 배 위에서 움직이려니 내가 못하는 모든 일이 초래하는 불편이 갑자기 몇 배로 증폭되었다. 삼천 명쯤 되는 사람들이 무질서하게 돌아다니는 낯선 공간에 고립되다보니, 내가 얼마나 무력한지 뼈저리게 느껴졌다. 그동안 익숙했던 길로 안과에 다니는 것만 해도 여간 어려운 일이 아니었다. 그런데 배에서는 두 사람이 마주치면 한 사람이 반드시 피해줘야 다른 사람이 지나갈 수 있는 좁디좁은 복도들을 어떻게든 지나다녀야 했고, 십중팔구 누군가와 부딪히거나 미처 보지 못한 물건에 걸려 넘어졌다. 바닥은 바닷물이 튀어 미끄러운데다 젖은 몸으로 풀과 자기들 선실을 왔다갔다하는 승객들 때문에 건장한 사람들마저 방심하면 미끄러지기 일쑤였다. 내게는 지옥과도 같은 상황이었다. 하루에도 몇 번씩 보기 흉하게 자빠졌다. 지난 육 년간, 그래도 얼핏 보기에는 거의 정상 같은 생활을 유지하면서 병을 숨겨온 것에 나는 자부심을 가져왔다. 그런데 지금은 생전 처음 보는 사람들에게 사지를 못 가

128

누고 앞이 안 보여서 미안하다고 사과하는 신세라니.

불쌍한 우리 가족들. 작은형 자크는 지난봄, 내가 당구장에서 발작을 일으키기 전부터 이 여행을 준비해온 장본인이다. 가족 여행은 어머니가 이십여 년 전부터—그러니까, 자크 형이 마이애미를 떠나 뉴욕으로 간 1980년대부터—염원해온 것이었다. 우리가 다 같이 가족 여행을 다녀온 것은 내가 두 살 때 온 가족이 스테이션왜건에 꾸역꾸역 올라타 테네시 주 그레이트스모키 산 국립공원으로 놀러갔던 때가 마지막이었다. 내 마흔 살 생일은 어머니의 오랜 염원을 마침내 이루어드리기에 딱 좋은 기회였고, 출발일이 닥쳐서 취소하는 건 너무 큰 불효였다.

그래서 결국 우리는—폴라와 나, 자크 형과 가족, 큰형 모리스와 새로 태어난 딸 로빈, 그리고 우리 부모님—카니발 사의 '이매지네이션'이라는 이름의 유람선에 올라 장장 나흘간 바다에서 라스베이거스 스타일의 네온과 현란함으로 가득한 멋진 휴가를 즐기기로 했다. 우리 모두 한자리에 모인 것을 보고 어머니가 얼마나 감격에 겨웠는지, 말로 표현하지 않아도 알 수 있었다. 마이애미 항에서 배가 출발하는 순간 어머니의 얼굴은 행복감으로 빛나고 있었다. 그 얼굴에 그림자를 드리우는 짓은 정말 하고 싶지 않았다.

바다로 나간 첫날, 내가 묵는 객실로 가고 있는데 그만 침대 시트와 수건, 욕실용품을 잔뜩 쌓은 청소 카트에 부딪히고 말았다. 그게 거기 있는 줄은 낌새조차 채지 못했다. 카트가 앞으로 기우뚱하더니 대걸레 빤 물이 가득 든 들통이 엎어지면서 바닥과 벽과 카트에 있던 물건들에 온통 구정물이 튀었다. 카트를 밀고 오던 남자가 앞 좀 잘 보고 다니라고 사납게 투덜거렸다. 그가 짜증내는 걸 탓할 수도 없었다. 내가 방금 그 남자에게 엄청난 일거리를 더해준 셈이었으니까. 나는 그 사람한테 그저 조심성 없는 놈으로 보이기 싫었고, 그래서 황급히 사과했다. "저기요, 정말 죄송합니다. 제가 앞이 잘 안 보여서요." 상대방이 고개를 끄덕였는지 어쨌는지는 잘 모르겠다. 굳이 고개를 돌려 확인하지 않았으니까. 나는 곧바로 뒤돌아 비틀거리며 도망쳤을 뿐, 어디로 가는지도 몰랐다. 너무 무안해서 그저 어디로든 숨고 싶었다.

그건 내가 배에서 겪은 불운의 시초에 불과했다. 객실을 나섰다 하면 크고 작은 사고가 터지는 것 같았다. 전망대에서 아래층으로 내려오다가 일자로 이어진 계단 꼭대기에서 바닥까지 굴러 무릎으로 착지한 일도 있다. 또 한번은 복도에서 어떤 꼬마 옆을 지나가다가 멋대로 흔들리는 내 왼팔로 아이의 뒤통수를 후려친 모양이었다. 아이의 아버지로 보이는 나이든 남자가 걸음을 멈추고 내게 한소리 했다. "이봐! 당신 뭐하는 거야?" 이렇게 소리지르는데, 비교적 멀쩡한 한쪽 눈의 좁아진 시야로 그 남자가 몹시 격분한 것이 보였다. 몸집이 큰 남자였는데, 그 순간 이런 생각이 머리를 스쳤다. 이 사람이 나를 바다로 던져버리면 어떡하지? 말도 안 되는 생각이었지만, 말이 되건 안 되건 나는 더럭 겁이 났다. 그전 같았으면 겁먹지 않았을 것이다. 어린 시절 사우스플로리다 해안에서 헤엄치며 자랐고 고등학교 때는 인명구조원으로도 활동했으니 바다에 빠지는 것쯤은 내게 별일이 아니었다. 그러나 지금 나는 더이상 예전의 그 사람이 아니었다. 이번에도 저절로 입에서 절절매는 사과가 튀어나왔다. "죄송합니다. 선생님. 일부러 그런 게 아니에요. 눈이 잘 안 보이고 한쪽 팔이 거의 마비 상태라서요." 그 남자가 내 말을 믿었는지는 모르겠지만, 어쨌든 그 말을 듣고 가던 길로 가버렸다.

그후로 나는 어떤 것도 하기가 두려워졌다. 다른 사람한테 부딪히거나 갑판 의자에 걸려 넘어지거나 젖은 바닥에서 미끄러질까봐 항상 신경을 곤두세웠고, 그러다보니 나중에는 점점 더 많은 시간을 객실에서 혼자 어두운 생각에 잠겨 보내게 되었다. 어머니는, 세상에, 내가 최대한 여행을 즐기게 하려고 최선을 다하셨다. 크루즈 여행을 떠나기 전에는 부모님이 내 병에 대해 현실을 부정하는 단계에 빠져 있었던 것 같다. 내가 너무 멀쩡해 보여서, 내 머릿속에 치명적인 종양이 자라고 있다는 사실을 모르는 척하기가 쉬웠을 것이다. 그런데 이제 더이상 현실을 외면할 수 없게 되었다. 당신들 눈앞에서 내가 벽에 부딪히고 계단에서 구르고 있었으니까. 어머니와 눈이 마주칠 때마다 그 눈에서 근심이 읽혔지만, 그래도 어머니는 굴하지 않고 모든 일이 잘돼가는 척하셨다. 나만 보면 "다-비드! 풀에 들어가서 놀아! 너, 물놀이 좋아하잖아!"라든가 "카지노에도 한번 가봐. 정말 재밌더라!"라며 부추겼다. 나는 물에 빠져 죽을까 두렵다고,

카지노 슬롯머신의 번쩍이는 불빛과 소음 때문에 또 발작을 일으킬까 두렵다고 차마 얘기할 수 없었다.

우리 모두 어머니를 위해 즐겁고 행복하게 굴어야 한다는 상당한 압박감에 시달리고 있었고, 그 때문에 얼마 안 가 모두 녹초가 되어버렸다. 폴라의 얼굴은 긴장으로 경직되었고, 자크는 하루에도 몇 번씩 배 안을 돌아다니며 다들 괜찮은지 일일이 확인했다. 그런가 하면 아버지는 몇 시간이고 풀장 의자에 멍하니 앉아만 계셨다. 거기서는 현실을 외면하기가 더 쉬웠을 것이다.

하루는 저녁식사 때 포크와 나이프를 가지고 낑낑대는 내 모습을 지켜보는 아버지의 시선이 느껴졌다. 두 손을 다 사용할 수 없기에 우선 뷔페에서 포크 아니면 나이프만 가지고 먹을 수 있는 음식을 골라 접시에 담아왔다. 그런 다음 나이프로 고기 조각을 쿡 찌르거나 아니면 포크로 파스타를 돌돌 말아올려, 음식이 미끄러져 무릎에 떨어지기 전에 얼른 입에 쑤셔넣는 식으로 식사를 했다. 그리 보기 좋은 광경은 아니었을 것이다. 한참 보고 계시던 아버지는, 집에 돌아가면 포크와 나이프가 한꺼번에 달린 식기를 만들어주겠다고 하셨다. 나를 생각해서 해준 말이었지만, 내게는 더이상 내가 할 수 없는 일—사람답게 밥을 먹는 것과 같은 단순한 행위—을 또 한번 일깨워주는 것에 지나지 않았다.

시간이 갈수록 나 자신이 어두운 구멍으로 걷잡을 수 없이 빨려들어가는 것처럼 느껴졌다. 잠이라도 자보려 했지만, 잡생각으로 가득한 머리의 스위치가 좀처럼 꺼지지 않았다. 뇌의 부기를 조절하기 위해 의사가 처방해준 스테로이드제 때문에 계속 흥분 상태였고, 꼬리에 꼬리를 무는 부정적인 생각들이 마음을 어지럽혔다. 내가 잃어버린 모든 것들, 그리고 미래가 있기나 하다면 그 미래에서 나를 기다리고 있을 것들에 대한 생각을 멈출 수가 없었다. 여행이 끝나면 이젠 뭘 하지? 집에서 TV 리모컨이나 붙잡고 하루종일 소파에서 빈둥거리나? 그동안 어떻게든 힘을 내려고 애써왔는데, 이제는 암울한 기분에 빠져 허우적거리며 나 자신을 포함해 모두를 실망시키고 있었다.

하루는 한밤중에 옆에서 자고 있는 폴라를 바라보다가 우리 둘의 마지막 크루즈 여행을 떠올려보았다. 십삼 년 전인 1999년, 알래스카 크루즈 여행중에 멘던홀 빙하 기슭에서 결혼식을 올렸을 때가 마지막이었다. 나는 한참 전부터 우리 결혼식 날을 6월 21일, 연중 해가 가장 긴 하지로 정해놓고 계획을 짜둔 터였다. 결혼식 참석자는 폴라와 나, 치안판사 한 분 그리고 결혼사진 찍는 임무를 맡겼더니 보기 좋게 망쳐버린 이누이트족 증인 몇 명이 전부였지만, 내게는 더없이 완벽한 결혼식이었다. 그때만 해도 폴라와 나는 모든 면에서 완벽한 파트너였다. 같이 잠자리에 들고 같이 깨어났으며, 같은 음악을 듣고 같은 책을 읽었고, 뭐든 같이하지 못해 안달이었다. 나는 폴라와 함께 JC페니*에 가서 웨딩드레스를 골랐고, 우리 결혼반지

---

* 주로 중산층 고객을 대상으로 하는 백화점 체인.

안쪽에는 "진정으로. 미치도록. 마음 깊이"라고 새기기도 했다.

아주 오랫동안 우리는 그렇게 지내왔는데, 어느새 서서히 멀어져 가고 있었다.

그날 밤 가만히 누워, 정확히 언제부터 우리 사이가 변하기 시작했는지 되짚어보았다. 내 병이, 우리 애정 전선은 물론이고 재정에까지 지대한 타격을 줬다는 건 이미 잘 알고 있었다. 지난 두어 해에 걸쳐 서로 조금씩 더 거리를 두다가, 최근에는 생판 모르는 남과 사는 기분이었다. 우리가 더이상 친밀감을 나누지 않는 이유 중에는 폴라가 병에 걸린 나를 다르게 보기 시작했다는 것도 있었다. 내가 아파서 그렇기도 하지만 실제로 다른 사람이 됐기 때문이기도 하다. 암은 나를 감정적, 육체적으로 완전히 다른 사람으로 바꿔놓았다. 어느 날 갑자기 머리에 흉터가 생겼고, 두개골에 티타늄 나사와 판이 삽입되어 있고, 그것을 가릴 머리카락마저 다 빠져버렸다. 다가올 미래나 기억하지도 못하는 과거를 더이상 붙잡고 있을 수 없어진 나는 자연히 현재에만 집착하고 지금 이 순간만 살게 되었다. 그러다보니 삶에 대한 호기심이 몇 배로 왕성해졌고, 대신 참을성이 없어지고 정서적으로 초조한 사람이 되었다. 인정하기 가슴 아프지만, 폴라는 이런 새로운 나를 싫어한 것 같다. 그것을 분명히 알게 된 계기가 이번 멕시코행 여행이었다. 폴라는 박사 논문을 준비한다며 여행의 대부분을 주로 갑판 의자에서 역사 서적을 읽으며 보냈는데, 내가 옆에 앉아도 되겠느냐고 묻자 몇 장章 더 읽어야 하니 조금 이

따 오라는 것이었다. 내가 좋아하는 음식이 나오는 뷔페에 같이 가자고 했을 땐, 자기는 지금 그런 음식이 안 당긴다며 거절했다. 우리는 각각 다른 시간에 잠자리에 들고 다른 시간에 일어났다. 내가 전망대에서 밤하늘의 별을 감상하고 있으면, 폴라는 큰형 모리스랑 카지노에 놀러갔다. 나와 같이 있기 싫어하는 것도 이해가 갔다. 병으로 인한 비참한 꼴에다 스테로이드의 영향으로 변덕이 죽 끓듯 했으니, 나라도 내가 싫어질 판이었다. 나는 이번 크루즈 여행에서 그동안 꺼져가던 불꽃을 어떻게든 살려보려는 욕심이 있었다. 하지만 슬프게도 우리는 점점 멀어져만 가고 있었다. 객실 침대가 너무 좁아서 나란히 누우면 서로 닿는 걸 피할 수 없었지만, 폴라가 전처럼 내게 매력을 느끼지 않는다는 것을 알 수 있었다. 애틋함은 다 사라지고 무채색 감정들만 남은, 삐걱거리는 결혼생활이었다. 우리 사이가 사실상 끝났음을 더이상 부인할 수 없었다.

가족들이 못 본 척 외면하는 사이—아, 이런 아이러니가—나는 카니발 크루즈선에서 마침내 인생의 바닥을 쳤다.

무려 육 년 동안 사랑하는 사람들을 위해 지독한 항암치료를 견뎌가며 병마와 힘껏 싸워왔다. 그들이 나를 잃을까봐 두려워하는 것이 눈에 보였기 때문이다. 그러나 나 스스로 죽음을 두려워한 적은 없었다. 두려운 건 목적 없는 삶이었다. 지금, 적어도 내가 보기에는, 암이 내가 아끼던 모든 것을 앗아가고 아무것도 남지 않은 상태였다. 나의 웰빙. 나의 존엄성. 나의 독립성. 나의 인간관계. 그렇다면 일은 어떤가? 이 상태로 어떻게 아이들을 가르치지? 이런 생각이 들 수밖에 없었다. 이제 운전도 할 수 없다. 앞이 안 보여서 읽을 수도 없다. 이런 몸으로 어떻게 학생들과 나 자신이 기대하는 수준의 교사가 된단 말인가?

갑자기 두려움의 나락에 빠진 나는 큰형 모리스를 찾아가 다짜고짜 물었다. "직장을 잃으면 어떡하지?"

모리스는 이해가 안 간다는 표정으로 나를 보며 대꾸했다. "글쎄, 애초에 그리 좋은 직장도 아니었잖아?"

"나한테는 달라." 나는 항변했다. "나한테는 최고의 직장이었단 말이야."

여행 마지막날 밤에는 자크 형의 객실에 놀러가, 방과 연결돼 있는 발코니로 나가 같이 바람을 쐬었다. 객실에 딸린 발코니는 의자 두 개가 간신히 들어갈 정도로 작았다. 우리는 유리 미닫이문에 등을 바짝 대고 발은 난간 너머 바닷물에서 20미터 위로 달랑 늘어뜨리고서 꼭 붙어 앉았다. 저멀리 마이애미가 보였다. 그곳의 삶—그 삶이 무엇이 됐건 간에—으로 돌아가는 것이 두려웠지만, 별이 촘촘히 박힌 밤하늘 아래 형과 나란히 앉아 바다를 바라보고 있노라니 내 마음을 무겁게 짓누르고 있던 장막이 서서히 걷히는 것 같았다. 배가 물위에서 움직이는 소리가 기분을 차분히 가라앉혀주었다. 어찌됐건 뭔가를 향해 움직이고 있는 이상 뭐든 기대할 것이 있다고, 나는 생각했다. 그것이 목적이 됐든. 미래가 됐든. 우리는 배가 물살을 가르는 소리를 들으며, 그렇게 말없이 한참을 앉아 있었다.

그러다 자크 형이 담배 한 개비를 꺼내 물며 불쑥 물었다. "애들 가르치지 않으면 뭐할 거야?"

그러지 않아도 그동안 학생들에게 수도 없이 읊어주었던, 고인이 된 투팍 섀쿠어가 남겼다고 하는 말을 곱씹고 있던 차였다. "우리는 어떤 상황을 가지고 몇 분, 몇 시간, 몇 날, 몇 주, 몇 달에 걸쳐 분석 하면서 흩어진 조각을 꿰맞춰보고, 또 이렇게 됐더라면, 저렇게 됐 더라면 하고 후회할 수 있다…… 아니면, 빌어먹을 조각들은 그냥 바닥에 내버려두고 인생의 다음 장으로 넘어가든가."

"뭘 할 거냐고?"

"응. 교사 일을 할 수 없게 되면 뭐할 거야?"

"여행을 할까 해." 나는 이렇게 대답했다.

"어디로 갈 건데?" 형이 다시 물었다.

"애들을 보러 갈 거야."

2012년 9월

코럴리프 고등학교

관계자 분들께

메나셰 선생님의 은퇴와 관련하여

안녕하십니까,

제 이름은 제시카 패커이고, 터프츠 대학을 막 졸업한 코럴리프 고등학교 동문입니다. 코럴리프에 다니던 시절은 제 인생 최고의 시기였습니다. 멋진 캠퍼스, 학생이자 예술가로서 받은 양질의 교육, 그리고 훌륭한 교직원들 및 교사분들 모두 최고였습니다. 제가 코럴리프 고등학교를 다니면서 만난 사람들 중 제 인생에 가장 큰 영향을 끼친 분은 다름 아닌 다비드 메나셰 선생님입니다.

제가 3학년 때 수강했던 영어영문 선행학습반의 담당 교사가 바로 메나셰 선생님이었습니다. 메나셰 선생님은 제게 영어뿐 아니라 인생에 대해서도 참 많은 것을 가르쳐주셨습니다. 선생님은 우선 교수법부터 남다르셨죠. 자신을 있는 그대로 드러내는 것만으로 금세 반 전체의 존경을 얻으셨거든요. 보통 다른 선생님들은 아이들에게 친구처럼 대하면서—예를 들면 웃긴 모습을 보이거나 스스럼없이 아이들과 어울리려고 하는 식으로—주의를 끌거나 아니면 정반대의 방법을 택해 공포를 조장해서 아이들이 잘 따르게 만들잖아요. 하지만 메나셰 선생님은 달랐습니다.

우선 자신이 어떤 사람인지, 어떻게 자랐고 어떻게 해서 코럴리프에서 교편을 잡게 됐는지 이야기해주셨습니다. 그리고 첫날, 선생님을 존중하지 않는 학생을 쫓아냄으로써, 자신을 진지하게 대해야 한다는 것을 보여주셨습니다. 하지만 역시 가장 중요한 건, 문학에 대한 열정을 몸소 보여줌으로써 학생들도 덩달아 문학에 빠져들도록 이끌었다는 것입니다. 메나셰 선생님은 훌륭한 스승이자 친구였습니다. 제가 뭔가 필요할 때마다—조언이건, 얘기를 들어줄 사람이건, 혹은 매서운 질타 한마디건—어김없이 도움을 주신 분입니다. 학생들 하나하나를 신경써주셨고 누구든 평소와 조금이라도 달라 보이면 곧바로 눈치채고 따로 불러내서 요즘 어떻게 지내는지 묻는, 그런 분이었습니다. 우리를 어른으로 대우해, 그에 마땅한 책임을 지울 뿐 아니라 어른답게 행동할 것을 요구하셨습니다. 우리를 그렇게 대해주는 분이 계시니 학교 다닐 맛이 나더군요.

2007년 졸업한 이래 저는 메나셰 선생님과 꾸준히 연락을 해왔습니다. 아직도 저는 존경의 의미로 '메나셰 선생님'이라고 부릅니다. 몇 달에 한 번 편지도 보내고요. 선생님의 페이스북을 방문해본 사람은 다 알겠지만, 졸업한 지 한참 된 학생들까지도 그곳을 찾아 담벼락에 선생님이 자기 삶에 얼마나 큰 영향을 끼쳤는지 적어놓고 갑니다.

우리에게 가장 감동을 준 것은, 다들 아시겠지만, 당당하게 병마와 싸우는 모습이었습니다. 화학치료를 연달아 받아 기진맥진하셨을 텐데도 하루도 빠짐없이 출근해 우리를 가르치셨죠. 그리고 선생님께 배운 제자들이 전부 선행 영어 시험에서 고득점을 올린 건 또 어떻고요. 건강한 교사도 이만큼 하기는 힘들죠. 가르침에 대한 열정이 메나셰 선생님에게는 건강보다 더 중요했나봅니다. 법적으로 시각장애인이 되고서야 하는 수 없이 은퇴를 결정하실 정도로 선생님은 열정이 대단했습니다. 화학치료도, 머리카락이 다 빠지는 것도, 몸이 심하게 야위는 것도, 기절하고 구토하는 것도, 그 무엇도 선생님을 막지 못했습니다. 앞이 안 보이게 되고서야 비로소 교편을 놓으셨습니다. 이런 스승에게 감동하지 않을 학생이 과연 있을까요.

17

매일 잠에서 깨자마자 나는 어제보다 나아졌기를 바라며 왼손으로 전화기를 잡았고, 나아지지 않은 걸 확인하면 드디어 오늘이 미뤄온 연락을 해야 할 때인가 고민했다. 그러다 크루즈 여행에서 돌아온 지 얼마 안 된 어느 날 아침, 왼손에 힘이 너무 없어서 수화기가 툭 떨어졌고 앞이 너무 안 보여서 떨어진 수화기를 바닥에서 찾지 못했을 때, 결정이 저절로 내려졌다.

바로 그날, 나는 학교에 전화를 걸어 다시는 출근할 수 없게 되었다고 알렸다. 진심으로 유감입니다. 나아지시길 빌었는데 말이죠. 혹시라도 병세가 호전되면 언제든 돌아오십시오. 단 이 분간의 통화로 그렇게 허무하게, 일생을 바친 일이, 아무리 힘들어도 매일 첫새벽에 일어났던 이유가 사라져버렸다. "내가 누군가를 그리워하면 상대방도 그만큼 나를 그리워하는 거라고들 말하지만, 지금 내가 당신을 그리워하는 만큼 당신이 나를 그리워할 수는 없을 것 같습니다." 시인 에드나 세인트 빈센트 밀레이의 시구가 떠올랐다. 수화기를 내려놓으면서 벌써, 내가 가르쳐보지 못할 반들, 앞으로 만나보지 못할 학생들이 그리워졌다. 대학을 졸업하고 지금까지 줄곧, 아이들을 가르치는 것은 내가 가장 사랑한 일이자 항상 해온 일, 바로 나 자신이었다.

폴라가 다시 출근하기 시작한 뒤 나는 종일 거실에 앉아 보이지도 않는 TV 화면을 멍하니 응시하며 하루를 보냈다. 걷는 것조차 고통스러웠고, 그래서 밖에 나다니지도 못하고 혼자 집에 갇혀 불안에 시달렸다. 하루아침에 뭘 하든 남에게 전적으로 의존해야 하는 사람이 된 것이 내 자존감에 치명타를 입혔다. 거의 매일 나는 주인이 얼른 돌아와 산책시켜주길 기다리는 개처럼 폴라가 퇴근하기만을 기다렸다. 가지가 조금 꺾인 정도가 아니라 완전히 부러진 꼴이었다. 암이 내 기억과 독립성, 자유, 결혼생활을 앗아가더니 이제는 내 학생들까지 앗아갔다. 남은 게 뭔가? 병원이나 들락거리는 일상? 매일 토하고 진 빠지게 만드는 화학치료와 방사선치료?

어느 날은 정기검진을 받으러 갔더니 의사 왈, 내 신장이 망가져가고 있다고 했다. 암 때문이 아니라 화학치료 때문이었다. 의사가 한번 시도해보고 싶은 실험적인 약이 있는데, 나름의 부작용은 있지만 최소한 신부전은 일으키지 않을 거라고 했다. "지금 당장 이 요

법을 시작해야 합니다." 의사는 이렇게 못박았다.

내가 그때 뭐에 홀렸는지 모르겠는데—어쩌면 내 인생을 당연하다는 듯 지휘하려는 의사의 거들먹거리는 태도 때문이었는지도 모르겠다—순간 예전의 다비드로 돌아온 기분이 들었다.

"싫습니다." 나는 단호하게 대꾸했다.

의사는 멈칫하더니 나를 똑바로 바라보며 말했다. "아니, 해야만 합니다." 아주 엄중한 말투였다. "메나셰 씨에게는 이 요법이 필요해요." 그러면서 손목시계를 흘끗 들여다보는 것이었다. 환자가 자기의 새로운 제안에 고분고분 응하지 않는, 예상치 못한 시나리오 때문에 자신의 진료 스케줄이 꼬여 짜증이 난 모양이었다. 미안하지만, 의사 양반은 나보다 시간이 훨씬 많잖아.

내게 필요한 게 뭔지 당신이 어떻게 알아? 속으로 울분이 터졌다. 나한테 뭐가 필요한지 지난 육 년 동안 댁들이 결정해왔어. 근데 더이상 효과가 없잖아. 절름발이에 장님이 된 나를 보라고. 사실 암환자들이 보편적으로 밟는 치료 과정은 병세의 완화 판정을 받거나 아니면 병으로 죽을 때까지 지구상에 존재하는 모든 치료법을 다 시도하는 것인데, 지난 육 년 동안 나도 그런 전형에 순응해왔다. 그러나 내게는 더이상 맞지 않는 길이었다. 치료 중단은 의학계가 (그리고 제정신인 사람들 대부분이) 내게 최선이라 믿는 길에 배치되는 결정이었지만, 나는 자유가 필요했다. 수없이 찔러대는 피하주사와 정맥주사, 폐소공포증을 유발하는 MRI 검사로부터 벗어날 육체적 자유, 그리고 순리를 거스르고 그 치료들을 중단하는 길을 택할 지적 자유를 되찾아야 했다. 그동안 아이들에게 정신적, 물리적으로 독립성을 키우라고 수도 없이 설교해왔다. 이제 용기를 내서 내 가르침을 스스로 실천할 차례였다. 앞으로의 운명을 내가 전혀 통제할 수 없다는 현실쯤은 얼마든지 받아들일 수 있었다. 어차피 나는 암으로 죽을 테니까. 그러나 약으로 불행한 생을 유지할지 말지는 하나의 선택, 내게 주어진 선택이었다.

그래, 어찌할 텐가?

"아니요." 이번에는 대답하는 내 목소리에 확신이 실려 있었다. "전 이미 결정했습니다."

의사는 짜증을 내며 빨리 가버리라는 듯 손짓을 했다. 마치 잘못되면 당신 스스로 사형선고를 내린 거야, 라고 경고하는 듯했다. 그럴지도 모른다. 하지만 그렇게 말하고 나니 실로 오랜만에 무거운 짐을 벗어버린 기분이었다. 난 이제 자유였다. 아주 오래전 나 자신에게 했던 맹세가 떠올랐다. 암이 내 과거를 앗아갔고 미래 또한 앗아갈지언정 현재마저 지배하게 내버려두지는 않겠다는 맹세. 그 맹세에 부끄럽지 않은 행동을 취해야 할 때였다.

그 차가운 진료실에 앉아 있는데, 얼마나 될지 모르는 내 인생의 남은 나날들이 눈앞에 명료하게 펼쳐졌다. 이제 내 인생을 살 때였다. 제대로 살 때였다. 자기가 '왜' 사는지 아는 사람은 '어떻게' 살아갈지도 알아낼 수 있다고 평소에 믿어왔다. 내게는 학생들에게

144

돌아가는 것이 답이었다. 최근 들어 크루즈 여행에서 자크 형과 나눈 대화를 자꾸 곱씹어보고 있었다. "애들 가르치지 않으면 뭐할 거야?" 형은 이렇게 물었다. 전국을 여행하며 제자들을 만나겠다고 대답했을 때, 사실 그건 일종의 몽상, 죽어가는 사람이 품은 마지막 소원에 불과했다. 그런데 그 생각을 하면 할수록 왠지 말이 되는 것 같았다. 못 갈 건 또 뭔데? 넘지 못할 것처럼 보이던 산을 넘은 것이 그동안 몇 번인데, 이번이라고 안 될 게 뭐 있어? 암이 내 인생의 마지막 장을 쓰도록 펜을 넘겨주지는 않을 거야. 아직 내 오른손은 멀쩡하니까. 내가 쓴 이야기 중 최고로 꼽을 만한 것들은 전부 지난 십오 년간 제자들과 함께한 경험에서 나온 것들이었으니, 최대한 많은 제자들을 만나 이야기의 다음 장을, 그들의 이야기를 써보는 거야! 그걸 암이 가로막도록 내버려두는 게 가당키나 해?

나는 나를 괴롭히는 상대에게 쉽게 굴복한 적이 없었다. 거친 동네에서 고등학교에 다닐 때 복도 하나만 잘못 들어섰다간 깡패들에게 얻어맞을지 모른다는 긴장감이 늘 존재했다. 그렇다고 그애들이 상주하는 복도를 일부러 피해간 적은 한 번도 없었다. 한번은 어쩌다보니 '라틴 킹스'라는 우리 학교 폭력 조직 중 하나와 복도에서 딱 마주쳤다. 아무렇지 않은 척 복도를 걸어가는데, 뒤에서 살살 약을 올리며 겁주는 소리가 들려왔다. "너, 여기서 뭐하냐? 맞으려고 일부러 굴러들어왔냐?" 이런 상황을 많이 겪어봐서 내가 조금이라도 약한 모습을 보이면 알아서 그 녀석들 밥이 돼주는 격임을 알았기에, 다른 수를 써보기로 했다. 그 자리에 털썩 주저앉아 이렇게 말했다. "날 비키게 해봐." 갱단에게 도전장을 내민 것이나 진배없었고, 내 생애 가장 멍청한 짓이라고도 할 수 있었다. 내가 미처 방어 자세를 취하기도 전에 상대편 녀석 하나가 바닥에 앉은 나를 질질 끌기 시작했다. 그런데 그 상황이 갑자기 너무 어이없게 느껴져서 나도 모르게 웃음이 터졌고, 다른 애들은 서로를 쳐다보았다. 나를 어떻게 해야 좋을지 몰라서 곤란해하는 표정들이었다. 그러다 그애들도 하나둘 웃기 시작했고, 결국 나를 질질 끌던 아이도 나를 놓고 내 옆에 풀썩 주저앉았다.

"인마, 너 이름이 뭐냐?" 그애가 물었다.

"다비드."

"흠, 다비드. 너 보기보다 깡이 센 놈이구나……"

그 깡 센 놈은 지금 어디로 숨어버렸나? 조직폭력배보다 암이 더 무서운 상대였나? 왜 이번엔 상대방 발치에 털썩 주저앉아 나를 옮겨보시지 하고 배짱을 부리지 못하는 것인가?

그래서, 나는 모든 치료를 중단하고 여행을 떠나기로 했다. 내 나름의 암 치료법을 발견했기 때문이다. 기운차게 지내는 것, 행복해지는 것, 그리고 목적의식을 갖고 사는 것이었다. 얼마나 오래 지속될지는 중요치 않았다. 중요한 건 내가 시간을 어떻게 보내는가였다. 머릿속에 서서히 형태를 잡기 시작한 계획은 이랬다. 이 광대한 나라의 구석구석을 돌아다니면서 그동안 가보고 싶었던 곳들을 여행하고 내가 교편을 잡았던 십오 년간 내 삶을 그토록 풍요롭게 해주었던 사람들, 내가 사랑했고 나를 사랑해준 사람들—내 제자들—을 만나는 것이었다. 교실이 없어도 서로에게서 배울 기회는 얼마든지 있다. 나는 내가 살아온 이야기를 들려주고 반대로 제자들에게도 그동안 너희가 살아온 이야기를 들려달라고 하면 되는 것이다. 어쩌면 잃어버린 기억의 일부를 도로 채워넣을 수 있을지도 모르고, 또 새로운 기억을 만들 수도 있다. 그리고 꼭 알고 싶은 것이 하나 있었다. 내가 정말로 그들 인생에 영향을 끼치긴 했나? 그것을 확인한 다음, 만약 살아서 돌아온다면 그 여행을 글로 풀어서, 역경을 마주한—어떤 종류의 역경이든—이들에게 목적이 있는 한 그 삶은 살 가치가 있는 것임을 느끼게 해주고 싶었다. 인생을 어떻게 살지는 자기 자신에게 달린 것이다.

"당신 미쳤어?" 내 계획을 털어놓자 폴라가 대뜸 내뱉었다. "앞도 거의 못 보고 잘 걷지도 못하면서 어떻게 여행을 다니겠다는 거야? 치료는 어쩌고?"

"모든 치료를 중단하기로 했어." 내가 말했다.

"그럼 이건 자살 여행이군."

"아니." 나는 단호히 대꾸했다. "살 수 있을 때 제대로 사는 길을 택한 거야."

내 생각에 나는 다른 사람들보다 한발 앞선 입장이었다. 무슨 소리냐면, 내가 죽을 거라는 사실을 나는 마침내 받아들였다. 치료 과정에서 만난 모든 의사들이 그렇게 말했고 나도 같은 종류의 뇌종양 환자의 생존 확률을 익히 알고 있었으니까. 육 년을 살면 운좋은 것으로 여기는 게 이 병이었다. 그런데 나는 칠 년째에 접어들었다. 물론 이 암이 최근에 강한 펀치를 날려, 내가 시한부 인생을 살고 있음을 부정할 여지가 없도록 똑똑히 알려주긴 했다. 나도 이젠 안다. 내가 곧 죽는다는 것을. 보통 사람들은 죽음을 자신과 전혀 상관없는 것으로 여기며 살아간다. 삶이 영원할 것처럼 살아간다. 오늘이 지나면 항상 내일이 기다리고 있을 거라고 생각한다—내일 친구에게 손 내밀어 도와주면 되고, 내일 부모님께 전화하면 되고, "사랑해"라는 말도 내일 하면 돼. 나도 처음에 진단을 받고서 한동안은 그렇게 살았다. 내일이 백만 번도 더 남아 있을 줄 알았다. 그러나 자신이 죽으리라는 걸 정말로 알았을 때, 자신의 죽음을 준비하기 시작했을 때, 그때서야 비로소 우리는 사는 법을 배운다. 삼키기 힘든 교훈이다. 이제야 겨우 사는 법을 배웠는데 곧 죽는다니. 그러나 그 과정에서 정말 많은 아름다움을 경험한다. 어느 순간 갑자기 하늘의 해가 기쁨을 만끽할 이유가 되고, 꽃들이 살아 숨쉬는 듯하고, 산들바람이 내 얼굴을 스치면 거의 종교체험이라도 한 듯 희열을 느낀다. 나라는 인간이 더이상 내가 어떤 행동을 하는가가 아니라, 내가 남에게 무엇을 주느냐 그리고 이 세상을 어떤 식으로 사랑하느냐로 정의된다. 내가 보기에 그 정도면 괜찮은 죽음이었다.

나는 내가 '나를 되찾는 여행'이라고 이름 붙인 이 여행에 대해 본격적으로 떠들고 다니기 시작했고, 출발 날짜를 11월중으로 잡았다. 내 머릿속에서 이 여행은 내가 한때 제자들을 가르쳤던 것처럼 제자들한테 내게 가르침을 달라고 부탁할 기회가 될 것이었다. 그리고 실제로는 내가 사막과 강을 지나고 끝없는 도로를 달리며 새로운 사람들을 만나고 케루악과 휘트먼이 노래한 광활한 미국을 직접 목격하게 될 이 길고 긴 여행길에 부디 나의 조력자가 되어달라고 요청하는 것이나 마찬가지였다. 나는 태어나서 일리노이 주보다 더 서쪽으로 가본 적이 한 번도 없었다. 하지만 내가 가르친 제자들은 애리조나와 텍사스, 오리건, 워싱턴, 캘리포니아 등지에 흩어져 살고 있었다. 어쩌면 오래전부터 내 마음을 간질여왔던 꿈—태평양에서 수영을 하는 꿈—을 이번에 드디어 이룰 수 있게 되는지도 몰랐다.

인생의 목적이 생기자 하룻밤 새 기분이 급격히 좋아졌고, 화학치료로 쌓였던 독소가 몸에서 빠져나가면서 실로 오랜만에 몸 상태도 좋아진 느낌이었다. 이번 여정에서 나를 재워줄 사람이 분명 몇 명은 있을 것 같았지만, 문제는 아이들에게 그 얘기를 어떻게 전하느냐였다. 그동안 연락을 계속 주고받은 제자들은 많았지만, 코럴리프에서 내가 가르친 아이들만 해도 대략 삼천 명이 넘었다. 그 아이들에게 한꺼번에 연락을 취하는 가장 좋은 방법이 뭘까? 뭐겠는가? 나는 당장 페이스북에 공지를 올렸다.

나의 코럴리프 고등학교 가족들에게: 나와 함께해준 시간들에

여러분 모두에게 감사드립니다. 여러분은 제 삶에 자부심, 목적, 기쁨, 만족 그리고 의미를 더해주었습니다. 제가 여러분의 삶에 아주 작은 일부나마 함께했음을 영광으로 여깁니다. 잠깐, 여러분이 여기까지 읽고 괜히 눈물을 글썽이기 전에 제 계획을 알려드리겠습니다. 저는 길을 떠나려 합니다. 히치하이크로, 혹은 버스와 기차를 타고(예, 맞습니다, 지팡이 짚고 더듬거리면서요) 미국을 횡단해 태평양까지 가보려 합니다. 그러니 여러분이 지금 어디 사는지, 그리고 혹시 내게 하룻밤 소파를 내어줄 수 있는지 알려주세요.

사십팔 시간 안에 오십 개 도시에 사는 제자들의 댓글이 주르르 달렸다.

"애틀랜타에 오시면 주무실 곳 있습니다!"

"저, 노스캐롤라이나 샬럿에 살아요. 언제든 오세요!"

"보스턴 칼리지요!"

"버지니아에 빈 침대 하나 있습니다. 오시면 대환영이죠!"

"메나셰 선생님!!! 저 지금 샌프란시스코에 있거든요. 여기 오시면 연락 주세요!"

"애슈빌에 오셔서 연락 주시면 제가 어떻게든 해볼게요."

쏟아지는 제자들의 애정 공세와 숙박 제공 의사에 가슴이 먹먹해져 말문이 막혔다. 암 진단을 받은 이후 감정을 주체 못하고 엉엉 울어버린 날은 손에 꼽을 정도로 드물었는데, 제자들의 댓글을 읽으며 울컥한 첫날이 그중 하루였다. 하지만 이번엔 감사의 눈물이었다. 내가 함께 울고 웃으며 가르친 아이들이 선생님에게 무언가를 돌려주길 바라고 있었다—이미 그 아이들은 내게 아름다운 인생이라는 선물을 줬는데.

그후 몇 주간은 매일같이 묵을 곳을 제공하겠다는 댓글을 확인하고, 성사 가능성이 높은 제안을 한 아이들에게 연락을 취하고, 여행루트를 정하고, 구체적인 계획을 짜면서 보냈다. 내 친구 하이디 골드스타인은 비용을 충당하라고 여행 경비 모금 페이지를 만들어주었다. 계획을 짜는 일은 꽤 골치 아팠지만, 마침내 심장이 뛰는 흥분을 다시금 느끼게 된 것만으로 행복했다. 오랜 잠에서 깨어나는 기분이었다. 시야를 가리고 있던 안개가 걷히는 것 같았다. 나는 맥 컴퓨터 한 대를 장만하고 음성인식장치 사용법과 한 손으로 타자 치는 법을 익혔다. 여행하면서 만날 다양한 날씨에 대처하려면 어떤 옷가지를 챙겨야 하는지도 알아보았다. 현재 가지고 있는 옷은 전부 플로리다의 만년 여름 날씨에 최적화된 것들인데, 미니애폴리스라든가 시카고 같은 도시로 가면 기온이 영하로 뚝 떨어질 테니 따뜻한 점퍼와 장갑을 준비해야 했다. 그 모든 것을 배낭 하나에 다 집어넣어야 할 텐데, 쉽지 않은 작업이 될 것 같았다.

계획을 짜는 과정의 하나하나가 다 넘어야 할 산이었지만, 친구들과 옛 제자들의 댓글이 힘들 때마다 피로회복제가 되어주었다.

제자 중 한 명인 니키 마르티네스는 이렇게 썼다. "선생님이 제 인생에 영향을 미친 만큼 저도 제가 가르치는 학생들의 삶에 영향을 줄 수 있기를 기도해요. 그동안 제게 가르쳐주신 것들, 그리고 지금도 가르쳐주고 계신 것들에 진심으로 감사드려요. 저를 만나는 모든 학생이 선생님의 성함과 선생님이 제 교육에 남긴 발자취를 알게 되리라고 장담해요. 행복한 모험이 되기를, 친구여. 저를 포함한 수많은 이들의 기도가 선생님의 여정에 항상 함께하리라는 것을 잊지 마세요."

9월 하순에 나는 짧은 시험 여행을 다녀왔다. 먼저 비행기로 뉴저지에 가 친구 한 명을 만난 다음, 기차를 타고 뉴욕으로 가 자크 형과 시간을 보내다 왔다. 이 테스트는 재앙 수준이었지만—지하철역에서 굴러떨어져 한쪽 팔이 부러지는 불상사까지 일어났다—나는 짧은 여정을 꼼꼼히 기록하고 내 페이스북 팔로워들이 볼 수 있게 포스팅했다.

이번 뉴욕과 뉴저지행 시험 여행에서 저의 장비와 제 상태에 대해 새로운 정보를 잔뜩 얻어가지고 돌아왔습니다. 장비로 말할 것 같으면, 10킬로그램 나가는 배낭은 생각했던 것보다 꽤 무겁고 거추장스럽다는 것을 알았습니다. 또 이번 여행을 최대한 즐기려면 최근에 얻은 몇 가지 장애를 연습과 집중, 혹독한 훈련을 통해 좀더 능숙히 다루는 법을 배워야 한다는 것도 깨달았고요. 예를 들어, 자꾸 아무데나 돌진하거나 굴러떨어지는 짓은 최대한 지양해야겠더

군요. 그런 짓을 하다가는 저처럼 오른팔이 부러지는 수가 있거든요. 하지만 괜찮습니다. 안 그래도 왼팔 훈련이 더 필요했던 참이었으니까요.

응원의 댓글이 실시간으로 수두룩하게 달렸다.
"그 정도 부상은 개성 넘치는 훈장 같은 거예요. 힘내세요!"
"여자들은 흉터 있는 남자한테 환장해요!"
"포기하지 마세요, 메나셰 선생님!"
되도록 가볍게 얘기하려 했지만, 솔직히 말하면 정신이 번쩍 드는 경험이었다. 이 짧은 여행도 무사히 다녀올 수 없다면—더구나 비행기에 있는 시간이 여행의 대부분이었건만—전국 삼십 개 도시 규모의 여행 루트를 이 몸으로 기차와 버스를 갈아타가며 대체 어떻게 소화한단 말인가? 나는 집안을 서성이며 본격적인 여정에서 마주칠 장애물들을 예상해보고 또 내가 폴라와 이 집을 떠난 뒤 우리 사이는 과연 어떻게 될까도 고민해봤다. 같이 갈 생각이 없느냐고 물었을 때 폴라는 딱 잘라 거절했다. "우리는 각자 인생에서 원하는 게 달라."
그로부터 며칠 후, 다른 학생 하나가 내 페이스북에 『앵무새 죽이기』의 한 구절을 올렸다. 그 학생은 아마 몰랐겠지만, 하퍼 리의 이 고전에서 내가 가장 좋아하는 부분이었다. "총이나 휘두르는 것이 용기라고 믿는 대신 진짜 용기가 뭔지 네가 직접 보고 배우길 바랐다. 애초에 질 것을 알면서도 시작하는 것, 어떻게 되든 끝까지 해보는 게 바로 진짜 용기다."

폴라의 말이 옳았다. 우리는 서로 다른 것을 원하고 있었다. 폴라는 우리집과 우리 반려동물들 그리고 그녀의 직장을 위해 그곳에 머무르고자 했다. 그리고 나는 나 자신을 되찾아 길을 떠나야 했다.

내 여행 출발일도 이제 한 달 앞으로 다가왔다. 지금 안 가면 언제 간단 말인가? 내일 눈을 뜨면 앞이 더 잘 보이게 되는 것도 아닐 텐데. 한쪽 다리가 아프긴 하지만 적어도 걸을 수는 있었다. 앞으로 얼마나 걸을 수 있을지 누가 알겠나? 머릿속에 끊임없이 솟아나는 변명들을 이제 그만 잠재우고 과감하게 밀어붙여야 할 때였다.

18

　　11월 2일 금요일, 스케줄에 딱 맞춰, 배낭을 메고 빨간색 물미가 달린 지팡이를 챙긴 다음 폴라에게 작별 키스를 하고 집을 나섰다. 원래 계획은 42번 버스를 타고 기차역까지 간 다음 거기서 기차로 탤러해시*로 이동해 배웅 파티를 해주려고 기다리고 있는 제자들을 만나는 것이었다. 하지만 옛친구 힐러리 거버가 탤러해시에 친구를 만나러 가는 길에 나를 태워주겠다고 했을 때, 나는 진심으로 고마웠다. 힐러리는 고등학교 때 내 여자친구였는데, 우리는 그동안 쭉 연락을 이어오고 있었다. 의사가 된 힐러리는 그날 운전사 노릇에 더해 내 골절된 팔의 감염 부위도 치료해주었다. 힐러리가 모는 파

---

* 플로리다 주의 주도(州都)로, 플로리다 북서부에 위치.

란색 마쓰다의 뒷좌석에 내 짐을 던져놓고, 오래전 내가 직접 페인트칠해서 우리집 현관 철책에 걸어놓은 표지판을 마지막으로 한 번 돌아보았다. 딜런 토머스의 시구였다. "순순히 어둠 속으로 사라지지 마라…… 꺼져가는 불빛에 대항해 분노, 또 분노하라."

나도 그럴 작정이었다. 여행중에 병으로 객사할 확률이 높다는 것은 나도 잘 알고 있었다. 의사들은 치료를 거부하면 얼마 더 살기 힘들 거라고 입을 모아 경고했지만, 나는 순순히 꺼져갈 생각이 없었다.

"마침내 길을 떠나는 기분이 어때?" 차가 도로에 진입하자마자 힐러리가 물었다.

"신나지만 걱정도 돼." 내가 대답했다. "아직 매듭짓지 못한 일이 많아서. 하지만 '드디어 가는구나!' 하는 기분도 있어. 그동안 기대도 많이 하고, 이것저것 계획하고 고민도 엄청 많이 했잖아. 출발하기 전에는, 앞으로 일이 어떻게 돌아갈지 상상밖에 할 수 없었어. 근데 이제 실제로 내 기억 창고를 채울 수 있게 됐어."

마이애미에서 탤러해시까지는 800킬로미터 정도 쭉 이어지는, 거의 뻥 뚫린 넓은 고속도로를 타고 달리기만 하면 된다. 북쪽으로 방향을 틀어 그 뻥 뚫린 유료고속도로로 접어들면서, 나는 한동안 느끼지 못했던 어떤 기운이 샘솟는 것을 느꼈다. 설사 첫번째 목적지까지 가지 못하더라도 적어도 길을 나서기는 했다. 암에 굴복하지 않았다는 뿌듯함이었다.

힐러리가 운전을 도맡아야 해서, 중간에 올랜도 근처까지 갔을 때 차를 세우고 뭘 좀 먹기로 했다. 갑자기 아이디어가 번쩍 떠올라서, 나는 페이스북에 즉흥적으로 글을 올렸다. "여러분! 나 지금 올랜도의 '벨아일 바이우'라는 곳에 있어요. 만나려면 그곳으로 와요!" 그래놓고 혹시 모르니까 5인용 테이블을 예약해두었다. 몇 시간 안 돼서 우리의 즉석 모임은 결국 레스토랑 전체를 차지할 정도로 규모가 불어났다. 근처에 위치한 센트럴플로리다 대학교를 다니는 옛 제자들, 그리고 기꺼이 찾아와준 내 옛친구들의 얼굴을 둘러보고 있자니 나는 참 행운아구나 하는 생각이 들었다. 그날 밤 페이스북에도 그런 내용의 글을 올렸다. "여러분 덕에 아직까지는 여행이 아주 만족스러워요!" 한 학생이 댓글을 달았다. "근데 이 여행 주제가 뭐에여? 암 캠페인이라도 하는 거에여? 그리고 쌤 눈도 안 보이는데 혼자서 어떻게 운전을 하시겠다는 거에여?" 나는 이렇게 대답해줬다. "닉, 네 맞춤법보다 내 운전 실력이 더 형편없는 지경이다. 그래서 기차랑 버스를 이용하거나 아니면 차를 얻어 타고 다닐 생각이야." 꼭 교실에 들어가지 않아도 아이들을 가르칠 수 있다는 첫번째 교훈을 얻은 날이었다.

다음 모임 장소는 탤러해시였다. 클럽 에피소드라는 곳에서 학생 여남은 명이 나를 반겨주었다. 플로리다 주립대학에서 길을 따라 내려가면 있는 클럽인데, 플로리다 주립대는 코럴리프 고등학교 졸업생들이 특히 많이 진학하는 대학이었다. 클럽에 들어서자 똑같은 티셔츠를 입은 한 무리의 청년들이 눈에 들어왔다. 내가 수술용 마스크를 쓰고 화학치료를 받으면서 가운뎃손가락을 날리고 있는 사진을 프린트하고 그 밑에는 "다비드 메나셰의 나를 되찾는 여행", 위에는 포물선 모양으로 "암, 꺼져버려"라는 문구를 인쇄한 티셔츠였다. 내가 근래 느낀 바를 기가 막히게 잘 포착했다. 그날은 플로리다 치고 꽤 쌀쌀해서 밤에 기온이 4.5도까지 내려갔지만, 클럽에 모인 제자들의 애정으로 따스한 밤을 보낼 수 있었다.

"몸은 좀 어떠세요, 메나셰 선생님?"

"더 바랄 게 없다!"

"선생님, 보고 싶었어요!"

"내가 더 보고 싶었다."

"선생님은 제가 만나본 최고의 선생님이셨어요."

"너희들 한 명도 빠짐없이 내가 사랑하는 거 알지?"

이렇게 아이들과 옛정을 나누고 있는데, 누군지 알 것 같으면서도 영 떠오르지 않는 한 여자가 눈에 띄었다. 잠시 망설이다가, 뒤에 열두어 명의 학생들을 달고서 그녀에게 다가갔다. "나, 제니야." 여자가 대뜸 말했다. 누군지 기억해내는 데 몇 초가 걸렸다. "이야, 이럴 수가! 제니 아머스!"

제니를 처음 만난 건 우리가 일곱 살 아니면 여덟 살 때였다. 우리는 플로리다 주 미라마에 있는 이스라엘 사원에서 히브리어 학교를 같이 다녔다. 7학년 때 제니가 멀리 이사를 갔다가 이듬해 헤더 브라운이라는 친구의 바트미츠바*에 참석하러 왔고, 거기서 재회한 우리는 첫 뽀뽀를 한 역사가 있다.

"그날 밤을 잊은 적이 없어!" 학생들이 제니와 나를 둥그렇게 에워싼 가운데 나는 반가워서 이렇게 소리쳤다.

"나도 마찬가지야." 제니가 맞장구쳤다. "그게 내 첫 키스였거든!"

"첫 키스라고! 장난해?"

"농담 아냐. 진짜야."

옆에서 엿듣고 있던 학생들이 옆구리를 쿡쿡 찌르며 음흉한 표정으로 윙크를 해댔다. 그걸 보고 있자니 옛날 〈몬티 파이선〉**의 유명한 대사인 쿡쿡 찡긋찡긋***이 생각났다. 옛 선생님의 첫사랑 이야기를 듣고 싶어 안달이 난 학생들은 우리가 하는 말 한마디 한마디에 귀를 쫑긋 세웠다.

그날 오랜만에 재회한 친구는 제니 말고도 또 있었다. 둘이서 신나게 옛 추억을 끄집어내고 있는데 저만치에서, 어릴 때 우리 옆집에 살면서 나랑 어울렸던, 지금은 래퍼가 된 친구 블루버드가 무대에 오르더니 마이크를 잡는 것이었다. 녀석은 내 어렸을 적 부끄러운 일화를 줄줄이 늘어놓으면서 그 자리를 '다비드 메나셰의 밤'으

---

* 여자아이가 열두 살이 되는 해에 치르는 유대교 성년식.
** 1969년부터 1974년까지 영국 BBC에서 방영한 코미디 프로그램. 〈몬티 파이선과 성배〉를 포함한 다섯 편의 영화로도 제작되었다.
*** Nudge nudge. Wink wink. 극중 성적인 농담을 건넬 때 하는 말.

로 만들어버렸다. 그나마 아이들이 내 수업을 들을 때가 아니라 다행인 얘기들이었다. "한번은 폭죽으로 내 친구 신발을 날려버린 적도 있어요. 스케이트보드 경사로를 무릎 보호대 없이 내려가도록 용기를 준 것도 다비드였죠. 이유는 모르겠지만 다비드는 제 친형보다 더한 인내심으로 마치 저를 강하게 키우는 데 인생을 건 사람 같았어요. 무슨 얘기냐면, 자기만 스파링 보호대를 착용하고는 우리집 앞마당에서 뒹굴며 저를 흠씬 두들겨 패곤 했거든요. 한번은 닌자 목검에 맞서는 법을 가르쳐주겠다며 제 몸에 베개 몇 개를 테이프로 칭칭 감아놓고 공격한 적도 있다니까요! 다비드는 저에게도 스승이었던 셈이에요…… 다만 저는 미처 날뛰던 시절의 꼬맹이 다비드와 일찌감치 만났을 뿐이죠."

꿈결 같은 밤이었다. 클럽 문을 열고 들어서기 직전까지도 나는 학생들의 반응을 걱정했다. 대부분 멀쩡하던 내 모습—머리숱이 풍성하고, 한때 한껏 누렸던 자신감 넘치는 발걸음으로 복도를 지나는 건강한 남자의 모습—만 알 텐데. 지금의 나는 맹인용 지팡이에 의지해 절뚝거리며 걷는 신세였다. 아이들에게 연민의 시선만큼은 죽어도 받고 싶지 않았다. 그러나 분명 내 모습에 놀란 아이들이 있었을 텐데도, 아무도 그런 내색을 하지 않았다. 그날 밤 내가 옛 제자들에게서 느낀 건 감사와 사랑의 마음뿐이었다.

시간이 어떻게 갔는지도 모르게 헤어질 때가 됐다.

주섬주섬 짐을 챙기는데 제자 한 명이 당황해서 상기된 얼굴로 달려왔다. "메나셰 선생님! 경찰이 왔어요!"

"진정해." 내가 말했다. "별일 아닐 거야. 내가 나가볼게."

나는 밖으로 나가 막 순찰차에서 내리고 있는 경관들에게 내 소개를 하고 물었다. "무슨 문제 있습니까?" 그러자 그중 한 명이 대답했다. "아, 아닙니다. 제 이름은 로버트입니다. 선생님께서는 기억 못하시겠지만, 십 년 전에 전산 오류로 선생님의 영어 우등반에 배정된 적이 있습니다. 며칠만 듣고 다시 일반반에 재배정됐는데, 그후로 선생님을 잊은 적이 없습니다. 그래서 선생님이 여기 오신다는 소식을 들었을 때, 꼭 와봐야겠다고 생각했어요. 같이 사진 한 장 찍어도 되겠습니까?"

로버트가 어떤 학생이었는지 기억나지 않았지만, 그날 이후로는 나도 로버트의 얼굴을 잊지 못하게 되었다.

순찰차가 주차장에서 빠져나가자 제자들이 나를 에워쌌다. 다들 조금 더 이야기를 나누고 싶어하는 눈치였지만, 아쉽게도 나는 이튿날 아침 일찍 일어나 다음 목적지인 뉴올리언스로 떠나야 했다.

"얘들아!" 내가 기운차게 외쳤다. "오늘밤 소파에서 나 좀 재워줄 사람?"

모두가 손을 번쩍 들었다.

어렸을 때 학교에서 점심시간마다 다비드가 식당 테이블 주위를 빙빙 돌며 나를 쫓아다니던 게 생각난다. 내 기억이 맞다면, 나를 간지럼 태워서 내가 "꺅" 소리지르게 만드는 게 목적이었다. 그래서 내 별명은 '꺅'이 되었다. 학년이 올라가면서 '꺅'이라는 별명으로 불릴 때마다 다비드를 떠올리고 미소 짓지 않은 적이 없었다.

그날 밤 모임에 참석하길 잘했다. 다비드가 어떤 남자로 성장했는지 제대로 확인할 수 있는 기회였으니 말이다. 그렇게 사랑받고 존경받는 사람으로 자란 것이 흐뭇했고, 인생의 두 뿔을 꽉 움켜쥐고 그것이 허망하게 스쳐지나가지 않도록 정면 돌파하는 모습이, 그리고 제자들에게도 그렇게 하도록 가르친 내 친구가 참 자랑스러웠다.

작별 인사를 하는 마음이 못내 무거웠다. 그동안 서로 이야기를 나눌 기회가 더 많았더라면 하는 생각이 들었지만, 이렇게 세월이 흐른 뒤에라도 잠시나마 얼굴을 보고 이야기할 기회가 주어진 것에 감사했다. 그런 마음으로 나는 다비드의 뺨에 키스하고 마지막으로 그를 꼭 안아주었다.

제니 아머스

노바 중학교 동창

플로리다 주 데이비에서

19

뉴올리언스는 한 번쯤 꼭 가보고 싶었던 곳이다. 주민들 스스로 '남부 타락의 도시'라 부르는 곳, 세계 최고의 재즈 뮤지션들이 연주하는 축제가 이틀이 멀다 하고 열리고, 검보*와 잠발라야**를 파는 가판대가 늘어서 있고, 시내에 전차가 다니고, 미시시피 강을 볼 수 있고, 특유의 공동체적 토양이 그런지 스타일과 '더러운 리넨의 밤'***이라는 일류 아트 행사를 낳은 도시를 어찌 궁금해하지 않을 수 있겠

---

* 닭이나 해산물 등에 오크라, 토마토 등을 넣어 걸쭉하게 끓인 뉴올리언스식 스튜 요리.
** 고기와 채소, 해산물 등의 재료에 쌀을 넣고 볶다가 육수를 넣고 끓이는 미국 남부식 쌀 요리.
*** Dirty Linen Night. 뉴올리언스 프렌치 쿼터의 로열 스트리트 일대에서 지역 아티스트들의 그림이나 수공예품 등을 전시, 판매하는 연례행사.

는가? 내 상상 속 뉴올리언스는 배울 것들이 가득한 매력적인 도시였다. 더불어, 마크 트웨인이 어린 내게 그토록 감명을 준 『허클베리 핀의 모험』을 집필한 곳 근처에 가볼 기회를 절대 놓칠 수 없었다.

고등학교 때 내 수업을 들었고 졸업 후 로욜라 대학에 진학하기 위해 뉴올리언스로 이사한 제자 멀리사 고메즈가, 룸메이트 셋과 함께 살고 있는 숙소의 소파를 흔쾌히 내주었다. 처음에는 초대를 수락하기가 망설여졌다. 내 기억에 멀리사는 남다르게 예민하고 마음이 여린 친구였는데, 중병을 앓고 있는 내 모습에 충격을 받지 않을까 염려스러웠다. 그 친구가 내 페이스북을 주기적으로 방문해 병세를 알고 있기는 했지만, 옛 스승—남자친구 문제부터 대입 시험 준비까지, 이런저런 고민으로 의지할 곳이 필요할 때마다 힘이 되어준 사람—이 예전의 기백 넘치던 모습과는 영 다른 낯선 사람으로 변해버린 현실을 감당하지 못할까봐 걱정됐던 것이다. 하지만 애초에 이번 여행의 사명이 잃어버린 기억을 되찾고 내가 제자들의 인생에 과연 변화를 일으켰는지 알아보는 것이었기에, 결국 멀리사의 제안을 받아들이기로 했다.

그리고 멀리사를 만난 지 반나절 만에 '사람은 변할 수 있다'는 귀중한 교훈을 얻었다. 매사에 자신 없는 여고생이었던 멀리사가 인생에 뚜렷한 목표를 세운 멋진 여성으로 성장해 있었던 것이다.

게다가 자신의 인생이 변화한 계기가 된 순간을 정확하게 기억하고 있어서 또 한번 나를 놀라게 했다. "선생님 덕분이었어요." 이야기인즉슨 이랬다. 오래전 어느 날 아침, 고등학교 3학년이었던 멀리사가 1교시가 시작되기도 전에 잔뜩 당황해서 내 교실로 뛰어들어왔다. 대학 입학지원서 접수 마감일인데 아직 지원서 양식에 손도 못 대고 있다는 것이었다. 나는 그날 수업을 몽땅 독서 자습으로 돌리고, 멀리사와 하루종일 같이 앉아서 지원서를 작성하고 에세이 주제를 신중하게 골라주었다.

"제가 대학에 지원할 자격이 안 될까봐 너무 불안하고 걱정돼서 지원서 작성을 마지막 순간까지 미뤘는데, 선생님 덕분에 저도 충분히 자격이 있다는 자신감을 갖게 됐어요." 멀리사는 이렇게 말했다. "선생님한테는 별일 아닌 것처럼 들릴 수 있지만, 그 일 덕분에 오늘 제가 여기까지 올 수 있었던 거예요."

멀리사는 생의 모든 것을 적극적으로 추구하는 사람이 되어 있었다. 열여덟의 나이에 집을 떠나 아는 사람 하나 없는 낯선 도시로 와서, 몇 년 안 되는 그 짧은 시간 동안 삶을 일구고 친구들을 사귄 것을 보면 알 수 있었다. 로욜라 대학 3학년생인 지금 멀리사는 장차 루이지애나 주립대 대학원에 진학해 사회복지학 석사학위를 딸 계획이라고 했다. 자기 그림자마저 두려워하던 유약한 소녀가 그새 이렇게 이타적인 영혼을 지닌 성숙한 여인으로 자랐다니. "선생님이 저희한테 도움의 손길을 내밀어주신 것처럼 저도 남을 돕는 일을 하며 살고 싶어요. 그래서 선생님을 초대한 거예요. 오래전에 선생님이 제가 인생에서 나아갈 길을 보여주셨으니, 저도 선생님이 길을 찾으시는 걸 도와드리고 싶어요."

이후 며칠 동안 멀리사는 투어 가이드 역할을 맡아, 나를 데리고 시내를 돌아다니며 세인트찰스 애비뉴*와 프렌치 쿼터**를 통과하는 전차 관광, 유서 깊은 프렌치멘 스트리트의 유명한 재즈 클럽 순회 관광을 시켜주었다. 하지만 내가 정말 감동한 건, 멀리사가 그곳에 정착하고서 사귄 괴짜 같은 사람들 몇몇을 내게 소개해준 것이었다. 그중 가장 인상적이었던 사람은 뭐니뭐니해도 고트 카슨 목사라고 불리는 남자였다.

처음 듣는 이름이었는데, 알고 보니 뉴올리언스 지방에서 고트 목사를 모르면 간첩이라 할 정도로 유명한 사람이었다. 그 지역 전설이나 다름없는 인물인 고트 목사는, 허리케인 카트리나가 그곳을 초토화하고 지나간 지 칠 년이 지났는데도 여전히 그 잔해가 나뒹구는 낙후된 구역에서 베이지색 페인트가 다 벗겨진 허름한 샷건 하우스***에 살고 있었다. 그런 사람을 어떻게 만나게 됐는지 멀리사는 약간 주저하며 털어놓았고, 이야기를 들은 나는 멈칫했다. 사정인즉슨, 처음 이사 왔을 때 집에서 자꾸 괴상한 일들이 일어났고—선반

---

* 뉴올리언스의 간선도로이자 세인트찰스 전차 노선의 기점.
** 비외 카레 역사지구로 지정된, 뉴올리언스에서 가장 오래된 구역. 18세기 초에 프랑스인들이 건설했고, 유럽풍 거리와 재즈 음악을 즐기러 관광객들이 많이 찾는다.
*** 남북전쟁 이후부터 1920년대까지 미국 남부에서 유행했던 주택 형태로, 폭이 좁고 긴 직사각형이며 복도 없이 방으로 연결되어 있다.

에서 물건이 떨어진다거나 한밤중에 문들이 쾅쾅 닫힌다거나—그게 점점 심해져서 멀리사와 룸메이트들이 밤에 잠을 자기가 무서울 정도였다고 한다. 지역 토박이에게 그런 고민을 털어놓았더니 그 사람이 체로키족 주술사 겸 무당인 고트를 찾아가보라고, 고트가 집에 든 귀신들을 쫓아내줄 거라고 귀띔해주었다. 그래서 네 여자는 인디언 주술사인 고트를 찾아갔고, 고트는 귀신 쫓는 의식을 치렀다. 효과가 있었던지, 그뒤로는 한밤중에 깜짝 놀랄 일이 다시는 일어나지 않았다. "그분을 만나보셨으면 해요." 멀리사가 넌지시 말했다. "어, 그래." 내가 대답했다. "새로운 경험이라면 뭐든 환영이니까."

고트는 빨간색 가죽바지와 화려한 반짝이 장식이 달린 빨간색 카우보이모자 차림으로 우리를 맞이했다. 그가 예순여덟 살이라는 얘기는 나중에 들었지만, 제멋대로 자란 머리를 하나로 묶어 등까지 치렁치렁 늘어뜨린 모습은 그보다 한참 더 나이들어 보였다. 세상을 오래 산 사람의 아우라가 풍겼지만 동시에 숨길 수 없는 온정이 느껴졌고, 그래서 나는 그를 보자마자 오기를 잘했다고 생각했다.

마이애미에서는 고트 같은 사람을 죽었다 깨도 만나볼 수 없다. 사는 집만 봐도 그가 어떤 생을 거쳐왔는지 알 수 있었다. 집안에 있는 모든 물건이 인생의 유물이었고, 그 유물 대부분이 벽에 걸려 있었다. 전설의 뮤지션 닥터 존*과 함께 찍은 사진. 1992년 미국 대선

---

* 뉴올리언스 출신의 블루스·재즈 작곡가이자 가수, 피아노 및 기타 연주자.

에 고트가 대통령 후보로 출마했을 당시 연단에 서서 연설하는 장면 (당시 러닝메이트는 그룹 이글스의 기타리스트 조 월시였고, 두 사람은 십만 표를 얻었다). 네이티브 아메리칸 뮤직 어워즈(NAMA)에서 받은 낭독 음반 최고상. 닥터 존의 그래미상 수상 앨범 〈City That Care Forgot〉*의 작곡에 참여한 공헌을 기리는 표창장. 무엇보다 영어 교사인 내 눈길을 단박에 잡아끈 것은 출판된 자작 소설 『샐로 그레이브』의 표지였다. ("잠을 자보려고 애쓰는데 스모그가 창틈으로 스며들어와 내 목을 조르기 시작했다. 잠들기 불가능할 정도로, 날이 몹시 더웠다. 나는 내가 왜 새벽 세시까지 술을 마시고 있었는지, 오늘은 누구의 장례식에 참석해야 하는지 기억해내려 애썼다.")

나는 거실 바닥 여기저기에 널려 있는 동물 가죽 중 하나를 골라 앉았고, 고트가 하프라고 부르는 악기—버펄로의 턱뼈에 직접 현을 끼워 만든 것이었다—를 집어들더니 자기 노래를 몇 곡 들려주었다. 그런데 연주를 하다가 갑자기 얼굴을 찌푸리며, 최근 몸에 통증이 느껴지는데 뭐가 문제인지 모르겠다고 했다. 그래서 나는 내 이야기—암에 걸린 것과 그 때문에 여행을 시작하게 된 것—를 들려주었고, 그러자 고트는 자기도 검사 결과를 기다리고 있는데 일단

---

* '망각을 보살피는 도시'라는 뜻. 정치색이 강한 닥터 존의 2008년 앨범으로, 제목은 뉴올리언스의 별칭이기도 하다.

결과가 나오면 통증의 원인을 알 수 있을 거라고 했다.

그러다 어느 순간 고티—그의 친구들은 그를 이렇게 불렀다—가 내게 '정화 의식'을 치르기 시작했다. 그는 엄청 큰 어깨 패드가 들어가고 광택이 나는 빨간 재킷을 내 어깨에 걸쳐놓고 독수리와 칠면 조 깃털을 내 주위에 빙 둘러 뿌렸다. 그런 다음 마리화나와 세이지를 섞은 것을 종이로 돌돌 말아 불을 붙이고는, 방안 구석구석을 돌며 그것을 천천히 흔들었다. 마치 성당에서 신부가 제단 주위로 향로를 흔들어 축성하는 것처럼 방안에 마리화나 연기를 퍼뜨리면서 북아메리카 원주민의 언어로 주문을 외웠다. 고티 말로는, 내 어깨에 두른 재킷은 이번 여행에서 나를 보호해줄 갑옷이었다. 그리고 깃털은 악귀를 쫓고 복을 가져다줄 부적이었다. 연기는 내 주변에 어려 있는 초대받지 않은 영혼들을 쫓아 보내기 위한 것이고, 주문은 나를 씻어내기 위한 것이었다. 무엇을 씻어내는 걸까? 물어보진 않았지만, 아마 내 병이었으리라. 어쨌든 내 바람은 그랬다. 의식이 다 끝나고 우리는 사이좋게 마리화나를 나눠 피웠다. 듀크대학병원 의사들이 구토증을 가라앉히는 용도로 피우라고 인공합성마리화나 처방전을 써주긴 했지만, 약으로 마리화나를 피우는 대부분의 사람들처럼 나도 진짜 마리화나가 훨씬 더 효과가 있었다. 고티는 마리화나를 피우는 것도 의식의 일부라고 했다. 뭐, 나는 마음이 열린 사람이니까. 나를 도와주겠다는 사람인데, 내가 뭐라고 그의 방법론에 이의를 제기하겠는가?

뉴올리언스 여행의 마지막날 멀리사는 나를 미시시피 강 제방으로 데려갔고, 우리는 거기 앉아 오래도록 이야기를 나누었다. 대화가 무르익자 멀리사는 사귀고 있는 남자 얘기를 조심스레 꺼냈다. 남자가 약물중독 치료 시설에 한차례 들어갔다 나온 뒤 사귀기 시작해 최근까지 좋은 관계를 유지해왔다고 했다. 그런데 요즘 들어 그가 다시 약에 손대기 시작한 낌새라는 것이었다. "어쩌면 좋죠?" 멀리사가 물었다.

　"만약 진짜로 손대고 있다면, 그걸 병으로 생각하고 한번 더 치료를 받도록 옆에서 도와주든가 아니면 그 사람이 자의로 선택한 것으로 간주하고 더 괜찮은 사람을 찾아볼 수도 있겠지." 나는 이렇게 대답해주었다.

　멀리사가 웃으며 말했다. "선생님 얘기만 들으면 전혀 고민할 게 없는 문제 같네요, 그죠? 적극적으로 도와주든가, 아님 발을 빼든가."

　나는 고개를 끄덕였다. "그런 셈이지."

　"만약 다시 손대고 있다면, 헤어질 거예요." 멀리사가 단호하게 말했다.

　"현명한 결정이야. 네가 자랑스럽다."

　"저도 선생님이 자랑스러워요. 이렇게 오랫동안 병마와 싸우고 계시고, 그동안 용감한 모습을 보여주셨잖아요."

　"그렇게 말해줘서 고맙다. 하지만 난 이미 유효기간을 훌쩍 지난 인간이야."

"그런가요. 하지만 선생님이 유효기간을 넘긴 게 벌써 몇번째인지 생각해보셨어요? 그냥 그렇다고요."

멀리사가 그렇게 힘든 관계를 겪고 있는 것은 보기 안쓰러웠지만, 학교를 떠난 지 몇 년이 지났는데도 그 아이가 나를 힘들 때 의지할 수 있는 사람, 믿을 만한 사람으로 생각해주는 것이 말할 수 없이 고마웠다. 그런데 더 뿌듯했던 것은, 나 또한 멀리사를 내 병 따위는 거뜬히 받아들일 수 있는 성숙한 인격체로 보게 됐다는 사실을 깨달은 것이었다. 부서질까 조심조심 대했던 여린 소녀가 이제는 거꾸로 나를 위로해줄 줄도 아는 어엿한 성인이 되어 있었다.

해가 지면서, 유유히 흐르는 강물에 주황색 그림자를 드리웠다. 강은 끝 간 데 없이 흐르는 듯 보였다. 허클베리 핀과 그의 친구 짐에게 미시시피 강은 그들을 자유로 데려다줄 생명선이었다. 내가 그 순간에 느낀 것도 바로 그것이었다―옛 인생은 그대로 남겨두고, 앞으로 운명을 향해 달려가는, 자유로움.

살아 있다는 짜릿함.

그냥 그렇다는 얘기다.

20

앨라배마의 인적 없는 어느 도로변에서 장대비를 쫄딱 맞으며 히치하이킹을 시도했을 때만큼 지독하게 외로웠던 적은 없다. 사실 앨라배마는 여행 경로에 포함돼 있지도 않았다. 그 전날 멀리사가 친절하게도 뉴올리언스에서 내 다음 행선지인 애틀랜타까지 여섯 시간 넘게 걸리는 거리를 운전해서 데려다주겠다고 자청했다. 그런데 어떻게 된 영문인지, 어쩌다 이리된 건지 죽었다 깨도 모르겠지만, 정신을 차려보니 우리는 엉뚱하게 북쪽으로 가고 있었고, 게다가 비는 퍼붓지, 늪지대는 칠흑처럼 캄캄하지, 원래 가려던 길로 돌아가려고 해도 GPS마저 말을 안 듣지, 그래서 장장 일곱 시간을 허비한 끝에, 믿거나 말거나, 테네시까지 와버렸다.

다시 뉴올리언스로 돌아가려면 일곱 시간이 걸리는데다 다음날 출근도 해야 했기에 멀리사는 일단 최대한 멀리까지 가서 모빌* 북쪽 웬 벽지의 길가에 있는, 시뻘건 네온사인이 번쩍거리는 싸구려 모텔 앞에 나를 마지못해 내려주었다. 그때쯤에는 해도 완전히 저물어서, 그저 베개에 머리를 누일 수 있다는 것만으로 감지덕지한 심정이었다. 다음날 아침 일어나 정신을 차리고서야 방안에서 나는 퀴퀴한 냄새와 다 떨어진 이불, 더러운 카펫, 싱크대의 담뱃재 따위가 거슬리기 시작했다. 그런데 더 큰 문제가 있었다.

안내 데스크에 가서 이 마을에서 나가려면 어떻게 해야 하느냐고 묻자, 여직원은 퍼런 아이섀도가 볼에 다 번지도록 눈을 세게 비비며 잠시 생각하더니, 반경 몇 킬로 내에 기차역도 버스 정류장도 없다고 대답했다. 이 벽지까지 요령껏 택시를 불러들이는 수밖에 없다며 "잘해보세요!" 하고 약을 올리는 것이었다. 눈앞에 번쩍거리는 재앙의 조짐을 알아챌 정도의 시력은 남아 있어서, 얼른 배낭을 짊어지고 소형 캐리어와 지팡이를 챙겨 길바닥으로 나갔다.

지팡이를 짚고서 절뚝거리며 도로변에 나가 엄지를 척 내밀었는데 아무도 차를 세워주지 않을 때 온몸을 휘감는 모욕감을 누가 알까? 절름발이가 위협적이면 얼마나 위협적이라고. 짜증이 치솟고, 너무 걸어서 다리는 아프고, 부랑자가 된 기분에 한없이 우울해지려는데, 문득 나를 이 상황에서 구원해줄 아이디어가 떠올랐다. 그동

---

* 앨라배마 주 남서부의 도시.

안 구토증을 가라앉히고 입맛을 돋우려고 가끔씩 의료용 마리화나를 피웠는데, 마침 뉴올리언스에서 만난 누군가가 여행길에 유용하게 쓰라고 진짜 마리화나 한 대를 선물로 준 참이었다. 그걸 안전하게 배낭 깊숙이 넣어둔 것이 생각났다. 남 주기 아까운 물건이었지만, 히치하이킹에 그보다 더 좋은 미끼는 없을 듯싶었다. 차를 태워주기만 한다면, 구토증을 귀신같이 가라앉혀주는 마리화나 한 대쯤이야 기꺼이 포기할 수 있었다. 차들이 쌩쌩 달리는 도로 한쪽에서 나는 마리화나를 꺼내 불을 붙이고 엄지손가락 대신 그것을 척 내밀었다.

삼십 초도 안 돼서 끼이익하고 타이어 긁히는 소리가 들렸다. 붉은색 대형 트레일러트럭 한 대가 우르릉 소리를 내며 내 바로 앞에 섰다. 조수석 문이 열리더니 커다란 목소리가 들려왔다. "그거, 나 주려고 들고 있는 거요?" 낑낑대며 조수석에 올라타자, 떡이 진 금발에 야구모자를 푹 눌러쓴, 나이가 사십대 혹은 오십대로 보이는 꼬챙이처럼 마른 남자가 인사를 했다. "테디요." 내 손에서 타고 있는 마리화나를 쳐다보며 그는 씩 웃었다. "다-비드입니다." 나는 마리화나를 건네며 대답했다. "만나서 반가워요, 테디." 테디는 마리화나를 한번 깊이 빨더니 기어를 넣고 차를 출발시켰다.

펜서콜라로 가는 길이라기에, 세 시간 걸리는 그 길을 일단 동행한 다음 거기서 애틀랜타로 가는 방법을 알아보기로 했다. 테디는 이미 열다섯 시간째 쉬지 않고 운전중이라고 했는데, 내가 보기에는 나를 태워주기 전부터 술에 잔뜩 취해 있었던 게 틀림없었다. 핸들을 잡은 손에 하도 힘을 줘서 마디가 새하얬고, 운전하는 내내 한시도 수다와 이 갈기를 멈추지 않았다. 내 평생 그렇게 스릴 넘치는 롤러코스터는 처음이었다. 테디는 배달 시간을 맞추기 위해 제한속도를 훌쩍 넘어 미친듯이 달리고 있었고, 거기에 빗줄기까지 거세져 시야 확보도 더 어려워진 상황이었다. 예전 같았으면 무서워서 심장이 오그라들었겠지만, 가만 보니 죽음에 가까워질수록 나는 더 대범해지고 있었다. 마크 트웨인이 이렇게 말하지 않았나. "나는 죽음이 두렵지 않다. 태어나기 전 영겁의 시간을 죽어 있었지만 그로 인해 괴로웠던 건 눈곱만치도 없었으니까." 나도 같은 생각이었다.

테디가 지팡이는 웬 거냐고 묻기에, 내 인생 이야기를 축약 버전으로 들려주었다. 이어서 나도 발치에 굴러다니는 저 맥주병들은 다 뭐냐고 물어보았다. "굉장한 스토리네요!" 테디는 내 얘기에 이렇게 화답하더니, 그 맥주는 제조회사에서 옛날에 한 트럭 운전사를 위해서 특별히 만들고 '미키스 빅 마우스'라고 이름 붙인 상품이라고 설명해주었다. 장거리 운전을 하는 트럭 기사들이 화장실에 가기 위해 중간에 트럭을 세울 필요 없이 병을 따서 맥주를 마시고 거기에 볼일을 본 후 다시 병을 밀봉할 수 있도록 미키 맥주회사가 입구가 넓고 돌려 따는 마개의 병을 고안해낸 거라는 뒷이야기가 있었다. "머리 잘 썼네요"라고 대답하며 병 하나를 좀더 자세히 들여다봤는데, 그제야 나는 병 안의 액체가 맥주가 아니라는 걸 알아챘다.

차에 타자마자 맡은 지릿한 냄새는 병에 든 오줌이었던 것이다. 오래 살다보니 별일을 다 겪는다는 말은 바로 이런 경우에 하는 말이겠지.

마침내 펜서콜라에 (내가 느끼기에는 기록적인 시간 안에) 도착했을 때, 나는 몇 시간이나 계속된 미친 질주에 진이 쭉 빠져 있었다. 그래도 내리기 전에 테디에게 태워줘서 고맙다고 인사하는 건 잊지 않았다. 테디는 나를 향해 윙크를 하더니 고개를 끄덕이며 이렇게 말했다. "어이, 장님 양반! 잘 보고 다녀요, 알았지요?"

다비드, 당신이 지금 혼자라는 것 알아. 하지만 내 마음은 당신이 가는 모든 길에 함께하고, 내 생각은 당신과 함께 주를 넘나들고 있어. 당신 같은 사람을 절친한 친구로 둬서 뿌듯하고, 그런 만큼 나는 우리가 함께 쌓은 추억들을 언제나 소중히 간직할 생각이야. 약해지지 말고, 당신은 언제나 혼자가 아니라는 것을 기억해. 매일 수백 명의 사람이 당신과 함께 걷고 있어. 나는 그중 하나일 뿐이야. 그렇지만 당신이 겪는 어려움 때문에 내 마음이 무겁기도 해. 당신의 발이 이 땅을 정처 없이 헤매는 동안 내 마음도 당신과 함께 헤매고 있어. 부디 짬 내서 우리에게 소식 전해줘. 어떻게 지내는지, 뭘 하고 있는지, 우리 모두 알고 싶으니

까. 글도 더 쓰고. 당신이 겪는 것들을 마음껏 표현해봐. 우리와
공유해줘. 당신은 사랑받고 있어. 뼛속까지.

데니즈 아널드
코럴리프 고등학교 영어 교사

21

여행을 떠난 지 삼 주쯤 됐을 때 추수감사절이 돌아왔다. 이로써 뇌종양 진단을 받은 지도 햇수로 육 년이 됐다. 이날은 내 인생이 송두리째 뒤집어진 날의 기념일일 뿐만 아니라 태어나서 처음으로 가족과 떨어져서 보내는 추수감사절이기도 했다. 그날도 여느 해처럼 온 가족이 어머니의 추수감사절 요리를 맛보기 위해 우리 부모님 댁에 모였다고 했다. 어머니가 애지중지하는 도자기와 크리스털 식기를 세팅해놓은 긴 테이블에 앉아 음식이 나오길 기다릴 친척들의 모습이 머릿속에 그려졌다. 아버지가 가장 상석에 앉아 계실 테고, 어머니는 그 옆자리에 앉아 계실 것이다. 큰형과 작은형, 형들의 가족들, 그리고 숙모님 숙부님들, 사촌들까지 전부 다 식탁에 둘러앉아 있겠지. 그리고 폴라도.

그러잖아도 최근 들어 폴라 생각이 많이 났다. 내가 그녀를 보고 싶어하는 만큼 그녀도 나를 보고 싶어할까 궁금했다. 하지만 통화했을 때 그걸 물어보지는 않았다. 그리고 당신이 나를 보고 싶다고 말만 하면 당장 다음 기차를 잡아타고 마이애미로 돌아가겠다는 말도 하지 않았다. 그러나 폴라는 그런 말을 하지 않았다. 왜 이렇게 여행이 기냐고, 내가 빨리 돌아왔으면 좋겠다고, 내가 걱정된다고 말하지 않았다. 대신 자기가 맡은 수업과 학생들 얘기를 했고, 나는 또 나대로 여행에서 있었던 에피소드들을 늘어놓았다. 통화를 끝낼 때마다 나는 우리가 다른 부부들과 별반 다르지 않다고 스스로를 설득하려 애썼다. 그리고 설혹 다르다 한들, 뭘 어쩌겠나? 거기까지는 생각하고 싶지 않았다.

추수감사절 당일에 나는 전체 여정 중 애틀랜타 구간의 일정을 소화하고 있었다. 그곳에서 옛 제자 칼라 폴로와 칼라의 파트너 에릭 그리고 그들의 두 살배기 쌍둥이 딸들과 명절을 함께했다. 햇살이 쨍하고 유난히 바람이 많았던 그날 오후를 우리는 동네 놀이터에서 한가로이 보냈는데, 쌍둥이 꼬마들이 정글짐에서 신나게 노는 모습을 근처 벤치에서 지켜보면서 나는 완전히 이질적인 세계에 끼어든 기분이 들었다. 하늘을 장식한 알록달록한 연과 풍선들, 아이들 웃음소리, 아름다운 가족의 정으로 가득한 그런 날이었고, 그곳에 아이 없이 온 사람은 나밖에 없었다. 폴라와 결혼한 후 지금까지 쭉 아이를 갖고 싶었지만, 폴라는 아직은 때가 아니라며 자꾸만 미뤄왔다. 칼라가 아이들에게 과자를 먹여주고 아이들과 부모가 서로 저렇게 사랑하는 모습을 보니, 나는 저런 부모자식 간의 유대감을 죽을 때까지 맛보지 못하겠지 하는 생각에 슬퍼졌다. 아버지가 될 기회를 놓쳐버린 것이다.

에릭이 그런 내 기분을 눈치챈 것 같았다. 내게 가볍게 미식축구나 한판 하지 않겠느냐고 했고, 나는 흔쾌히 응했다. 축 처진 기분에서 벗어나기 위해 뭔가 하는 건 좋았지만, 성치 않은 몸으로 공을 얼마나 잘 다룰 수 있을지 내심 걱정이 됐다. 실제로 해보니, 오른팔로는 아직까지 괜찮게 던질 수 있지만 공을 받는 건 또다른 얘기였다. 에릭이 공을 내 쪽으로 던질 때마다 공이 내 가슴팍을 맞고 달아났고, 그걸 잡으려고 쫓아가면 번번이 고꾸라지거나 자빠지면서 민망한 상황이 연출됐다. 그러다보니 나중에는 꼭 내가 갖지 못한 것들을 뼈저리게 느끼게 해주려 그날 하루가 존재하는 것 같은 기분마저 들기 시작했다. 어쩌면 그것이 내가 그날 배워야 할 교훈이었는지도 모르겠다. 내가 갖지 못한 게 뭔지 깨닫기.

그날 저녁, 우리는 다 같이 칼라의 언니 클로디아의 아름다운 집으로 놀러가 저녁을 먹었다. 모든 집의 잔디밭이 깔끔하게 다듬어져 있고 인도에서는 아이들이 뛰놀고 차들은 한 치의 오차도 없이 딱 지정된 자리에만 주차되어 있는, 그런 동네였다. 자매의 가족들이 전부 모인 그 자리에서 나는, 그들이 동네 이웃이나 아이들이 다니는 학교, 시댁 식구들, 직장 등―그들이 얼마나 긴밀한 관계를 맺으며 살아가고 있는지를 보여주는 일상적인 것들―에 대해 이야기하는 동안 말없이 듣고만 있었다. 식사를 마친 뒤 자매는 최근에 디즈니 월드로 다녀온 가족 여행 홈비디오를 틀었다. 감정 없는 관찰자처럼 조용히 앉아 겉으로는 흥미 있는 척했지만, 속으로는 지금 엄마가 사과와 크랜베리로 만든 소를 한 스푼 퍼먹으면 얼마나 맛있을까 상상했다. 그리고 내게 그렇게 따뜻하고 친절하게 대해준 칼라의 가족들 이름도 다 모르고 있다는 생각이 문득 들었다. 내가 여기서 뭐하는 거지? 영상 속 미니마우스와 미키마우스 그리고 한껏 들뜬 아이들의 목소리가 아득하게 들려오는 가운데 스스로에게 이런 질문을 던졌다. 그 순간 내가 아는 것들, 내가 사랑하는 대상들에게서 백만 광년은 떨어져 있는 것 같았고, 실제로도 몸은 거기 있되 영혼은 다른 데 가 있는 기분이었다.

시계를 슬쩍 보니, 마침 온 가족이 저녁 식탁에 둘러앉아 그해의 감사할 일을 돌아가며 말하고 있을 때였다. 나도 감사할 일이 많았다. 비록 남이 던진 공을 잡지는 못하지만 던지는 실력은 여전하다는 것을 알게 된 것, 그나마 시력의 일부가 남아 있어서 사람들 얼굴과 여행하는 곳들을 한 조각이나마 볼 수 있다는 것, 수많은 옛친구들과 이번 여행에서 새로 사귄 친구들이 다 담을 수도 없으리만치 넘치는 애정을 보여준 것이 감사할 일이었다. 내가 가족들을 얼마나 생각하고 있는지 잠깐이라도 짬을 내 전하고 싶어서, 잠시 양해를 구하고 플로리다의 부모님 댁에 전화를 걸었다. 어머니가 바로 전화를 받았는데, 가족들이 즐겁게 수다를 떠는 소리가 희미하게 들려왔다. "네가 없으니 예전 같지 않구나." 어머니는 이렇게 말씀하셨다. "몸은 좀 어떠니? 집에는 언제 돌아오는데?" 통화는 기껏해야 이 분 정도로 끝났지만—어머니가 가족과 함께 즐거운 시간을 보내는 걸 방해하고 싶지 않았다—그 짧은 통화로 가족에 대한 그리움은 몇 배 증폭되었다. 잘 새겨둬. 나는 속으로 되뇌었다. 다시는 추수감사절에 집을 떠나지 말 것!

그날 밤, 칼라와 에릭의 집으로 돌아와 쌍둥이를 다 재우고 나서 우리는 부엌 식탁에 앉아 요즘 어떻게 사는지 도란도란 이야기를 나누었다. 에릭이 먼저 칼라와 결혼하고 싶다는 얘기를 꺼냈는데, 칼라는 단호하게 반대하는 입장이었다. 둘이 같이 살고 있고 애도 둘이나 있지만 결혼을 하면 자신의 정체성을 빼앗길까봐 두렵다고 했다. 나는 두 사람 입장에 다 서보려고 했지만, 솔직히 둘이 만약 죽음을 눈앞에 뒀다 해도 한쪽이라도 생각을 바꿨을지 의문이 들었다.

그래도 칼라와 에릭을 가만히 지켜보니 두 사람이 함께 꾸려가는 삶이 부러웠다. 두 사람이 말하거나 행동하는 모습에서 특별한 친밀감이 느껴졌다. 칼라가 에릭을 바라보는 눈길에서 엿보이는 강렬함이나 열정을, 나를 바라보는 폴라의 눈에서 읽은 적이 한 번이라도 있었던가. 에릭이 칼라를 보는 눈빛으로 내가 폴라를 본 것이 언제였던가? 그 순간, 폴라와 나의 결혼생활이 내가 생각했던 것보다 훨씬 오랫동안, 사랑보다는 동료애로 근근이 유지되어왔음을 깨달았다. 나는 혼자가 되지 않기 위해 폴라와 함께 살고 있었다. 일상을—좋은 일이든 나쁜 일이든—공유할 사람이 없는 상황이 두려웠기 때문이다. 그런데 지금 나는, 플로리다에서 호기롭게 출발할 때만 해도 상상도 못했던 사람들과 장소들을 경험하고 있었고, 언제일지 모를 끝을 향해 가고 있었으며, 결혼한 상태지만 모든 면에서 혼자였다. 솔직히 지금까지는 내 독립성을 늘 자랑스럽게 여겨왔다. 정말로, 누군가를 필요로 한 적이 한 번도 없었다. 난 그런 사람이 아니었으니까. 그런데 칼라와 에릭은 분명 서로에게 의지하고 있으면서도 그게 아주 자연스럽고 두 사람 사이에 애정이 넘쳐 보였다. 혼자서 뭐든 잘하는 게 남의 사랑이 필요 없다는 뜻이 아니라는 걸 비로소 깨달으면서, 한없이 겸손해지는 기분이 들었다. 나도 사랑이 필요했고, 내 인생에도 저런 사랑이 존재했으면 싶었다.

칼라네 집에서 보낸 마지막날 아침, 샤워를 하는데 대용량 샴푸 용기가 손에서 미끄러져 바닥에 통 소리를 내며 떨어졌다. 다음 순간 에릭이 문을 벌컥 열고 소리쳤다. "다비드! 다비드? 괜찮으세요?" 그 발가벗겨진 기분이라니. 샤워기 아래에 말 그대로 홀딱 벗고 있는데 사실상 모르는 거나 다름없는 사람이 문간에 얼굴을 들이밀고 뭐 도와줄 것 없느냐고 묻는 상황이었다. 일단 괜찮다고 안심시키긴 했지만, 몇 시간이 지나서야 다시 에릭의 얼굴을 똑바로 볼 수 있었다. 나중에, 애틀랜타를 떠나 워싱턴 D. C.로 가는 열차 안에서, 그동안 내가 독립성을 잃고 나서 사람 구실 못하는 남자가 됐다는 자격지심에 시달렸던 건 아닐까 돌이켜보았다. 떠나기 직전, 애틀랜타 기차역에서 칼라와 나란히 앉아 열차를 기다리는데 갑자기 숨이 막힐 정도로 세찬 바람이 불어왔다. 옆을 흘끔 보니, 칼라가 걱정하는 기색이 역력한 얼굴로 나를 보고 있었다. 무슨 생각을 하고 있는지 뻔했다. 애틀랜타가 이렇게 추운데 더 북쪽으로 가면 선생님이 견딜 수 있을까? "괜찮으시겠어요?" 칼라가 걱정을 입 밖으로 꺼냈다. 뭐라고 대답할 말이 없었다. 그때까지는 항상 누군가 같이 동행해줘서, 완전히 혼자였던 적이 없었다. 그런데 이제 이 추레한 꼴로, 눈까지 거의 멀어서는, 열네 시간 걸리는 기차 여행을 온전히 혼자서 해야만 하는 신세였다.

조지아 주의 시골 풍경이 파노라마처럼 스쳐가는 것을 구경하다가 어느 순간, 애틀랜타에서 만난 사람들은 장애인인 나를 있는 그대로 받아줬는데 과연 나는 그랬는가 하는 의문이 떠올랐다. 어째서, 에릭이 나를 도와주러 욕실로 뛰어들어왔을 때, 나는 에릭의 따스한 마음과 걱정에 고마워하기는커녕 수치스러워했을까? 솔직히 말하자면, 몹시 창피했다. 여태껏 살면서 다른 무엇보다 내 직감을 믿어왔던 나였고, 그래서 내 신체 능력과 감각에 대한 믿음을 잃었을 때 내 몸이 나를 배신한 기분이 들었다. 서서히 나는 과거의 나를 그리워하면서 현재의 나를 미워하기 시작했다. 전에 학생들이 외모 때문에 자존감이 낮아져 괴로워할 때마다 그런 문제들은 일시적인 것이라고 타일렀던 게 생각났다. 여드름은 시간이 지나면 다 없어지는 것이고 치아교정기도 때가 돼서 빼면 그만이었으니까. 그런데 지금의 나를 보면 삶이 더이상 내게 주는 것은 없고 박탈해가기만 하는 지경에 이른 것 같았다. 이성적으로는 암에 걸린 게 부끄러워할 일이 아니라는 것쯤은 잘 알았지만, 병치레를 하다보니 저절로 내가 나약하고 존재감 없고 무능력한 인간이 된 기분이 들었다. 치료를 받을 때 폴라가 동행하지 못하게 했던 이유도 그것이었다―폴라를 귀찮게 하기 싫어서가 아니라 아내가 나를 허약하고 스러져가는 존재로 보는 것을 원치 않았던 것이다.

나 자신이 강인하고 오뚝이처럼 회복력 강한 사람이라는 자의식에 매달리고 싶었나보다. 태어나서 지금까지 누군가를 필요로 하지 않는 사람이 되는 데 너무 집착한 나머지, 타인에게 의지해도 괜찮다고 여길 정도로 남을 믿는 법을 배우지 못했다. 혹시 폴라한테도 그랬던 걸까? 나한테 그녀가 가장 필요할 때 거리를 두다가 그만 나도 모르게 그녀를 내 인생에서 완전히 내쳐버렸나? 힘들 때 내 곁에 있어주지 않을 거라 넘겨짚어서 이렇게 된 걸까? 폴라가 내게서 도망갈 기회를 갖기도 전에 내가 그녀에게서 도망쳐버린 걸까?

열네 시간 동안 혼자 기차 여행을 하다보면 자연히 생각이 많아진다. 암트랙이 북쪽을 향해 속도를 올릴 때, 나는 내가 이번 여행에서 부지불식간에 타인의 도움을 받아들이고 있었다는 것을 문득 깨달았다. 사람을 믿는 법을 배워가고 있었던 것이다. 머무는 곳마다 제자들 그리고 처음 만나는 사람들이 베푸는 도움을 받아들였다. 그것을 깨달은 순간, 내가 붙들고 있던 세계관이 지금의 나에게는 전혀 맞지 않는다는 사실 또한 깨달았다. 나는 더이상 내 남자다움을 만천하에 증명해야 하는 터프가이가 아니었다. 생김새부터가 전과는 사뭇 달랐다. 전에는 쉽게 하던 것을 이제는 할 수 없었다. 잭 케루악의 『외로운 여행자』에 나오는 한 구절—"모든 이가 살면서 한 번쯤은 황야에서 건전한, 심지어 지루하기까지 한 고독을 경험하면서, 오직 자기 자신한테만 의존해 자신을 발견하고 그럼으로써 스스로의 진실과 숨겨져 있던 내면의 강함을 깨달아야 한다"—을 주문처럼 읊고 다니던 과거의 다비드 메나셰는 이제 없었다. 대신 새로운 다비드 메나셰가 자기 자리를 찾으려 애쓰고 있을 뿐.

내가 타인의 도움을 씁쓸하게 거부하는 대신 순순히 받아들이고 손 내미는 이들에게 진심으로 고마워할 줄 알게 됐다면, 그것은 곧 나 자신을 받아들이게 됐다는 뜻이 아닐까? 내가 곧 죽는다는 사실은 받아들인 지 이미 오래다. 이제 새로이 배워야 할 교훈은, 앞으로 내가 살아갈 방식은 바로 이런 식이라는 것이었다.

22

워싱턴 D. C. 유니언 역에 기차가 섰을 때, 나는 기차에서 내리는 나를 도와주려는 승무원의 손길을 기꺼이 받아들였다. 승무원은 나를 도와줄 수 있어서 몹시 기쁜 듯했고, 나도 플랫폼에 볼품없이 굴러떨어지는 민망한 불상사를 피할 수 있어서 다행이었다. 옛 제자 킴 케릭은 내 페이스북 글에 먼저 댓글을 단 사람 중 한 명이었다. 킴은 버지니아 주 블랙스버그에 있는 자기 집에서 네 시간 반이나 걸리는 거리를 운전해 나를 데리러 오겠다고 약속했다. 웬만한 결심으로는 못할 일이었고, 내가 애초에 킴의 제의를 받아들인 데는 그런 이유도 있었다. 킴이 아니었다면 블랙스버그는 가보고 싶은 여행지 리스트에 없었을 곳이지만, 그럼에도 특별히 기대한 여행지 중 하나였다. 킴과 나는 스승과 제자로서 많은 것을 함께한 사이였다.

하필 우리는 워싱턴의 러시아워 시간에 기차역을 떠났고, 아니나 다를까 시내의 도로는 여기가 길이 아니라 주차장인가 싶을 정도로 꽉 막혀 있었다. 차들이 꼬리에 꼬리를 물고 찔끔찔끔 움직이는 도로에 한 시간이나 갇혀 있다가 간신히 외곽으로 빠져 블랙스버그로 연결되는 길고 긴 블루리지 마운틴 도로를 탔지만, 그 덕분에 그동안 어떻게 살았는지 소식을 주고받으며 회포를 풀 수 있었다.

킴이 내 수업을 들었던 2006년, 녀석은 냉소와 자기방어로 똘똘 뭉친 반항 소녀였다. 누가 어떤 의도로 뭐라고 하건 상대방의 말을 자기에 대한 모욕으로 받아들이던 아이였다. 누가 자기를 조금이라도 무시하는 것 같으면 독하게 쏘아붙이려고 항상 준비 태세를 갖추고 있었고, 꽁꽁 감춘 불안감과 수치심 때문에 좋은 의도로 다가오는 친구들마저 전부 자기를 공격하는 것으로 받아들였다.

그래서 킴이 반 아이들에게 자신의 우선순위 리스트를 공개하고 싶다고 했을 때 나는 내심 놀랐지만, 킴이 마음을 열도록 도와줄 좋은 기회라고 생각했다. 나는 킴의 리스트를 읽어주다가 '프라이버시'가 '안정' 바로 다음에 있는 것을 유심히 봤고, 평상시 킴의 우울한 정서를 함께 고려할 때 혹시 이 학생이 자해를 하고 있을지도 모른다는 직감이 들었다. 내 경험에 비추어 볼 때, 남자아이들은 보통 자신의 고통을 밖으로 발산해 남에게 상처를 입히는 반면 여자아이들은 고통을 내면화하는 경향이 있다. 마치 세상 누구도 나 자신이 내게 주는 상처보다 더 큰 상처를 입힐 수 없음을 증명하려는 것 같왔다. 자해가 십대들이 우울과 고뇌를 해소하는 너무 흔한 방법으로 자리잡은 것은 정말 슬픈 일이다.

아무래도 킴 또한 그런 행동 패턴에 빠진 것 같았다. 보통 그런 민감한 이야기는 복도로 학생을 불러내서 했지만, 그날은 사안이 너무 시급했던지라 킴의 책상 옆에 쭈그리고 앉아 우리 둘만 들을 수 있게 속삭였다. "너, 혹시 면도칼로 자해하니?" 킴은 아무 대답도 못하고 수치심에 고개를 푹 숙이기만 했다. 처음에는 내가 아픈 곳을 제대로 건드려서 그런 줄 알았는데, 가만 생각해보니 킴이 흡연을 한다는 것이 기억났다. "아니지, 담뱃불로 지지는구나?"

이번에도 대답이 없었지만, 충격 어린 표정을 보고 내가 정곡을 찔렀음을 알 수 있었다. 그날 방과후에 킴은 아이들이 교실에서 다 나갈 때까지 자리에 남아 있다가 속내를 털어놓았다. 알고 보니 킴은 동성애자라는 자신의 정체성과, 그것이 일시적으로 거치는 단계에 불과하고 시간이 지나면 '나아질 것'이라 믿는 어머니의 고집스러운 태도 때문에 힘들어하고 있었다. "하지만 나아지는 일은 없을 거예요." 킴은 내게 이렇게 하소연했다. "저는 동성애자예요. 저 자신은 오래전부터 알고 있었다고요."

다음날 나는 킴에게 방과후에 남으라고 했고, 킴이 먼저 진실을 털어놓기를 기다렸다. 그러나 킴은 아무 말 없이 그냥 나를 쳐다보기만 했다. "자해를 하는 게 어떤 식으로 네 문제를 해결해줄 거라고 기대하는 거니?" 보다못한 내가 이렇게 물었고, 아이는 고개를 푹 숙이고 무릎만 쳐다보았다. "자해해봤자 너 자신과 네가 앞으로 심적 안정을 찾고 행복해질 기회만 해칠 뿐이야." 이 말이 딱딱한 마음의 껍데기를 조금 파고든 것 같았다. 그래서 나는 그 틈을 더 비집고 들어갔다. "너 자신을 있는 그대로 인정하고 진정한 네 모습을 떳떳하게 받아들여야만 비로소 행복해질 수 있어."

며칠 후 다시 나를 찾아온 킴은 성냥 수백 개비가 든 지퍼백을 건네며, 다시는 자해를 안 할 작정이라서 그게 이제는 필요 없어졌다고 말했다. 그해 내내 유심히 지켜본 결과, 킴은 자신의 자아와 성적 정체성을 받아들이면서 점점 자신감을 찾아갔다. 그런 노력으로 킴은 훨씬 따뜻하고 안정적인 사람으로 성장했다.

선생님이 내게 혹시 담뱃불로 몸을 지지고 있느냐고 물었을 때, 나는 너무 놀라 말문이 막혔다. 그걸 어떻게 아셨지? 하여튼 선생님은 알아채셨다. 그때까지 누구도 그걸 알아챌 만큼 내게 주의를 기울인 사람이 없었는데. 누군가에게 비밀을 들켜버리자, 기분이 이상하면서도 왠지 모르게 위로가 됐다. 그후로 나는 메나셰 선생님의 교실에 자주 놀러가 시간을 보냈다. 선생님은 친구 중 한 명이 추수감사절 때 가족 모임에 가서 커밍아웃을 한 얘기를 해주었다. 결국엔 다 잘될 거라는 말을 해주고 싶으셨던 것이다. 그리고 내가 수치스러워할 이유가 전혀 없다는 것도. 이건 내가 아니라 우리 가족들이 시간을 갖고 받아들여야 할 문제라고 하셨다. 선생님은 내가 이런 사람이어도 괜찮다는 마음을 갖게 해주셨다. 언젠가는 우리 엄마도 내 얘기를 진정으로 들어주실 거라는 희망이 생겨서 힘이 났다.

　메나셰 선생님은 아직도 여전하시다. 기억이 조금 가물가물하고 행동이 살짝 굼떠지셨을 뿐, 여전히 재치 넘치는 한마디를 던진다. 세상을 씹어먹어버릴 기세와 지극히 따뜻한 심성도 그대로다. 선생님의 휴대폰 통화연결음이 노래 〈If I Only Had a Brain〉*이라니, 감이 오지 않나? 나는 메나셰 선생님을 스승으로서만 알아왔지만, 이제 친구로서도 사귈 수 있게 된 것이 기쁘다.

킴 케릭

코럴리프 고등학교 2006년 졸업생

　킴이 워싱턴 D. C.에 나를 데리러 왔을 때, 우리는 육 년 만에 재회하는 것이었다. 어른이 된 킴은 오랫동안 함께한 파트너 미킬린을 내게 소개했다. 우리 셋은 각자의 직장과 일상에 대해 수다를 떨었

---

* '나에게 뇌가 있다면'이라는 뜻.

지만, 아무래도 우리 대화에서 가장 비중을 많이 차지한 건 고등학교 시절 이야기였다.

"옛날에 내 수업을 들었을 때, 숨기는 게 그렇게 많으면서 왜 아이들 앞에서 우선순위 리스트를 공개하겠다고 했어?" 내가 킴에게 물었다.

"누군가 저를 알아주길 원했나봐요." 킴의 대답이었다. "그런데 선생님이 보이지 않는 것까지 눈치채실 줄은 몰랐어요. 선생님께 성냥을 드린 것도 그래서였어요."

"내가 알아챘기 때문에?"

"네. 그걸 콕 집어서 지적할 만큼 제게 관심을 가져준 사람이 선생님밖에 없었어요. 그리고 자기를 해치는 대신 인생을 제대로 살아보라고 말해준 사람도 선생님밖에 없었고요."

나는 킴에게 아직도 자해를 하느냐고 물어보았다.

"선생님한테 성냥을 갖다드린 날이 마지막이었어요."

킴은 더이상 내가 알던 음울하고 내성적인 소녀가 아니었다. 그곳에서 지낸 사흘간 나는 킴과 미킬린과 함께 종종 개인적인 영역까지 파고드는 긴 대화를 많이 나누었다.

"너 진짜 행복해 보인다." 어느 날 아침, 킴이 바로 얼마 전 슈퍼바이저로 진급한 스타벅스로 출근하기 전에 뜨거운 커피를 마시며 대화하다가 내가 한마디했다.

"요즘 사는 게 즐거워요. 마이애미데이드 칼리지에서 준학사학위를 따고 다시 센트럴플로리다 대학교로 편입했는데, 학업이 버거워서 마치지는 못했어요. 그래도 결국엔 다 잘 풀리더라고요. 어차피 플로리다에서 벗어나고 싶었거든요. 게다가 미킬린도 만났고요. 요즘 저희는 내년에 캘리포니아로 이사 갈 계획을 세우고 있어요. 저희, 사귄 지 일 년 구 개월이나 됐어요. 개월 수까지 센다고 친구들이 너무 유난 떠는 거 아니냐고 구박하지만, 너무 좋아서 그런 걸 어떡해요."

이어서 킴은 미킬린과의 첫 데이트가 어땠는지—무려 타코벨*에서 했다고 한다—자세히 얘기해줬고, 우리는 그 일화로 한바탕 옆구리가 당기도록 웃었다. "첫 데이트치고 정말 끔찍했어요. 미킬린이 입을 꾹 다물고 있어서 제가 계속 떠들어야 했다고요!"

"타코벨로 간 건 대체 누구 아이디어였어?" 내가 웃음 섞인 목소리로 외쳤다.

"저요."

"첫 데이트 장소로? 아이고, 킴!"

"알아요. 저도 안다고요……"

나도 모르게 미소가 번지는 건 어쩔 수 없었다. 내 영어 수업 시간에 말 한마디 안 하고 앉아만 있던 부끄럼 많은 소녀가 이제는 데이트에서 대화를 주도하는 자신감 넘치는 여성이 됐다니. 드디어 진짜

---

* 타코, 부리토 등 멕시코 음식을 파는 미국의 패스트푸드 체인점.

자기 모습을 찾은 것이다. 그 못지않게 뿌듯했던 건, 킴의 가족들이 미킬린을 자기 딸 인생의 소중한 일부로 인정하고 받아들였다는 소식이었다. 벌써 내가 떠난 후에 다 같이 모여 명절을 보낼 계획을 세우는 중이라고 했다.

내가 블랙스버그를 떠나기 전에 우리 셋은 다 같이 버지니아 주 세일럼 근처에 있는 딕시 동굴에 놀러갔다. 삼백사십이 개의 축축하고 어두운 계단을 조심조심 디디며 산의 깊디깊은 심장부로 들어간 것은 위험하지만 짜릿한 경험이었다. 게다가 그 계단을 지팡이에 의존해서 내려가보라! 설상가상으로 박쥐떼가 인간을 겁내는 기색도 없이 제멋대로 우리 머리 주위를 날아다녔다. 한 마리가 갑자기 어디선가 날아와 나를 툭 치고 가는 바람에 계단을 구를 뻔했지만 가까스로 균형을 잡았고, 마침내 제일 하단에 다다랐을 때 우리 모두 긴장을 풀 수 있었다. 내게는 그 잠깐의 휴식이 꿀 같았다. 한 발 디딜 때마다 바늘로 찌르는 듯한 통증이 왼쪽 발바닥에서 귀까지 타고 올라갔기 때문이다. 그래도 킴과 미킬린이 좋아하는 걸 보니 조용히 웃음이 나왔다. 일상에서 벗어나 뭔가 색다른 활동을 한다는 흥분에 들떠 두 사람은 서로 떨어질 줄을 몰랐고, 그 모습이 내게는 애정과 사랑의 결정체처럼 보였다. 어슴푸레한 동굴 깊은 곳에서 킴의 미소가 또렷이 보였을 리 없지만, 나도 따라서 미소 짓기에 충분했다.

다시 여행길에 나서기 전에 나는 킴에게, 오래전 우선순위 리스트로 진짜 자신을 드러낼 엄두를 내지 않았다면 뭐가 달라졌을 것 같으냐고 물었다. "아마도 아직 자해를 하고 있을 가능성이 크죠." 킴은 이렇게 대답했다. "선생님은 제가 마음을 여는 데 큰 도움을 주신 셈이에요." 킴의 성적 정체성과 자해 습관이 모두에게 알려진 뒤에도 킴은 그 때문에 수치심을 느끼지 않았다. 오히려 뿌리 깊은 수치심을 직시하고 비밀을 드러낸 것이 킴에게는 자유의 열쇠가 되었다.

여행을 하면 할수록, 그리고 사람을 만나면 만날수록, 나는 지금의 내 모습을 점점 더 편하게 받아들이게 되었다. 어느 날 밤, 한 도시에서 다른 도시로 밤기차를 타고 이동하면서 문득, 학생들에게 읽기 과제로 종종 내주었던 영감을 주는 작가 낸시 메어스의 에세이가 떠올랐다. 「병신으로 사는 것에 관하여On Being a Cripple」라는 에세이다. 선행학습반 학생들에게 내주었던 에세이 과제 중에 내가 고민의 여지 없이 가장 좋아하는 글로 꼽는 작품이다. 학생들에게 이 작품을 소개하면서, 만약 내가 살면서 혹시라도 메어스 씨가 겪은 것과 같은 역경을 마주하게 된다면 그가 보여준 것과 같은 품위와 유머 감각, 극기심으로 그것을 극복할 수 있기를 늘 다짐한다고 말했다. 내가 스스로 내뱉은 그 말이 귓가에 울려, 노트북 컴퓨터에 저장해놓은 그 에세이를 찾아 다시 읽어보았다.

먼저, 의미론적인 이야기를 해보자. 나는 병신이다. 이는 나 스스로 내게 붙인 수식어다. 몇 가지 선택지 중에 고른 것인데, 그중 가장 흔히 사용되는 것이 '장애인'과 '불구자'다. 병신이라는 수식어를 쓰기로 한 결정은 수년 전에, 아무 생각 없이, 그 단어를 고른 동기조차 인식하지 못한 채 내린 것이다. 지금도 어떤 동기로 그랬는지 모르겠지만, 그 동기가 복합적인 것이고 누군가의 비위를 맞추기 위한 것이 아니라는 것만은 안다. 사람들은—자기가 병신이건 아니건—'장애인'이나 '불구자'라는 말은 아무렇지 않게 흘려들으면서 '병신'이라는 말에는 움찔한다. 어쩌면 나는 그들이 움찔하기를 바라는지도 모른다. 나는 사람들이 나를 만만치 않은 상대로 보기를, 비록 운명/신/바이러스가 곱게 봐주지 않아서 이렇게 됐지만 자기 존재의 잔혹한 진실을 똑바로 마주볼 줄 아는 사람으로 보기를 바란다. 그래서 나는 병신의 몸으로, 으스대며 활보한다.

나도 그렇게 으스대며 세상을 활보하고 싶었다.

23

부모님은 헌책방을 운영하셨다. 그 덕분에 어릴 때부터 나는 문학에 흠뻑 빠져들었지만, 헌책방은 풍족한 생활을 보장해주는 업종과는 거리가 멀었다. 우리 가족은 필요한 것을 못 사 쩔쩔맨 적은 없었지만 원하는 것은 포기해가며 살았다. 나는 열두 살 때 식당에서 버스보이로 첫 아르바이트를 시작했고, 교사로 정식 출근하기 바로 전날까지 레스토랑 업계에서 이 일 저 일 다양하게 했다. 필요한 것을 사기 위해 열심히 일했지만, 돈을 인생의 목표로 삼은 적은 한 번도 없었다. 뉴욕으로 가서는 바텐더로 일해서 대학 학비를 대고 돈을 꽤 벌기도 했지만—사실 교사로 일해서 번 것보다 많았다—그 일이 성취감을 안겨주지는 못했다. 내가 하룻저녁 병가를 내고 빠진다 해도 다른 바텐더가 나 대신 술을 따르고 다른 웨이터가 나 대신 음식을 서빙하면 그만이었다. 내가 없어도 누구 하나 신경쓰지 않고 심지어 알아채지도 못했다.

그러다 교사가 되고 나서야 비로소 내 소명을 찾았다. 성취감과 자부심, 목적의식을 다 채워줄 수 있는 소명이었다. 그 대가로 나는 나를 만나는 학생들이, 비록 쉬운 길이 아닐지라도, 자신의 꿈을 좇도록 열정을 지펴주기 위해 내가 할 수 있는 것은 다 해주었다. 교사 입장에서, 내 학생들이 훗날 그저 돈을 잘 벌기보다는 좋아하는 일을 하며 땀을 흘리는 데서 행복을 느낄 수 있기를 바랐다. 대부분의 사람들이 궁극적으로 행복을 얻기 위해 부를 추구하니, 내가 볼 때 돈은 행복의 중개인이었다. 자신을 행복하게 해주는 일로 돈을 버는 것이 충분히 가능하다는 걸 아는데 왜 학생들이 돈으로 행복을 사는 삶에 안주하기를 바라겠는가?

학생들이 앞으로 뭘 할지 결정하지 못해 힘들어할 때면, 가상의 상황을 제시해 그 원칙을 깨닫게 해주었다. 우선 수백억 원짜리 로또에 당첨됐다고 가정해보라고 했다. "아마 다들 제일 먼저 쇼핑을 실컷 하고 싶을 거야." 처음엔 가볍게 이야기를 시작했다. "그러고 나면 외국 여행을 하고 싶겠지." 이런 식으로, 자신과 자기가 사랑하는 모든 사람이 갖고 싶어하는 것을 다 사고 세계 곳곳을 안 가본 곳 없이 다 돌아다녀본 시점까지 시나리오를 전개한다. 그렇게 하고도 돈이 넘쳐난다고 가정했을 때, 앞으로 뭘 하며 하루하루를 보내고 싶은지 학생들에게 물었다. 다양한 반응이 나왔다. 어떤 학생들은 좀처럼 대답을 못해서 내가 "너, 사진 찍는 것 좋아하지? 그건 어때?"라든가 "인생에서 꼭 이루고 싶은 거라든가 사람들에게 알려지고 싶은 타이틀이 혹시 있니?" 같은 유도 질문을 던지기도 했다. "아이들에게 댄스 강습을 해주고 싶어요"부터 "우주여행을 해보고 싶어요"까지, 학생들에게서 별의별 대답을 다 들어보았다. 그 대답들을 가만히 듣고 있다가 이렇게 묻는다. "그 일을 아무 대가도 안 받고 하느니 누군가에게 돈을 받아가며 하는 게 낫지 않겠어?" 나는 내 학생들이 비록 돈이 중요하긴 하지만 돈을 위해 꿈을 포기할 필요는 없다는 걸 알아줬으면 했다. 그래서 금전적 보상도 받으면서 영혼 또한 살찌워줄 직업을 찾으라고 늘 격려했다.

그러나 철저히 실용적인 세계관으로 무장한 학부모가 금전적인 부를 가장 우선시해서 자식에게 무조건 돈 많이 버는 직업을 갖도록 구슬리거나 강요하는 경우도 종종 있었다. 2001년에 내 수업을 들은 앤절리 케플라나라는 학생이 있다. 앤절리는 엄격한 힌두교 집안에서 자란 여학생으로, 힌두교에서는 남자에게는 금전적 성공이 중요하지만 여자는 그냥 돈 많은 남자에게 시집가는 게 최고의 미덕이라고 여겼다. 고등학교 시절 앤절리는 자신이 속한 문화가 강요한 운명을 억지로 받아들이고 체념한 채 살아가고 있었다. 부유한 남자와 결혼해 전업주부로 눌러앉을 계획이라고 말은 했지만, 마음속 깊은 곳에서는 갈등하고 있음을 알 수 있었다. 앤절리는 더 큰 세상을 직접 보고 경험하고자 하는 뜨거운 열망을 품고 있었고, 내가 보기에도 앤절리 같은 똑똑한 학생이라면 세상에 큰 보탬이 될 수 있을 것 같았다.

물질적 부와 꿈에 대해 이야기할 때마다 나는 학생들에게 헨리 데이비드 소로가 쓴『월든』의 한 구절을 읊어주었다. "나는 다른 누군가가 어떤 이유에서든 나의 생활방식을 그대로 취하기를 원하지 않는다. 왜냐하면, 그 사람이 그 방식을 제대로 배우기도 전에 내가 나에게 맞는 또다른 방식을 발견할 가능성은 둘째 치고, 이 세상에 최대한 다양한 삶의 방식이 존재하기를 바라기 때문이다. 나는 모든 사람이 신중하게 자기 자신만의 길을 찾아내 그것을 추구했으면 하며, 자기 아버지 혹은 어머니 혹은 이웃의 방식을 무작정 따라가지 않았으면 한다. 젊은이가 목수가 될 수도 있고 농부가 될 수도 있고 혹은 뱃사람이 될 수도 있는 노릇이니, 하고 싶다는 일을 못하게 막지만 않으면 된다. 뱃사람이나 도망 노예가 북극성을 눈으로 좇듯, 우리는 오직 어떤 수학적인 점으로써만 방향을 감지할 수 있다. 하지만 그 정도면 평생 살아가는 데 안내자로서 부족함이 없다. 비록 정해진 시간 안에 목적한 항구에 다다르지 못할지언정, 올바른 항로에서 벗어나는 일은 없을 것이다."

일대일 면담을 할 때마다 나는 앤절리가 가족의 기대치를 벗어나 자기 자신의 꿈을 추구하도록 격려하면서 이런 말을 했다. "여기는 자유국가잖아. 그걸 적극 활용해야지! 너 자신의 길을 찾는 게 어때?" 처음에 앤절리는 그 말을 내가 자기네 문화를 이해하지 못하고 존중해주지 않는 것으로 오해해서 기분 나빠했지만, 사실 내 입장에서는 앤절리를 굉장히 높게 평가했기에 나온 말이었다.

그런 이유로 나는, 만약 앤절리가 다른 세상을 한 번이라도 맛보았다면 과연 주부가 되려고 했을까, 항상 궁금했다. 12월 초, 전체 여정 가운데 북동부 일정을 소화하면서 뉴저지 주 애틀랜틱시티를 방문했을 때, 그 의문에 대한 답을 비로소 얻을 수 있었다. 초대형 허리케인 샌디가 뉴저지 해변을 쑥대밭으로 만들어놓은 지 겨우 몇 주가 지난 시점이었다.

앤절리는 라자 라비 바르마*의 초상화에서 볼 법한 세련되고 아름다운 스물다섯 살의 여인이 되어 있었다. 〈애틀랜틱시티 프레스〉의 기자가 되려고 플로리다에서 뉴저지로 온 지 얼마 안 됐다고 했다. 내가 알기로 저널리스트들은, 최소한 훌륭한 저널리스트들은 대개 돈보다 호기심과 열정에 이끌려 움직이는데, 재회한 지 얼마 안 됐는데도 앤절리가 훌륭한 저널리스트 중 한 명이라는 것을 알 수 있었다. "사람들에게서 색다른 이야기를 들을 수 있는 곳들을 돌아다니고 싶어요." 그곳에서 보낸 어느 날 밤, 보드워크**의 조야한 바에서 슬롯머신이 도박꾼들에게 돈을 토해내는 요란한 잡음 너머로 앤절리가 이렇게 털어놓았다. "그 사람들이 이야기하는 인생관을 들

---

* 인도의 전통 기법과 미, 유럽의 화풍을 절묘하게 조화시킨 인도 화가.
** 해변이나 강가에 판자를 깔아서 만든 길.

어보고 싶어요. 그래서 흔한 지역사회 소식 같은 것 말고, 그런 이야깃거리를 일부러 찾아다녀요. 사람들을 움직이는 것, 세상을 움직이는 것들이 뭔지 알고 싶어요."

평소 나는 훌륭한 저널리스트들이 남의 시각에서 만들어낸 이야깃거리를 뉴스로 가져다 쓰기를 거부하고 자신이 직접 세상을 비추는 렌즈가 되려고 하는 태도에 늘 감탄했다. 그런데 앤절리가 바로 그 렌즈 역할을 하고 있었고, 그동안 기자로 활동하며 쌓은 풍부한 경험 덕분에 폭넓은 이해력과 교양까지 갖춘 저널리스트가 되어 있었다. 플로리다 대학 졸업 후 앤절리는 플로리다 잭슨빌비치에 있는 소규모 주간지에서 잠시 일했다. "하지만 거기서는 영향력 있는 이야기를 취재할 수 없었어요. 그래서 〈애틀랜틱시티 프레스〉에 지원했고, 한 달 뒤 와서 일하라는 연락을 받았죠."

그 첫째 날 밤에 우리가 하도 오랫동안 수다를 떨어서 웨이트리스가 자꾸만 우리 테이블에 와 혹시 더 필요한 건 없는지 물으며 방해를 했고, 그럴 때마다 나는 이렇게 대꾸해줬다. "아무것도 없슴다!" 그리고 위스키를 홀짝이며, 옛 제자가 들려주는 특종 취재에 얽힌 에피소드를 귀를 쫑긋 세우고 경청했다. 주민 다섯 중 한 명이 극빈층이며 범죄발생률도 극도로 높은 애틀랜틱시티의 플레전트빌이라는 도시를 취재하면서 겪은 이야기였다. "여기 사람들이 살인을 저지르고서 동기로 밝히는 얘기를 들어보시면 기가 차서 말도 안 나오실 거예요!" 제자의 이야기를 듣는 내내 속으로 감탄사가 나왔다. 이번 여행에서 나는 제자의 입장이 되어 많은 것을 배우기를 갈망했는데, 이렇게 앤절리라는 대단한 친구이자 스승을 만나게 된 것이다.

우리는 다음날 오후에도 앤절리의 아파트에서 같은 주제로 대화를 이어갔다. 앤절리는 애틀랜틱시티 보드워크에 있는, 가구도 갖춰지지 않은 휑한 원룸 스튜디오 아파트에서 살고 있다. 애틀랜틱시티 보드워크가 어떤 곳이냐면, 한쪽에는 퇴폐적인 분위기의 호텔과 카지노가 즐비하고 다른 한쪽은 노숙자들의 절망이 피부로 느껴지는, 최대의 사치와 최대의 애환을 한눈에 볼 수 있는 동네였다.

"너는 말 그대로 세상 속에 뛰어들어 살고 있는 셈이구나!" 내가 흥분해서 외쳤다. "기자라는 건 사람을 참 겸손하게 만드는 직업이겠다. 백 퍼센트 이해할 수 없는 다른 사람들의 삶을 들여다보고, 네가 본 걸 우리에게 전달해야 하고, 그럼 우리는 오직……"

"저도 알아요." 앤절리가 내 말을 받아서 끝맺었다. "제가 쓴 기사로만 그들의 삶을 판단할 수밖에 없겠죠."

"그럼 네가 우리한테 정보를 제공하는 역할을 하는 거네. 우리는 너에게 의지하는 거고. 책임이 막중하구나."

"이 일을 하다보니 좀 냉소적으로 변했어요. 이제는 제가 읽는 기사들조차 대부분 안 믿게 됐거든요. 해야 할 일을 제대로 안 하는 기자들이 너무 많아요. 자기 의견에 더 관심이 있고, 자기들이 원하는 답으로 유도할 만한 질문들만 취재 대상에게 던진단 말이에요."

"그럼, 누구를 믿어야 할지 아주 신중하게 판단해야겠구나."

"맞아요. 그리고 저부터 정직하고 정확한 기사를 써서 사람들이 저를 믿게끔 해야 돼요. 근데 제 얘기는 이쯤에서 그만하고요." 앤절리는 갑자기 직업의식이 발동했는지 정색을 하며 물었다. "이번 여행에 대해서 좀 얘기해보세요, 선생님. 알고 싶은 게 산더미예요."

"흠, 일단 이번 여행은 내 인생을, 뭐랄까, 짜릿한 소용돌이에 던져넣었어." 내가 대답했다. "나는 지금 다른 사람들의 뜻에 완전히 의존해서 지내고 있어. 내가 결정할 수 있는 거라곤 이곳을 언제 떠나느냐밖에 없는데, 그마저도 내 뜻대로 안 될 때가 많아. 여기 올 때만 해도 기차를 놓쳐서 다음 열차를 타야 했거든. 내가 교사였고 모든 것을 내 의지대로 했던 때와는 백팔십도 다른 상황이야. 그때는 수업 시간에 뭘 가르칠지부터 시작해서 수업 내용을 어떤 식으로 접근할지, 그 주제에 시간을 얼마만큼 할애할지까지 내가 다 결정했잖아. 다음날 수업 시간에 뭘 할지 항상 알고 있었단 말이지. 그런데 지금은 우리가 이 대화를 끝낸 뒤에 내 미래가 어떻게 펼쳐질지조차 모르고 있어. 내일 무슨 일이 벌어질지 전혀 모르는 거야."

"무섭지 않으세요?" 앤절리가 물었다.

"겁이 나서 죽을 지경이야." 나는 솔직하게 대답했다. "그래서 아는 사람이 딱 한 명밖에 없는 곳에는 가기가 꺼려지더라고. 만약 그 사람이 약속해놓고 내빼면…… 실제로 그러거든. 예를 들어, 이번에 뉴저지에서는 처음에 세 명이 잘 곳을 제공하겠다고 했는데, 막상 내가 도착했을 때 연락에 응해준 사람은 너밖에 없었어."

앤절리의 표정이 어두워졌다. "예? 누가 그런 무책임한 짓을 해요?"

"두 달 전에 페이스북에 '좋죠! 얼마든지 오세요!'라고 댓글을 달기는 쉽거든. 그런데 갑자기 눈멀고 다리 저는 놈이 전화해서 '그래, 너 지금 뭐하고 있냐?' 하면, 자기가 어떤 짐을 떠맡았는지 실감이 나기 시작하는 거야. 그럼 다들 '아이고, 일 때문에 멀리 출장을 가야 해서요'라든가 '아이가 아파서요'라며 변명을 늘어놓기 시작해. 아니면 아예 전화를 받지 않거나. 그래도 괜찮아."

"아뇨!" 앤절리가 격해져서 내뱉었다. "아니에요! 괜찮지 않아요! 교사라는 게 얼마나 보상이 적은 직업인데요. 학생 하나를 제대로 가르쳤는지 아닌지 모른다는 게 얼마나 답답하고 힘든 일이에요. 교실을 거쳐가는 애들은 하고많은데 그중 누가 나한테서 뭘 배웠는지 어떻게 알겠어요. 그래서 이번 여행은 선생님이 그걸 확인하는……"

"맞는 말이야. 내가 선행학습반을 가르칠 때, 학년이 끝날 때마다 시험이 있었어. 점수가 발표되면 나는 그걸 보면서 학생들이 아닌 나를 평가하는 잣대로 삼았어. 결과가 안 좋으면 내가 실패한 거라고."

"그게 어떻게 선생님 탓이에요!" 앤절리가 반박했다.

"당연히 다 내 탓이지." 내가 대꾸했다. "전적으로. 내 말은, 제자의 성공에 뿌듯해할 수 있으려면 제자의 실패도 함께해야 한다는 거야."

"그렇게 따지면 저는 고등학교 때 공부를 딱히 잘하는 것도 아니었고……"

"그럴 때 교사가 제 역할을 해줘야 한다는 거야. 아이들이 잘하고 싶은 마음이 들도록 이끌어주는 게 교사가 할 일이라는 거지. 나는 한 번도 아이들을 내 신조, 내 이론, 내 가치관을 그대로 받아들이는 그릇으로 취급한 적이 없어. 그냥 내가 알고 있는 것들을 제시하고 그걸 재미있게 포장해서 아이들이 흥미를 느끼게끔, 또 그것이 배움으로 이어지게끔 할 뿐이지. 좋은 교사는 무엇을 가르치는가에만 초점을 맞추지 않아. 개념을 이해시키는 게 훨씬 중요해. 학생들이 알아듣게끔 표현하는 것 말이야. 내게 재주가 있었다면 아마 그거였을 거야. 학생들이 이해하도록 설명하는 재주."

앤절리의 얼굴에 미소가 떠올랐다. "그 얘기가 나왔으니 다음 질문을 안 할 수 없네요. 그건 후천적으로 습득하신 거예요, 아니면 타고난 성향이에요?"

역시 우리 햇병아리 저널리스트는 빈틈이 없었다. 나는 잠시 고민한 뒤 대답했다. "그동안 가르치는 일에 싫증이 난 적이 한 번도 없었어. 교단에 설 수 있다는 것만 해도 마냥 영광으로 느껴졌거든. 내가 학생들의 배움에 아무리 미미한 역할을 한다 해도, 그 자리가 내가 있을 자리라고 생각했어. 그리고 그걸 항상 감사히 여겼지. 나는 아이들을 기쁘게 해주려고 노력했을 뿐이고, 내 생각엔 아이들도 그런 나를 기쁘게 해주고 싶어서 최선을 다했던 것 같아."

"그런 생각은 어떻게 하시게 된 거예요?" 잠자코 듣고 있던 앤절리가 물었다.

"몰라. 나도 정말 모르겠어. 근데 이렇게 말고는 생각할 수가 없더라."

애틀랜틱시티를 떠날 때, 앤절리와 앞으로도 연락을 주고받게 될 것을 직감했다. 전에 나는 적게 가진 사람이 가난한 게 아니라 늘 자기가 가진 것보다 더 원하는 사람이 가난한 사람이라고 항상 생각했다. 그런데 앤절리가 그것이 틀렸음을 몸소 입증해 보였다. 자기 자신을 위해 더 많은 기회를 만들어내고 세상에 더 큰 변화를 가져오기 위해 더 많은 경험을 원하는 사람이 바로 앤절리였으니까.

나는 조금은 남다른 문제가 있는 학생이었다. 여자가 직업을 갖는 것을 탐탁지 않게 보는 전통을 엄격하게 고수하는 집안에서 자란 아이들만이 이해할 수 있는 문제였다. 어른이 되면 정규직 일자리를 얻고 싶었지만, 그것은 시한부 꿈에 불과했다. 고등학교 때 나는, 스물다섯 살까지 일해서 돈을 충분히 모은 다음 '(부모님이 골라주신 부유한 사업가와) 결혼해서 안정적으로 살아야겠다'고 어렴풋이 생각했다. 몇 년 일해서 적당히 돈을 모으면, 인생의 굴레가 내 발목에 족쇄를 채우기 전에 잠시 여행을 즐기는 정도는 누릴 수 있을 거라 생각했다.

스스로 내 미래를 선택하는 것은 꿈도 못 꿨지만, 결국 이런 저런 요소들—시간과 상황 등—이 나를 지금의 자리로 이끌어 주었다. 하지만 내가 저널리스트가 된 것은 메나셰 선생님 덕분 이다. 부와 풍족한 삶 대신, 나는 하면서 내가 행복해질 수 있는 (그리고 지금도 여전히 내게 만족감을 주는) 일을 선택했다. 나도 직업을 가질 수 있다고 끈질기게 설득하던 선생님을 기억한 다. 선생님은 그 말을, 내가 지금 나이쯤 되면 둘째 아이를 가지고 있을 거라고 상상하던 바로 그 시기에 해주었다. 자유국가에 살고 있으니 그걸 최대한 이용해야 하지 않겠느냐는 말을 제일 자주 하셨던 것 같다. 그러면 나는, 선생님은 내 처지를 "이해 못 하신다"며 기분 나빠했다. 우리 전통을 옹호하면서 그것을—더 불어 우리 가족을—존중해달라고 요구했다. 지금 나는 그때와 는 다른 사람이 되었고, 그 두 가지 사이에서 균형을 잡을 줄도 알게 되었다. 끝까지 설득해줘서 고마워요, 메나셰 선생님. 그 씨앗을 제 머리에 심어줘서요. 그런 말을 해준 사람은 선생님이 처음이었어요. 물론 그후로 만난 다른 사람들이 씨앗에 물을 주 긴 했지만요. 그 덕분에 오늘의 제가 있게 됐어요.

앤젤리 케믈라니
코럴리프 고등학교 2005년 졸업생

24

여행길에 나선 지도 어느덧 사십 일이 넘었고 그동안 열다섯 곳이 넘는 도시에서 많은 옛 제자를 만났지만, 애틀랜틱시티 버스 터미널에 앉아 뉴욕행 버스를 기다리던 시간보다 나 자신이 더 힘없고 위태롭게 느껴졌던 적은 없다. 지팡이를 옆 좌석에 얹어놓고 배낭은 발치에 내려두고 앉아서 버스를 기다리는데, 문득 다른 쪽 옆자리에 앉은 남자의 시선이 느껴졌다. 얼굴에 눈물 세 방울 문신을 한 남자였는데, 그것이 전과자의 표식임을 알고 있었기에 그 남자가 내 배낭을 흘끔거리기 시작했을 때 나는 바짝 긴장했다.

그는 심기가 불편할 정도로 내게 몸을 기울이더니 물었다. "저 막대기는 뭐요?" "내 지팡이요." 나는 차분하게 대답했다. "앞이 잘 안 보여서요." 남자는 내가 한 말을 곱씹듯 잠시 멈칫하더니 이렇게 물었다. "걱정되지 않수?" "뭐가 걱정돼요?" 남자의 참견이 슬슬 거슬리기 시작했다. "누가 무슨 짓을 해도 경찰서 용의자 열에서 얼굴을 못 알아볼 거라고 사람들한테 죄 말하고 다니는 거." 알겠어. 나는 속으로 생각했다. 이건 명백한 협박이야. 그리고 오른손을 허리띠에 찬 칼 쪽으로 천천히 움직였다. 이런 위험 상황을 만나면 자신을 보호하려고 여행 내내 가지고 다니던 칼이었다. 옆자리의 친구는 칼을 보더니 펄쩍 뛰며 소리쳤다. "어이, 젊은이, 그럴 필요는 없잖아." "그럼 우리 문제없는 거죠?" 내가 물었고, 남자는 "그럼, 문제없지" 하고 냉큼 꼬리를 내렸다.

이렇게 나는 점점 노련한 떠돌이가 되어가고 있었다. 내가 눈을 부릅뜨고 살아 있는 한 아무도 나를 등쳐먹지 못하게 할 작정이었다. 그래도 교통 체증으로 꽉 막힌 맨해튼 시내에서 그레이하운드 버스를 내 집처럼 편하게 탈 정도의 프로급 경지에 오른 건 아닌 모양이었다. 바퀴가 한 바퀴 구르는 듯하다가 덜커덩 멈추기를 두 시간이나 계속하니, 몸이 남아나질 않을 지경이었다. 게다가 버스 내부에서 나는, 오래된 냉장고에 피는 곰팡이 같은 냄새도 한몫했다. 버스에서 내리면서, 다음부터는 절대 기차만 애용하겠다고 맹세했다.

12월 12일, 맨해튼의 포트오서리티 버스 터미널에 내려 거의 쓰러질 것 같은 몸으로, 옛 제자들 한 무리를 만나기로 한 그리니치빌리지의 '케틀 오브 피시'라는 바를 찾아 나섰다. 처음 몇 분은 확신을 가지고 길을 찾아가고 있었는데, 어느 순간 크리스토퍼 스트리트가 어디인지 헷갈리기 시작했고 눈도 침침해서 이정표를 읽을 수도 없었다. 그런데 마침 길모퉁이에 서서 휴대폰을 만지작거리고 있는 여자가 보였다.

"실례합니다. 크리스토퍼 스트리트가 어느 쪽입니까?" 그 여자에게 물었다.

"저쪽이에요." 여자가 대답했다. 말하면서 방향을 가리킨 모양인데, 그걸 미처 못 봐서 다시 물었다.

"죄송합니다만, 어느 쪽이요?"

그 여자는 그제서야 내 지팡이를 보고는, 말로는 안 되겠다 싶었던지 이렇게 말했다. "제가 모셔다드릴까요?"

"아뇨, 그냥 방향만 가르쳐주세요."

내 양쪽 어깨에 여자의 손이 느껴지더니, 그 손이 내 몸을 크리스토퍼 스트리트 방향으로 돌려놓았다. "저쪽이에요."

고맙다고 인사하고 두어 걸음 뗐는데, 하필 찻길로 들어섰나보다. 뒤에서 여자의 목소리가 들려왔다. "멈춰요! 아, 그냥 모셔다드릴게요!" 여자는 이렇게 외치더니 황급히 달려와 내 왼팔을 잡았다.

"감사합니다. 저는 다비드라고 해요." 내가 인사를 건넸다.

"반가워요." 여자가 노래하는 듯한 목소리로 말했다. "저는 제시카예요."

제시카가 나를 건널목 하나를 건너고 한 블록을 더 가 케틀 오브 피시 바로 데려다주는 동안 우리는 다정하게 대화를 나누었다. 바의

문 앞에서 옛 제자 중 한 명인 서지오 노리에가가 나를 기다리고 있었다.

"서지오, 이분은 제시카야." 내가 소개를 했다. "제시카, 이쪽은 서지오예요." 두 사람은 악수를 했고, 제시카는 내 볼에 가볍게 입을 맞춘 뒤 왔던 길로 되돌아갔다.

"아는 사이세요?" 서지오가 못 믿겠다는 투로 물었다.

"아니. 방금 저기서 만났어." 내가 왔던 방향을 가리키며 대답했다.

"TV에서 본 사람이에요!" 서지오가 흥분해서 소리쳤다. "그 섹스 뭐시기 하는 드라마 있잖아요!"

나를 도와준 여자는, 알고 보니 〈섹스 앤드 더 시티〉로 유명한 스타 세라 제시카 파커였다. 누가 나를 등쳐먹으면 어쩌나 (아니면 더 험한 일을 당하면 어쩌나) 잔뜩 걱정한 게 무색해지는 순간이었다. 그 대신 이 지역에서 가장 유명한 주민에게 도움을 받다니. 더 다행인 건, 그 덕분에 택시에 치이는 일도 면했다는 것이었다.

그리니치빌리지의 바에서 나를 기다리던 학생들 무리에서 익숙한 얼굴 에런 로클리프를 발견하고 무척 반가웠다. 에런은 1997년 내가 교사로 처음 출근한 그날 술에 잔뜩 취해 교실에 들어왔던 바로 그 녀석이다. 이제 삼십대에 접어든 에런은 처음엔 몰라볼 정도로 변해 있었는데, 그날 밤 예기치 않게 내 구세주가 되어주었다. 퀸스에 있는 자기 아파트의 소파에서 나를 재워준 것이다.

고등학교에 다닐 때 에런은 항상 치렁치렁하고 떡 진 머리에 옷은 지저분한 청바지와 오지 오즈번 콘서트 사진이 프린트된 티셔츠만 입고 다녔다. 그런데 지금은 머리도 비싼 미용실에서 다듬은 티가 났고 고급 신사복 차림에 반들반들 광이 나는 가죽구두까지 제대로 갖춰 신고 있었다.

"그런 눈으로 보지 마세요!" 에런이 나를 보자마자 외쳤다. "퇴근해서 바로 오는 길이라고요."

"이야, 이 녀석 봐라!" 나는 옛 제자를 힘껏 안아주며 사정없이 놀려댔다. "회사 중역처럼 보인다."

알고 보니 에런은 진짜로 시내에 있는 모 기술회사의 중역이었다. 마이애미를 떠나 뉴욕에 자리잡기까지 굴곡을 좀 겪었다고 했다. "그때와는 인생을 대하는 태도가 정말 많이 달라졌죠." 에런은 이렇게 입을 열었다. "저는 기존의 체제에 반항하는 녀석이었잖아요. 그런데 이제는 그걸 받아들이고 저한테 이득이 되는 쪽으로 이용할 줄 아는 사람이 됐어요."

고등학교를 졸업하고 곧장 직업 전선에 뛰어든 에런은 코럴리프에서 겨우 한 블록 떨어진 은행에서 창구 직원으로 일하기 시작했다. "상사들하고 정말 많이 싸웠어요." 에런이 고백했다. "머리를 파랗게 염색하고 출근한 적도 있다니까요! 어떻게 해서든 관심을 끌려고 별짓 다 한 거죠." 내가 기억하는 에런도 그런 아이였다. 그런데 지금 내 눈앞에는 그와 정반대인 남자가 앉아 있었다. "하루는 거울을 보다가 이런 생각이 들었어요. '이런 식으로 가다간 이도 저도 안 되겠다.' 그래서 사표를 던지고 학교로 돌아가 공부를 더 한 다음 테크놀로지 업계로 뛰어든 거예요."

"그리고 이제는 비즈니스맨이 됐구나!"

에런이 나를 놀라게 한 건 그게 전부가 아니었다. 녀석이 싸구려 호스텔에 살고 있을 거라 생각했는데, 실제로는 통유리창이 난 현대적인 인테리어에 먼지 한 올 안 보이는 깨끗하고 널찍한 아파트에 살고 있었다. 내가 예상했던 애들끼리 모여 사는 숙소 같은 곳이 아니라, 어른의 집이었다.

이야기를 나누려고 부엌에 앉았는데, 에런이 한쪽 바짓단을 올리더니 내가 알던 에런이 아직 남아 있다는 증거를 보여주었다. 비싸게 맞춰 입은 회색 정장 바지 안쪽에는 오지 오즈번 앨범 커버 아트를 문신으로 새긴 다리가 숨어 있었다. 오즈번은 코럴리프 시절 에런이 열광적으로 숭배한 뮤지션이다. "지금도 여전히 숭배해요!" 에런이 흥분해서 외쳤다. 그러더니 소장한 메탈 밴드 CD들을 연달아 틀었고, 우리는 에런이 최근에 다녀온 콘서트들 얘기와 누구 문신이 더 멋진가 하는 비교로 몇 시간을 신나게 떠들었다. 나는 가장 최근에 가슴팍에 새긴 문신 '내가 결정한다'를 보여주었다.

에런은 코끼리만큼 기억력이 좋은 녀석이었고, 그래서 그곳에 묵는 동안 녀석이 들려준 학창 시절 에피소드들 덕분에 내가 영원히 잃어버린 줄 알았던 기억의 창고를 조금이나마 채울 수 있었다. 그 당시 내가 학생들에게 일기 쓰기 숙제를 내준 얘기가 나왔는데, 에런은 아직도 그때 일기장을 집안 어딘가에 보관하고 있다고 했다. 그리고 내가 까맣게 잊은 글쓰기 숙제라든가 내 머릿속에서 완전히 지워진 학생들 이름도 다 기억하고 있었다.

마치 에런이라는 사람을 처음부터 다시 알아가는 기분이었다. 독립적 사고를 하는 수준은 고등학교 때 못지않았고, 대신 지금은 재정적 독립까지 얻어 그 지성을 뒷받침하는 멋진 사내가 되어 있었다. 언뜻 보기엔 걸어다니는 모순 덩어리였지만—낮에는 여피족, 밤에는 급진주의자이니 말이다—에런에게는 맞춤옷처럼 딱 어울리는 모습이었다.

세계에서 손꼽히는 부유한 도시인 뉴욕에 사는 제자들이 그렇게 풍족하게 지내는 것은, 생각해보면 사실 별로 놀랄 일도 아니었다. 에런의 집에서 나와 다음으로 찾아간 곳은 브루클린에 사는 알폰소 두로의 집이었다. 아마 내 제자들 중 가장 돈을 잘 버는 녀석일 것이다. 고등학교 때 알폰소는 운동을 잘하고 똑똑하기까지 한 학생이었다. 내가 보기에, 스페인 태생으로 아직까지 강한 스페인어 억양 때문에 다소 자신 없어하는 태도를 제외하면 '가장 미국적인' 학생이었다. 알폰소가 처음으로 영어로 쓰인 성인용 소설을 읽은 것도 내 수업에서였다. 그 작품은 다름 아닌 『허클베리 핀의 모험』이었다. 알폰소는 작품의 숨겨진 의미에 진심으로 반응했고, 그것을 계기로 사고도 한층 깊어진 것 같았다. 그해 내내 알폰소는 열정적으로 책을 읽었을 뿐 아니라 글쓰기에도 두각을 나타냈다. 졸업할 무렵 알폰소는 스포츠 저널리스트가 되기로 결심했다.

운동선수로 활동했으니 이미 그 분야에 한 발 담근 셈이었고, 대학을 졸업한 뒤에는 곧바로 스포츠 기자로 일하기 시작했다. 나는 녀석이 고등학교를 졸업한 뒤에도 계속 연락을 주고받았는데, 어느 날 마이크로소프트에 기자로 채용돼서 뉴욕으로 간다고 이메일로 연락해왔던 것이 기억난다. 꿈을 실현하면서 돈도 버는 길을 발견한 것이다. 하지만 그 일자리는 일 년짜리 단기 계약직이었다. 뉴욕에서 계속 살려면 연봉이 더 높은 일자리를 구해야 했다. 그래서 결국 마이크로소프트의 광고부서에 취직했고, 거기서 몇 년 일하다가 다시 구글로 직장을 옮겼다.

이번 여행에서 오랜만에 재회한 알폰소는 구글의 고위 간부가 되어 있었다. 럭셔리한 가구로 꾸민 브루클린의 로프트* 두 채와 플로리다의 건물 한 채를 포함해 그동안 녀석이 모은 자산에 놀라지 않았다면 거짓말일 것이다. 그런데 같이 앉아서 대화를 나누다보니, 알폰소가 지금의 삶에 뭔가 아쉬워하는 것이 느껴졌다. 구글에서 일하는 것이 만족스럽고 높은 연봉도 물론 마다할 이유는 없지만, 팝업 광고를 디자인하는 일이 주를 이루는 업무에서 성취감을 거의 얻지 못하는 것이 사실이라고 알폰소는 고백했다.

---

* 방과 거실의 구분이 없는 널찍한 스튜디오 형태의 아파트로 다락 형태의 2층이 있는 경우가 많다.

"저는 지금 하루종일 사람들이 싫어하는 것, 사람들을 괴롭히는 것을 만들고 있어요." 염증이 난다는 듯 고개를 저으며 알폰소가 말했다. "그 일에 회의가 들면 선생님 수업에서 배웠던 것들을 항상 떠올려봐요. 현실에 안주하지 마라, 진짜 하고 싶은 일을 해라, 이런 것들이요."

알폰소가 정말 현실에 안주하고 있는 것일까? 알폰소와 그의 아내는 두 사람이 소유한 로프트가 있는 건물을 통째로 매입할 계획을 의논중이었다. 하지만 알폰소는 더 큰 계획이 있다고 했다. 일 년 전부터 다시 프리랜서 작가로도 일하기 시작했는데, 아예 전업 작가로 전향하는 것이 새로운 목표라는 것이었다. "제가 내다본 제 미래의 큰 그림은 오래전 선생님이 제게 각인시킨 것이나 다름없어요. 지금 하는 일을 계속하면 부족한 것 없이 잘살고 크게 성공할 수 있겠죠. 프리랜서 작가가 되면 아마 그러지 못하겠지만, 사실 제일 중요한 게 뭔지 따지다보면, 돈이 다 뭐예요?"

나도 이번 여행에서 돈이라는 것에 대해 많이 생각해보았다. 살아오면서 내가 부자라고 느꼈던 순간은 내 통장 잔고 상태와는 전혀 무관한 순간들이었다. 이 여행을 위해 준비한 장비들을 빼고는 최근에 뭔가를 새로 사본 기억도 없었다. 지금은, 이렇게 세상 구경을 하면서 다가올 죽음에 잠시 맞서는 기회를 위해서라면 내가 억만금이라도 내줄 준비가 되어 있음을 아는 것만으로도 만족스러웠다.

뉴욕을 떠나기 전, 제자 스티븐 펠러핵과 재회할 기회가 있었다.

이렇게 오랜 시간이 흘렀는데도 내 머릿속에 남아 있는 스티븐은, 셰익스피어의 『로미오와 줄리엣』을 읽은 날 사랑의 의미를 놓고 일장 토론을 벌이던 녀석이었다. 어린애 둘이 부모 뜻을 거스르고 격정적인 연애를 하다가 어이없게 죽어버린 이야기가 고등학교 1학년 필독서라니 참 이상한 선정 기준이라고 생각한 교사가 나 혼자만은 아닐 테지만, 어쨌든 그해에는 필독서 목록을 그대로 따르기로 했다. 학생들의 이해를 돕기 위해, 먼저 구절을 소리 내서 읽은 다음 아이들에게 너희가 비슷한 상황에 처했다면 어떻게 했을 것 같으냐고 질문을 던지는 순으로 수업을 진행했다. 하루는 그 유명한 발코니 장면("오 로미오, 어찌하여 그대는 로미오인가요? / 당신의 아버지를 부정하고, 당신의 이름을 버리세요. / 그러지 않으시겠다면, 저의 사랑이라고 맹세라도 하세요. / 그러면 저도 더이상 캐퓰릿이 아니도록 할게요")을 낱낱이 분석하는데, 어느새 교실이 사랑에 대한 토론의 장으로 변해버렸다. 사랑은 아이들에게 결코 낯선 개념이 아니었지만, 아이들 자신이 그 단어를 너무 남발하고 또 너무 다양한 감정과 상태를 묘사하는 데 두루 사용해서 의미를 잃은 감이 있었다. 대다수의 학생들이 모든 의미를 아우르는 정의, 안전하고 환원주의적인 정의를 끌어내려고 끙끙댔다. 좀더 경험적인 사유를 하는 녀석들은 이런 질문을 던지기도 했다. "사랑이 뭘까……? 나에게는."

스티븐도 그런 학생들 중 하나였다. 예술적 감성이 풍부하고 자기성찰적 기질이 강한 스티븐은 열네 살이라는 나이에 비해 내면이 훨씬 성숙한 아이였다. 그해 녀석은 코럴리프에 다니는 동급생, 그것도 학교의 최고 퀸카인 프란체스카 콘트레러스에게 반해 있었다. 우리가 사랑에 대해 토론하던 그날도 녀석은 조용히 손을 들더니 이렇게 물었다. "만약 자기가 진심으로 좋아하는 사람이 행복하다는 사실을 아는 것만으로도 행복하고 그걸로 만족한다면요?"

그때 나는, 적어도 나에게는 진정한 사랑이 명사가 아니라 동사라고 답했다. "사랑은 우리가 장외에 앉아서 구경하고 기다리면서 느끼는 감정이 아니야. 너무나 강렬해서 가만히 있지 못하게 만드는 그런 감정이야. 하지만 네가 이야기하는 건 이 세상에 존재하는 지독하게 괴로운 감정 중 하나인 것 같구나. 짝사랑을 얘기하고 있잖아."

며칠 지나서 스티븐이 점심시간에 다른 아이들과 내 교실에 놀러 와 이야기를 하다가 사랑이라는 주제가 또 나왔다. 나는 사랑이란 성냥불과도 같다고 했다. 처음 한 개비를 그었을 땐 끓어오르는 열정으로 아주 밝고 아름답게 타오른다. 얼마 후 두 사람의 관계는, 성냥불처럼, 안정적으로 타오르는 시기에 접어든다. 불은 얼마간 꾸준히 타오르지만 곧 불꽃이 흔들리기 시작하는데, 바로 그때가 조치를 취해야 할 때다. 불을 끄든가, 더 지피든가, 아니면 다른 성냥을 그어 새로 시작하든가 해야 하는데, 여기서 중요한 점은 우리가 어떤 행동을 하든 사랑이 이끌어야 한다는 것이다. 학생들은 내가 수업시간에 애정과 자부심 어린 말투로 자주 입에 올렸던 폴라와의 관계에 대해 자세히 얘기해달라고 졸랐다. 그래서 나는 폴라와 함께 있을 때 내가 어떻게 행동하는지 말해주었다. 언제나 폴라의 조금 뒤쪽에 서서, 보호하듯 한 손을 그녀의 등허리에 살짝 얹고 걷는다든지 하는 얘기였다. 얘기를 듣던 스티븐이, 자기에게 특별한 어떤 사람과 나란히 걷는 모습을 머릿속에 그려본 듯, 알 듯 말 듯한 미소를 지었다. "맞아요, 그게 사랑이에요. 행동하는 사랑."

그랬던 스티븐과 오랜만에 뉴욕에서 재회했을 때, 나는 녀석이 고등학교 졸업 후 사랑의 정의에 대해 어떻게 결론 내렸는지 비로소 알게 되었다. 글쓰기에 대한 사랑을 발견한 스티븐은 그저 취미에 불과하던 것을 제대로 된 기술로 다듬었고, 시간이 지나면서 자신감을 얻어 폭넓은 주제로 글을 써보다가 마침내 초보 시나리오 작가로서 본격적으로 일에 뛰어들었다. 일단 한 발을 들여놓자 그뒤로는 떠오르는 아이디어를 어디까지 발전시킬 수 있나 실험해보지 않을 수 없었다고 했다. 작가로 자리잡을 때까지 묵묵히 기다리면서 밤에는 고급 칵테일바에서 바텐더 보조로 일하기 시작했다. 그런데 그저 식재료를 채워넣거나 바텐더가 시키는 대로 잔에 술만 따라주는 데 그치지 않고, 그가 "역설적 어리석음과 아름다움"이라고 부르는, 백년 전 우리 조상들이 즐겨 마셨던 칵테일을 정교하게 재현하는 일에 자진해서 뛰어들었고, 하다보니 도사가 되었다. 내가 신세 지러 갔을 때도 녀석은 그중 하나—압생트와 비터스*, 호밀 위스키를 섞은

---

* 나무껍질과 뿌리에서 얻는 액체로, 칵테일에 쓴맛을 내는 재료로 쓰인다.

새저랙—를 뚝딱 만들어 대접했고, 우리 둘은 그 술을 홀짝이며 옛날에 있었던 일들과 스티븐의 새로운 관심사에 대해 밤이 깊도록 대화를 나누었다.

월리엄즈버그에 있는 세련된 인테리어의 아파트에서 스티븐의 재치 넘치는 여자친구 캐럴린과 함께 저녁 시간을 보내면서, 녀석이 그간 수집한 다양한 장르의 영화 컬렉션을 구경했다. 우연찮게도 우리 셋 다 불쾌한 현실을 실감나게 묘사한 범죄영화를 좋아하는 취향이 겹쳐서 신나게 수다를 떨었는데, 영화에 대한 스티븐의 열정과 지식에 새삼 놀라지 않을 수 없었다. 그보다 더 인상적이었던 건, 스티븐과 캐럴린이 서로 죽이 너무나 척척 잘 맞는 것이었다. 스티븐은 이야기하는 내내 캐럴린의 손을 잡고 있었고, 캐럴린은 스티븐의 눈을 지그시 바라보며 듣고 있다가 스티븐이 시작한 말을 이어받아 배꼽 잡도록 웃기는 냉소적 한마디로 마무리하는 식이었다. 서로를 굉장히 편하게 대하는 동시에 둘 사이에 찌릿찌릿한 기운이 살아 있었다.

그날 스티븐과 나눈 대화는 조곤조곤한 사적인 이야기보다는 흥분해서 마구 떠드는 잡다한 수다가 주를 이루었지만, 녀석에게 그동안 몰랐던 것들에 대해 듣는 재미가 있었다. 내가 1992년에 세상 물정 모르고 비위도 약한 스웨덴인 오페어* 두 명을 데리고 뉴욕의 앤

---

* 외국 가정에 머물면서 그 집 아이들을 돌보며 언어를 배우는 젊은이.

젤리카 극장에 가서(자세한 얘기는 생략한다!) 〈저수지의 개들〉을 처음 본 얘기를 해주자, 스티븐은 냉큼 끼어들어 쿠엔틴 타란티노의 영화제작사 이름이 장뤼크 고다르의 고전 뉴웨이브 영화 〈국외자들 Bande à part〉에서 따온 '어 밴드 어파트A Band Apart'라는 걸 아느냐고 덧붙였다.

"그 영화 보셨어요?" 내가 아직 못 봤다고 하자 스티븐은 당장 컴퓨터 스트리밍 서비스로 영화를 틀어주었고, 우리 셋은 푹신한 소파에 다닥다닥 붙어 앉아 시끄럽게 떠들고 새저럭을 홀짝이며 1960년대 누아르를 감상했다.

완벽한 밤이었다. 영화 막판에 가서 내 몸이 증세를 보이기 시작한 것만 빼고. 그러잖아도 여행길에 나서기 전부터, 그리고 여행중에도 하루에 최소 두 번씩 심한 구토 증상을 겪고 있었다. 먼저 경고 신호가 오는데, 처음에는 입안에 분필을 문 듯 쇠맛이 퍼지고, 잠시 후 몸에서 땀이 뻘뻘 나는데도 으스스 오한이 들기 시작한다. 이제는 대처법을 터득해서, 그럴 때면 얼른 어디에든 누워서 눈을 감고 증상이 가라앉을 때까지 기다린다. 그래서 스티븐의 집에서 신호가 왔을 때 나는 즉시 소파에 드러누웠고, 그대로 아침까지 깨어나지 않았다.

다음날 일어났을 때 스티븐과 캐럴린은 이미 나간 뒤였고, 내 머리 밑에 푹신한 베개가 받쳐 있고 몸에는 따뜻한 플란넬 담요가 덮여 있었다. 내 몸을 슬쩍 내려다보니, 내 것도 아닌 잠옷을 입고 있었다. 입가에 미소가 번졌다. 이런 게 행동하는 사랑이 아니면 대체 뭐겠는가.

　『로미오와 줄리엣』을 놓고 대대적인 토론이 벌어졌던 그날 이후 이 년이 흘러 프란체스카와 나는 뜨거운 사랑에 빠졌고, 짧다면 짧은 육 개월 동안 서로를 더없이 행복하게 해주었다. 그때만 해도 나는 사랑에 대해 고결하고 모호한 관념을 품고 있었다. 만약 메나셰 선생님이 그 광범위한 질문—"사랑이 뭘까?"—을 내게 다시 한번 던졌다면, 나는 여전히 뭐라고 대답할지 몰라, 어쩌면 내 가족을 제외하고는 아무에게도 느껴보지 못했을 그것을 정의하기 위해 뜬구름 같은 감정들을 찾아 헤맸을 것이다.

　그런데 오래전 메나셰 선생님이 묘사한 어떤 상황이 내 마음에 강한 물결을 일으킨 적이 있었다. 수업 시간에 벌인 격렬한 토론중에 나온 얘기도 아니었다. 내 기억에 한산한 점심시간에 있었던 일인데, 친구들 몇몇이랑 메나셰 선생님의 교실에 놀러갔다가 평소에 부인과 함께 있을 때 어떤 식으로 행동하는지 얘기해달라고 졸랐던 것 같다. 메나셰 선생님은 아내보다 한 발짝 뒤에서 걸으면서 그녀가 혹시라도 위험에 처하지 않을까 살피며 기본적으로 늘 주의를 기울인다고 했다. 그 말을 듣고 나는, 분명 아내분은 저런 것을 눈치채지도 못하겠지, 저런 게 바로 무조건적인 애정이겠지 하고 생각했다.

대부분의 사람들은 인생의 고통스럽고 무서운 면면을 인간 실존의 어두운 그늘과 같은 깊숙한 곳에 묻어둔다. 그러나 메나셰 선생님은 그 심연을 두 눈 부릅뜨고 들여다볼 뿐 아니라 그것을 통과해, 그 미지의 세계로 나아가고 있다. 내가 보기에는 그것이야말로 영웅적 행위이며 인생에 대한, 그리고 다른 인간들을 향한 또다른 형태의 사랑이다.

스티븐 팰러핵
코럴리프 고등학교 2006년 졸업생

25

나는 내 문신들을, 몸을 캔버스 삼아 자신을 표현한 일종의 예술로 생각한다. 이를테면 눈에 보이는 시詩 같은 것이다. 직접 도안한 문신들 덕분에 내 몸은 그 누구의 몸과도 다른 세상에 하나뿐인 몸이 됐으며, 각각의 문신은 나의 개인적인 신념과 경험이 담긴 에피소드를 하나씩 가지고 있다. 어린 시절 친구들과 쌓은 추억을 기념하려고 내 왼쪽 팔뚝에 새긴 단순하고 선명한 검정색 45rpm* 레코드 어댑터든, 아니면 오른쪽 팔뚝에 새긴 슈거 스컬**이든, 내 몸의 모든 문신은 내 흉터들과 마찬가지로 피부 아래 숨겨진 이야기를 맛

---

* 음반의 분당 회전수.
** 멕시코에서 '망자의 날'에 죽은 자들의 혼을 달래기 위해 설탕으로 만들어 제대에 올리는 화려한 색깔의 해골상. 문신을 비롯해 예술작품의 모티프로 자주 활용된다.

보기로 살짝 들려준다.

왼쪽 다리에는 태어나서 처음으로 새긴 문신이 남아 있는데, 지금 봐도 엄청 흉하다. 열여섯 살 때 친구 그레그라는 녀석이, 그때까지 돼지가죽에만 문신을 새겨본 주제에 처음으로 사람한테 해본답시고 내게 실험을 했다. 그레그가 내가 디자인한 부족 전통 문양의 윤곽선을 그리기 시작했는데, 너무 못 그리는 바람에 내가 나서서 나머지를 그리고 음영을 넣었다. 그런데 내 실력도 크게 다를 건 없었다. 지금 보면 선이 들쭉날쭉하고 어중간한 회색에 여기저기 색깔도 바래버렸다―정말 누가 봐도 형편없는 문신이다. 마이애미에서는 벼룩시장에 가면 학생도 신분증 검사를 받지 않고 얼마든지 문신을 새길 수 있지만, 그래도 나는 최소한 문신을 새기기 전에 한 번은 다시 생각해보라고 학생들에게 조언했다. "나중에 후회할 문신은 새기지 않는 게 좋아." 아이들의 귀에 못이 박히도록 반복한 말이다. "문신 하나당 들려줄 재미난 이야기 하나씩은 꼭 있어야 돼. 왜냐면 앞으로 평생, 손자손녀들에게까지 들려주게 될 테니까."

사실, 생애 첫 문신 시술을 망쳤음에도, 내가 진정으로 후회하는 문신은 딱 하나밖에 없다. 암 진단을 받고 나서의 일인데, 유난히 좀이 쑤시고 지루했던 어느 날 친구 한 명을 차에 태우고 정처 없이 돌아다니고 있었다. 그즈음에 내 병을 어떻게 하면 용감하게 받아들이고 극복할 수 있을지 지혜를 얻고픈 심정으로 위대한 철학가 마르쿠스 아우렐리우스와 스토아학파 철학에 대한 책을 읽고 있었는데,

마침 '헬 시티 태투'라는 가게가 눈에 들어왔고 나는 손바닥에 스토아학파의 상징인 타오르는 불꽃을 새기기로 충동적인 결정을 내렸다. 손이나 발에는 원래 문신을 하는 게 아닌데 당시에는 그걸 몰랐다. 아니나 다를까, 그날 밤이 되자 벌써 잉크가 뭉개지고 흐릿해지기 시작했다. 그 문신에 담은 정서를 되새겨야 한다는 생각에, 내 몸에서 시선이 가장 자주 꽂히는 부위인 오른손목에 '용감하라'라는 문구를 새겨넣었다. 나중에, 기존의 치료법이 먹히지 않는다는 것이 명백해지고 그래서 의사들이 실험적 약물치료를 강요했을 때, 가슴팍에 '내가 결정한다'라는 문구를 추가로 새겨넣었다.

내가 가장 좋아하는 문신은 아무래도, 암 투병 1주년을 기념해 등에 새긴 문신이다. 마침 그즈음 발표된 모디스트 마우스*의 앨범 커버 아트에서 따온 건데, 닻으로 고정된 커다란 열기구 그림이다. 사투와 생존의 상징이라 하겠다. 여행도 끝을 향해 달려가는 시점에서, 나는 비로소 내가 그 문신에 걸맞은 사람이 된 기분이 들었다.

뉴욕에서 하누카**와 크리스마스를 짬뽕한 것 같은 명절을 가족들, 친구들과 함께 조용히 보낸 다음, 이번에는 뉴잉글랜드 남부를 향해 다시 길을 나섰다. 마침 폴라가 친정어머니가 계신 버몬트에서 크리스마스 휴가를 보낸 뒤 계속 머물고 있었는데, 내가 우리 만날

---

* 미국의 6인조 얼터너티브 록 밴드.
** 보통 11월 말에서 12월 말 사이에 8일간 진행되는 유대교 축제.

까 하고 물었더니 폴라는 그러지 않는 게 좋겠다고 답했다. 나는 항상 직감이 뛰어난 사람이었는데, 보다시피 사랑에 관해서만은 아니었나보다. 여전히 우리가 노력하면 사이가 좋아질 수 있다고 믿었는데—새해를 함께 맞이하는 것보다 더 좋은 화해 방법이 뭐가 있겠나?—이런 내 마음과 달리 폴라는 내게서 점점 더 멀어지고 있었다. 결국 폴라는 플로리다의 집으로 돌아갔고, 나는 혼자 로드아일랜드 프로비던스행 열차에 몸을 실었다.

12월 31일 월요일, 하필이면 눈보라가 몰아쳐 무릎 높이까지 쌓인 눈이 마을을 뒤덮어버린 그곳에 도착했다. 풍광은 동화처럼 아름다웠지만, 뼛속까지 얼어붙을 정도로 추웠다. 기차역에 옛 제자 로라 댐먼이 나를 데리러 나와 있었다. 눈더미가 도로 가장자리로 수북이 쌓여 있어서, 로라의 집으로 가는 길이 봅슬레드 경기장처럼 느껴졌다.

로라는 내가 뇌종양 진단을 받은 해인 2006년에 내 수업을 들었는데, 학년 말 즈음해서 로라의 아버지도 전립선암 판정을 받았다. 로라가 우리 둘을 소개시켜주었을 때, 나는 로라의 아버지 폴에게 여러 면에서 동질감을 느꼈다. 폴은 꽤 오랫동안 투병 생활을 했고, 십 년 전에는 간질 증상을 완화하기 위해 뇌수술까지 받았다고 했다. 폴이 곰처럼 풍채가 좋고 나처럼 활기찬 성격이어서 둘이 죽이 잘 맞았던 터라, 자기연민 없이 담백하게 이런저런 농담과 경험담을 주고받을 수 있었다. 그때, 암을 이겨낼 수 있는 사람이 이 세상에 존재한다면 그건 단연 폴일 거라고 생각했다.

　로라가 졸업하고 연락이 끊겼기 때문에, 폴이 살아 있는지 아닌지 나는 모르고 있었다. 재회한 첫날 로라의 어머니와 여동생이 그 집에 놀러왔고, 우리는 다 같이 따뜻한 차를 마시며 담소를 나누었다. 방 저편 벽에 폴의 사진이 걸려 있는 것이 눈에 띄었다. "아버지는 좀 어떠셔?" 하고 물었더니, 일 년쯤 전에 돌아가셨다는 대답이 돌아왔다. 건강이 서서히 악화됐고, 신체 능력을 하나씩 잃어갔다고 했다. 마지막에 가서는 기저귀를 차고 지내야 했고, 한밤중에도 몇 번씩 깨어나 고통스러운 비명을 질렀다는 것이다. 로라의 가족이 그런 힘든 시간을 보냈다는 것이 마음 아팠고, 그런 그들 앞에 비교적 멀쩡한 모습으로 나타난 것이 미안했다. 그러나 무엇보다, 그 순간 내 미래를 엿본 기분이 들어서 가슴이 철렁했다.

　다음날 로라가 자기네 가족과 근처 골프장으로 눈썰매를 타러 가지 않겠느냐고 물었을 때, 나는 일 초의 망설임도 없이 좋다고 했다. 거의 한평생을 플로리다 남부에서 살았기 때문에, 눈썰매를 타본 적이 한 손에 꼽을 정도로 드물었다. 골프장에 들어가본 것도, 플로리다에서 살던 십대 시절 친구들과 함께 밤에 몰래 숨어들어가 골프 카트 여러 대를 전선으로 시동을 걸어 신나게 몰고 다닌 것이 전부였다.

　프로비던스의 골프장은 거대한 언덕 너머 또 언덕이었다. 우리는 번갈아가며 쓰레기통 뚜껑처럼 생긴 반질반질한 플라스틱 원반을 타고서 뱅글뱅글 돌며 언덕을 미끄러져내려왔다. 나는 썰매를 오른손으로만 붙잡을 수 있었는데, 한번은 중간에 바닥의 요철에 부딪혀 썰매가 뒤집혔고 나는 멈출 수가 없었다. 그대로 공중을 날아서 뒤통수를 찧으며 착지했다. 정신을 차리고 일어나 로라가 있는 곳으로 가는데, 로라가 경악한 표정으로 나를 보고 있었다. 두개골이 지끈지끈 울리는 걸 보니 가벼운 뇌진탕이 있는 게 분명했지만, 내가 곧 죽는다는 사실을 알고 사는 것의 최대 장점은 이런 사소한 일 따위는 신경쓰지 않게 된다는 것이다. 몇 개월 전 듀크대학병원의 담당의에게 담배를 피워도 되느냐고 물었더니, 의사의 대답이 이랬다. "오늘 폐암에 걸린다 해도 아마 죽는 건 뇌종양 때문일 거예요. 그러니까 피우고 싶으면 마음껏 피우세요."

그날은 썰매가 내게 니코틴이었고, 나는 언덕을 자꾸자꾸 미끄러져내려갔다. 그러다 머리를 한번 더 찧었지만, 애초에 이 여행을 떠나도록 부추겼던 것과 똑같은 자포자기의 무모함으로 매 순간을 즐겼다. 멕시코의 혁명가 에밀리아노 사파타가 남긴 전설의 명언처럼, "무릎 꿇고 사느니 일어서서 죽는 게 낫다!"

털모자에 눈덩이가 잔뜩 엉겨붙고 손가락, 발가락이 움직이지 않을 정도로 꽁꽁 얼어서야 우리는 집으로 돌아갔다. 로라가 우리에게 따끈한 차를 내주러 일어선 사이, 주위를 둘러보다가 책장에서 내가 특별히 좋아하는 책 중 하나인 켄 키지의 『뻐꾸기 둥지 위로 날아간 새』를 발견했다. 내가 가르친 반 학생들은 다들 그 책을 좋아했는데, 아마 내가 그 책에 워낙 강한 애착을 보인 것도 한몫했을 것이다. 나는 이 작품에서 수많은 교훈을 얻었다. 순응과 독립성, 승리 등 특히 내 인생의 화두와도 공명하는 것들이었다. 정신병원에 갇힌 환자 '치프'는 온전한 정신을 지키기 위해 사악한 래치드 간호사와 맞서 싸운다. 그러기 위해 귀머거리, 벙어리인 척을 하는데, 비록 작은 승리지만 그래도 승리는 승리였다. 친구 맥머피가 전두엽절제술을 받고 미쳐버리자, 치프는 그를 질식사시켜 자유롭게 해주고 자신도 창문에서 뛰어내려 병동에서 탈출해 자유를 찾는다.

"고등학교 때부터 갖고 있던 거예요." 내가 그 책을 가리키자 로라가 설명했다.

"내용이 다 기억나니?"

"제가 거기 주인공들을 얼마나 좋아하는데요." 로라가 대답했다.

나는 그 책에 대해 가르치기 전에 자료 조사를 하다가 알게 된 이야기를 들려주었다. 등장인물 맥머피는 검은색 에이스 두 장과 에이트 두 장으로 이루어진 투 페어 카드 패의 문신이 있는데, 전설에 따르면 와일드 빌 히콕*이 1876년 8월 2일—내 생일이다—총에 맞아 죽었을 때 가지고 있었다는 카드 패가 바로 에이스 두 장과 에이트 두 장이었다. 이후 히콕을 기리는 의미에서 에이스 두 장과 에이트

---

* 본명은 제임스 버틀러 히콕. 미국 서부개척시대의 총잡이로 남북전쟁 때 북군의 척후병으로 활동하기도 했다. 포커게임을 하다가 누군가 등뒤에서 쏜 총에 맞아 죽었다.

두 장을 '데드 맨스 핸드dead man's hand'라고 부르는데, 나는 여행길에 나서기 전에 이 데드 맨스 핸드를 팔뚝에 새겼더랬다. 소매를 걷어 그 문신을 로라에게 보여주었다. "암 선고를 받은 이후 내가 인생철학으로 삼은 것을 상징하는 문신이야. 인생에서 받게 되는 패는 내가 결정할 수 없지만, 그걸 어떻게 플레이하느냐는 결정할 수 있다는 뜻이지."

고등학교 1학년 때 나는 덜컥 임신을 하고 말았다. 나는 메나세 선생님께 전화해 어떻게 하면 좋겠냐고 물었다. 선생님은 부모님에게 사실대로 말하라고 했다. 나는 너무 겁이 나서 죽을 것 같았지만, 결국 선생님의 조언이 통했다. 한 달 뒤 유산을 하고 말았지만, 이후로도 나는 선생님의 조언을 마음에 새겨두고 따랐다. 그후로는 부모님께 한 번도 거짓말한 적이 없다. 선생님이 옳았다. 부모님께 진실을 받아들일 기회를 드린 것이 결국 우리 가족을 더 가까워지게 해주었으니 말이다.

로라 댐먼
코럴리프 고등학교 2008년 졸업생

26

　캘리포니아를 향해 서쪽으로 방향을 틀기 전에 먼저 보스턴에 들러 제자 몇 명을 만났다. 어디를 가든 항상 새삼스레 놀라는 것은, 날짜가 닥쳐 급하게 공지를 올리는데도 아이들이 바쁜 삶 속에 짬을 내서 나를 만나러 온다는 것이었다. 내가 공지를 띄우면 반드시 누군가는 만남 장소에 나타났다. 보스턴에서도 다르지 않았다. 그곳에서 나는 내 수업을 들었던 클레어 콘트레러스와 클레어의 동생 프란체스카, 그리고 또다른 제자인 마틴 파워스를 코플리 광장 근처에 있는 바에서 만났다. 아이들이 고등학교 졸업 후 각자 어떻게 살아왔는지 이야기하는데, 우리가 앉은 나무 테이블에 사람들 이름이나 이니셜, 재치 있는 문구가 잔뜩 새겨져 있는 것을 발견했다. 마침 내게 여행 내내 허리춤에 차고 다니던 칼이 있어서, 아이들 얘기를 들으면서 그 칼로 테이블에 '내가 방금 다녀갔다'라고 새겼다. 그러자 아이들도 저마다 칼을 빌려 똑같이 새겼고, 마지막으로 프란체스카가 '나도'로 마무리했다.

제자들이 나를 만나면 가장 먼저 하고 싶어하는 것은 거의 언제나 옛 스승과 술 한잔 하는 것이었다. 제자들에게는 중요한 통과의례 같은 것이었고, 나도 그렇게 하면 아이들이 나를 더 편하게 대할 수 있다는 걸 알기에 항상 빠지지 않고 같이 마셨다. 그러다보면 다들 그간의 소식을 주고받느라 밤 깊은 줄 모르고 술자리가 이어지곤 했다. 이번 여행에서만 미니 동창회에 수십 번 참석한 기분이었고, 그중 즐겁지 않았던 적은 단 한 번도 없었다. 술을 주거니 받거니 하다가 어느새 클레어가 십오 년 전 나의 모습을 회상하기 시작했다. "선생님은 항상 힘이 넘치고 적극적이고 활발하셨지만, 아이들을 휘어잡기도 하셨어요." 클레어는 나를 이렇게 기억하고 있었다. "선생님이 교실을 왔다갔다하면서 긴장감 있는 어조로 말씀하시던 게 생각나요. 저희에게 늘 집중하라고 요구하셨죠. 화이트 수정액 벌칙 기억나세요? 수업중에 누가 졸고 있으면, 당장 가서서 코에 수정액을 바르셨잖아요." 그런 건 기억에서 지워버려도 좋다고 대꾸하자, 다들 유쾌한 웃음을 터뜨렸다.

"선생님은 모두가 배우고 싶어한 선생님이었어요." 프란체스카가 이어받았다. "클레어가 만날 집에 와서 메나셰 선생님이 이랬다, 메나셰 선생님이 저랬다 하는데, 어휴. 하루는 '메나셰 선생님이 나한테 잭 케루악이라는 사람을 소개해줬어' 하더니 『길 위에서』라는 책 얘기를 늘어놓는 거예요. 보통 인상적인 게 아니었던 모양인데, 나는 저렇게 좋은 선생님 만나서 인생이 바뀌는 일은 없겠지 싶어서 굉장히 질투했어요."

나는 마틴에게도 내 수업에서 가장 기억에 남은 게 무엇이냐고 물어보았다. "안 그래도 여기 오면서 생각해봤는데요." 마틴이 대답했다. "선생님의 영문학 수업 덕분에 글쓰기를 진지하게 고민해보게 됐어요. 선생님이 초반에 내주신 숙제 중에 그림으로 표현하는 자서전이 있었는데, 그게 진짜 재미있었어요." 나는 학기 초마다 그림 자서전 숙제를 내주곤 했는데, 자기 삶에서 가장 중대한 순간 열 개를 뽑아 사진이나 그림으로 표현하는 것이었다. "그 숙제를 하는데, 세상 모두가 이야기를 가지고 있고 심지어 열세 살 소녀에 불과한 나도 할 이야기가 있구나 하는 생각이 들었어요. 제 리스트에 있는 열 가지 사건 모두 각각의 이야기가 있었거든요. 그러니, 나에게 이야기 열 개가 있다면 다른 사람들에게도 수많은 이야기가 있겠구나 싶었던 거죠."

마틴은 학창 시절에 나를 찾아와 임신을 한 친구 이야기를 써도 문제가 안 되겠느냐고 물어본 적이 있다고 했다. 논란이 될 수 있는 주제였는데도, 잘하면 반 아이들이 임신한 친구의 상황을 더 잘 이해할 수도 있으니 한번 써보라고 내가 격려해줘서 솔직히 조금 놀랐다고 했다. 결과적으로 마틴의 글은 아기를 가진 친구와 반 아이들

양쪽 모두에게 대히트였고, 마틴 자신에게도 글로 남에게 감동을 줄 수 있는 자신의 능력에 눈을 뜨는 계기가 되었다. 결국 마틴은 저널리스트가 되겠다는 확고한 목표를 가지고 예일 대학교에 입학했다.

그리고 대학을 졸업한 뒤에는 〈보스턴 글로브〉에서 기자로 일하며 세상 사람들의 이야기를 전하고 있다. "제가 지금 하는 일이 정말 좋아요." 마틴은 자신의 직업을 이렇게 설명했다. "저널리즘은 아낌없이 지지해주는 공동체 같아요. 구성원 모두가 스토리텔링과 그 스토리를 쓰는 과정 자체에 누구 못지않은 열정을 공유한 하나의 가족이에요. 선생님도 그런 분이셨죠. 그 특별한 억양과 어휘 때문에 어떤 문장이 머리에 강하게 각인되곤 했거든요."

인정한다. 아이들에게서 이런 이야기를 듣는 것이 기분좋았다. 다 죽어가는 사람도 비행기를 태워줄 필요는 있는 법. 게다가 더 좋은 건, 보통 사람들 같으면 죽은 뒤에나 듣게 되는 말을 나는 미리 들을 수 있다는 것이었다. 셰익스피어가 『줄리어스 시저』에서 말했듯 "우리가 저지른 악행은 계속 남아 기억되고, 선행은 우리의 뼈와 함께 매장된다". 내가 한 좋은 일들이 내 몸뚱이와 함께 묻히기 전에 그것을 두 귀로 직접 듣고 싶었다.

다음날 저녁 우리는 다시 밖에서 모였는데, 이번에는 그동안 연락은 주고받았지만 몇 년간 얼굴을 통 못 본 고등학교 친구 로니도 합류했다. 로니는 아이들이 알고 있는 교사 메나셰와는 전혀 다른 메나셰를 알고 있었는데, 오히려 그 덕분에 그날 저녁은 술과 웃음을 안주로 두 세계가 만나는 유쾌한 시간이 되었다. 로니가 먼저 찢어진 청바지 차림에 스케이트보드를 타고 다니던 반항아 메나셰의 창피한 에피소드를 늘어놓아 내 제자들을 웃겨주었고, 이어서 제자들이 수업 시간에 있었던 교사 메나셰의 더 창피한 에피소드들을 떠벌리며 분위기를 띄웠다.

"선생님이 책상을 부순 일이 기억나요." 클레어가 기다렸다는 듯 말했다. 당시 내가 학생들에게 어떤 내용을 강조하고 싶어서 너무 열을 내다가 주먹으로 책상을 내리쳤고 그 바람에 책상 다리가 부러져나가는 사건이 있었다.

그날 밤 모임이 파하고 주차장에서 서로 작별 인사를 나누면서 모두가 내게 서부로 가는 긴 여행을 무사히 마치라고 인사를 건넬 때, 폴라에게서 전화가 왔다.

폴라가 친정 식구들과 크리스마스를 보낸 지 이 주가 지난 시점이었다. 어색한 안부 인사를 나누고 잠깐 침묵이 흐르는데, 폴라가 내게 하고 싶은 말이 있는데 입이 안 떨어지는 것 같다는 느낌이 들었다. 그래서 내가 도와주기로 했다.

"나 안 보고 싶어?"

폴라는 잠시 말이 없다가 대답했다. "보고 싶다기보다는 자기랑 대화하던 게 그리워."

"내가 없어서 더 좋아?"

"글쎄." 폴라가 잠시 뜸을 들였다. "스트레스는 훨씬 덜해. 내가 해치우는 일도 많아졌고."

"이 상태로 쭉 갔으면 좋겠어? 내가 집에 없는 것 말이야."

"모르겠어"라는 대답이 돌아왔다.

"모른다고?"

그리고 긴 침묵이 이어졌다. "생각 좀 해봐야겠어." 침묵 끝에 폴라는 이렇게 말했다.

나는 며칠 기다렸다가 폴라에게 전화했다. 폴라가 어떤 결정을 내렸을지 혼자서 이런저런 상상을 하느라 피가 마를 지경이었다. 이렇게 한참 떨어져 지내다보니 내가 우리 결혼생활이 파국을 맞지 않기를 원하고 있다는 것을 깨달았다. 이유는 나도 모르겠지만, 그 과정이 아무리 멀고 험난하더라도, 내가 바라는 건 헤어짐이 아닌 화해였다. 우리는 무려 이십삼 년을 함께했고 그중 절반 이상을 부부로 살아왔다. 그 오랜 세월 동안 얼마나 많은 것을 함께 나누었겠는가. 그래서 나는 여행을 마치고 플로리다로 돌아가면 어긋난 부분을 같이 되돌려봐야겠다고 혼자 결심하고 있던 터였다.

"대답을 들어야겠어, 폴라." 폴라가 전화를 받자마자 나는 이렇게 말했다. "그냥 이 상태를 유지하고 싶어?"

"응. 그러고 싶어." 조용하지만 확신에 찬 목소리였다.

누군가에게 명치를 맞은 것처럼 허리가 훅 꺾였다. "내가 원하는 건 그게 아니야. 제발…… 내게 기회를 줘."

폴라가 대답했다. "미안해. 너무 늦었어. 자기한테 필요한 것을 채워줄 여력이 나는 안 돼. 여행에서 돌아오면 따로 나가 살 곳을 찾아봐."

마치 물 한 방울, 먹을 것 한줌 없이 사막 한가운데에 버려진 기분이었다. 눈이 멀고 불구가 된 사람이 다시 시작하려면 어떻게 해야하지? 답을 알고 싶지 않은 질문이었다.

27

시카고로 가는 기차 안에서 내 온라인 '오퍼 확인서'를 훑어봤는데, 이번에 나를 재워주기로 한 학생의 이름을 보고도 누군지 알 수가 없었다. 고장난 뇌의 기억 창고를 이리저리 들쑤셔봤지만, 대니엘 리우라는 이름에 맞는 얼굴이 영 떠오르지 않았다. 혹시나 기억이 되살아나지 않을까 해서 페이스북도 뒤져봤지만 여전히 아무도 떠오르지 않았고, 그래서 일단 만나면 기억나겠지 싶어 누구냐고 묻지 않고 그 학생과 연락해 일정을 짰다. 그런데 암트랙 기차역에 나를 데리러 나온 사람은 생전 처음 보는 사람이었다.

내가 기억상실로 치부하는 그 증상이 너무 창피해서 나를 어떻게 아느냐고 차마 물을 수가 없었고, 그래서 그냥 차에 올라타 대니엘이 시카고 시내를 구경시켜주는 동안 말없이 고개만 주억거렸다. 대니엘은 나를 태우고 몇 시간에 걸쳐 윌리스 타워*와 존 핸콕 센터, 시리도록 새파란 색의 미시간 호수를 끼고 있는 네이비 피어**를 다 보여주고 난 뒤에야 마지막으로 자기 집에 데려갔다. 그렇게 몇 시간을 같이 보냈는데도 이 친구가 누군지 영 알 수가 없었다. 나를 자기 집에 재워주고 자신이 사는 도시 관광까지 시켜줬는데 누군지 기억조차 못하다니, 몸 둘 바를 모를 정도로 미안했다. 꼬박 하루를 같이 보내고 나자 이제는 물어보기 민망할 정도로 타이밍을 놓쳐버렸고, 사실대로 털어놓기에도 너무 불편해졌다. 그러다 마침내, 모든 조각을 끼워맞출 단서를 얻을 수 있는 질문이 떠올랐다. "내 수업 시간에 배운 작품 중에서 뭐가 제일 기억에 남니?" 나는 슬쩍 물었다. "아, 제가 코럴리프를 다니기는 했는데 선생님 수업은 한 번도 못 들었어요." 대니엘이 차분히 대답했다. "친구들한테 선생님의 여행 얘기를 듣고 그냥 도와드리고 싶었어요."

다음날, 대니엘은 윌리스 타워 꼭대기에 있는 스카이덱에 항상 가보고 싶었는데 겁이 나서 못 가고 있다가 내 얘기를 듣고 비로소 가볼 용기가 생겼다고 털어놓았다. "선생님을 보면서 가끔 무모한 짓도 해보고 인생을 좀더 꽉 차게 살아볼 용기가 생겼어요." 스카이덱이 서반구에서 가장 높은 건물의 꼭대기에 돌출된 유리 발코니라

---

* 1973년 완공된 110층짜리 빌딩으로 미국에서 두번째로 높은 건물이다.
** 미시간 호숫가를 따라 1킬로미터에 걸쳐 뻗어 있는 부두로 미국 중서부의 대표적인 관광지.

는 대니엘의 설명을 듣자마자, 나도 같이 가겠다고 나섰다. 그렇게 해서 새로 사귄 친구 대니엘과 둘이 엘리베이터를 타고 103층으로 올라가는데, 점점 귀가 먹먹해지고 심장이 발끝으로 뚝 떨어지는 것 같았다. 웨커드라이브 도로를 기어가는 개미만한 크기의 자동차들을 지상 410미터 높이에서 굽어보는 유리 플랫폼에 조심조심 발을 내딛는 순간 오금이 저렸다. 그 순간 나는 말 그대로, 그리고 은유적으로도 세상의 꼭대기에 있었다. 그 짜릿한 순간만큼은 나는 암환자가 아니었다. 그저 옆에 친구가 한 명 있고, 모험을 하고, 스스로 결정하고 자신을 수용하는 해방감을 만끽하는 내가 존재할 뿐이었다. 세포 하나하나가 살아 있는 건강하고 정상적인 사람이 된 기분이었다.

시카고 체류는 짧게 마무리했다. 그래도 떠나기 전에, 그릴드 치즈 샌드위치를 파는 간이식당에서 옛 제자 케이틀린 플린을 만날 기회는 있었다. 케이틀린은 독실한 가톨릭 집안에서 엄격한 도덕적 가르침을 받으며 자란 아이였는데, 고등학교 시절 우선순위 리스트를 작성하라고 했더니 '영성' 다음으로 '프라이버시'를 적어서 나를 놀라게 했다. 나중에 따로 면담하면서, 마이애미의 보통 가정들과 너무 동떨어진 자기 집의 가톨릭식 훈육 방식이 항상 창피했다고 털어놓았다. 반 아이들에게 자신의 종교적 믿음이 놀림 받을까봐 늘 두려워서, 수업 시간에 입을 꾹 다물고 앉아만 있었다고 했다. 속이 깊은 아이였지만 자신의 정신세계나 신앙의 깊이는 친구들에게 드러내길 꺼려했던 것이다.

교사로 일할 때 나는 학생들에게 고등학생 시절의 틀을 벗어나 새로운 자기를 찾기 위해 집에서 멀리 떨어진 대학에 진학하라고 독려했고, 학생들이 용기를 내서 실제로 그런 과감한 선택을 내리면 펄쩍 뛰며 좋아하곤 했다.

케이틀린은 내 조언을 받아들여 고향 플로리다를 떠난 학생 중 하나로, 멀리 인디애나 주 노터데임에 있는 세인트메리 칼리지로 진학했다. 가족과 떨어져 비교적 작은 지역에서 대학을 다니면서 케이틀린은 자신의 새로운 모습을 발견하고 자기 방식대로 종교적 믿음을 마음껏 파고들 수 있었다고 한다. 누가 시키지도 않았는데 일주일에 몇 번은 고해성사를 했고, 어느 순간 고해실에 들어가면 마음의 위안을 얻기 시작하면서 서서히 자신의 종교를 진심으로 받아들이게 되었다. 그렇게 대학을 졸업한 뒤 시카고로 왔고, 이곳에 정착해 자리를 잡았다.

나는 케이틀린이 마이애미에 살던 시절보다 훨씬 자신감 넘치고 자기 자신을 편안하게 생각하게 된 것에 특히 감탄했다. 자신의 믿음에 대해 진지하게 이야기하는 케이틀린을 보면서, 오래전 그 소심한 소녀가 내면에 강철 같은 심지를 지닌 신앙심 깊은 숙녀로 자랐구나 싶어 스승으로서 뿌듯했다. 누구의 도움도 없이 혼자서, 케이틀린은 자신이 신과 대화할 때 가장 행복하다는 것을 알아낸 것이다.

나는 유대인으로 자랐지만 신앙심을 가져본 적은 없다. 어머니는 제2차대전중 나치 강제수용소에서 태어나셨는데, 조부모님이 폴란드의 집에서 강제로 끌려가 서로 떨어진 지 몇 달 만의 일이었다. 내 외조부는 재빨리 탈출해 나치에 저항하는 지하조직에 들어가 활동을 시작했지만, 외조모는 임신한 몸으로 러시아의 포로수용소로 끌려가셨다. 거기서 나치 군인들이 입을 군복을 만드는 노역을 했고, 할머니를 포함해 끌려온 여자들은 그날그날 할당량을 반드시 채워야만 굶어죽지 않을 정도에 조금 더 얹은 분량의 음식을 겨우 배급받았다. 그래도 여자들은 자기들이 배를 곯아가면서까지 몰래 음식을 나의 외조모에게 얹어주었고, 그들이 처음으로 할당량을 채운 날 바로 내 어머니가 태어났다. '할당량'을 뜻하는 이디시어*가 '노르마'여서 내 어머니의 이름은 노르마가 되었다.

이 이야기가 대충 해피엔딩으로 끝나긴 하지만—내 어머니와 외조부모님 모두 살아남아 전쟁이 끝나고 곧 재회하셨으니 말이다—어머니는 아주 어렸을 적의 경험 때문에 종교에 막연한 반감을 품게 되었다. 내 생각에 종교를 오롯이 긍정적으로만 보기에는 그것이 궁극적으로 얼마나 큰 희생을 불러올 수 있는지 목격했기 때문인 것 같고, 또 은연중에 그런 생각을 자식인 내게 물려준 것 같다.

나는 어떻게 생각하느냐 하면, 세상에 어떤 신도 이런 끔찍한 병을 안겨줄 만큼 내게 관심 있지도 혹은 사악하지도 않을 거라는 것

---

* 중앙·동부 유럽과 그곳에서 미국으로 이주한 유대인들이 쓰는 언어.

이다. 메어스도 에세이에서 병신으로 살아가는 것에 대해 이렇게 썼다. "나는 '핸디캡'이라는 말을 싫어하는데, 그 단어는 내가, 그런 짓을 할 거라 상상할 수 없는 존재에 의해, 그 존재의 고의에 의해 불리한 조건에 처했다는 것을 암시하기 때문이다(나의 신은 멀쩡한 사람들한테 장애를 안기면서 골탕 먹이고 다니는 핸디캡 사령관*이 아니다)." 내 경우, 내 머리에 생긴 종양이 어찌됐건 인간인 내가 행한 어떤 일의 결과로 생긴 것이라고 믿는 편이 받아들이기 더 쉽다. 나는 신이 우리 모두의 안에 존재한다고 믿는다. 바로 내 안에 신적인 힘이 있다고 말이다. 그것에서 힘을 얻는 법을 알아내는 데 시간이 좀 걸렸을 뿐이다. 그러면 그 방법을 알아내는 도구는 누가 나에게 쥐여줬을까? 자연의 섭리인지, 내 부모님인지, 아니면 이 사회인지, 그것도 아니면 신인지, 나는 모른다. 누가 주었든, 그것이 지금 내게 버틸 힘을 주고 있다.

---

* Handicapper General. 커트 보니것의 공상과학 단편소설 「해리슨 버저론」에 나온 용어. 누구도 남보다 예쁘거나 똑똑하거나 힘이 세서는 안 되는, 철저한 평등이 상요되는 디스토피아적 세계에서, 잘생긴 사람에게 가면을 씌우고 달리기를 잘하는 사람에게는 무거운 추를 달아주는 등 '평등법'을 집행하고 다니는 정부 기관의 총책임자에게 작가는 '핸디캡 사령관'이라는 명칭을 붙여주었다.

28

시카고에 있을 때에도 이미 기온이 영하였는데, 서쪽으로 이동하자 본격적으로 살을 에는 추위가 몰아쳤다. 미니애폴리스로 가는 기차 여행이 여덟 시간 조금 넘게 걸려서, 중간중간 정차할 때마다 내려 최대한 스트레칭을 해주었다. 그러다 한번은, 절반쯤 가서 어딘지도 모를 곳에 정차했을 때였는데, 열차에서 꽤 떨어진 곳에 서 있다가 갑자기 승무원이 "전원 승차해주십시오!" 하고 외치는 소리를 들었다. 그때는 '전원 승차'가 십 분 이내로 승차하라는 뜻임을 파악한 뒤라, 나는 탑승하지 않고 그 자리에서 꾸물거렸다. 휴대폰을 들어 열차 문간에 서 있는 승무원의 사진을 찍으려는데—구도가딱 좋아서 놓치기 아까웠다—찰칵 버튼을 누르는 찰나 승무원이 나를 향해 소리쳤다. "젠장, 거기서 뭐하는 거요? 당장 타요!" 다음 순간, 내가 정황을 파악할 새도 없이, 열차가 플랫폼에서 움직이기 시작했다. 나는 지팡이를 앞뒤로 휘적휘적 흔들면서 최대한 빨리 뒤뚱거리며 뛰어갔고—짐을 전부 기차에 두고 내려서 반드시 도로 타야만 했다—그런 나를 승무원은 차갑게 노려보았다. 한 걸음 남겨두고 열차를 따라잡은 순간 '지금이야!' 하는 느낌이 왔고, 오른손으로 쇠난간을 힘껏 붙잡고 남아 있는 온 힘을 쥐어짜 달리는 기차에 올라탔다.

아, 하지만 미니애폴리스행 기차 여행의 클라이맥스는 그게 아니었다.

기차는 다시 목적지를 향해 달리기 시작했고, 목적지를 네 시간 정도 남겨뒀을 때 슬슬 저녁을 먹으려고 식당 칸을 찾았다. 다 같이 앉는 큰 테이블이라서, 먼저 자리를 잡고 앉아 있는 억세 보이는 사내 옆에 털썩 앉았다. 얘기를 들어보니, 칼훈 호수*에서 일주일간 얼음낚시를 하러 트윈 시티**로 가는 길이라고 했다. 그는 내가 미국 중서부를 여행하면서 만난 사람들과 대충 느낌이 비슷했다. 호의적이지만 과묵했다는 뜻이다. 그래서 오히려 좋았다. 잠시 후 내가 주문한 음식이 나왔는데—익힌 지 오래돼서 고무처럼 질겨진 닭고기 요리였다—포크와 나이프를 동시에 쓸 수 없어서 고기를 써는 데 진

---

* 미네소타 주 미니애폴리스에서 가장 큰 호수.
** 미네소타 주에서 가장 큰 도시인 미니애폴리스와 세인트폴을 함께 이르는 별칭.

땀을 빼야 했다. 그나마 쓸 수 있는 오른쪽 손으로 나이프를 쥐고서 톱처럼 고기에 대고 앞뒤로 썰어 한입 크기로 자르려고 했지만, 아무리 톱질을 해도 고기에 흔적만 패는 정도였다. 막 포기하려는데, 옆에서 보던 얼음낚시꾼 친구가 갑자기 끼어들었다. "이리 줘봐요." 그러면서 자기 가방에서 꺼낸 것은 번쩍거리는 은제 손도끼였다. "내가 해줄게요." 그는 손도끼를 어깨높이로 들더니 한 번에 빠르게 내리쳐 내 닭고기를—쩍! 하고—완벽하게 반으로 갈라놓았다. "흠." 나는 놀라지 않은 척하며 말했다. "모든 음식을 그걸로 썰어 드세요?"

우여곡절 끝에 미니애폴리스에 도착해 열차에서 내리자마자 무려 영하 27도나 되는 그곳 기온을 사진으로 찍어 남겼다. 옛친구 제프리—내가 뉴욕에서 살던 시절 같이 웨이터로 일했던 친구다—가 고맙게도 나를 거둬주기로 했다. 하루 쉬고 다음날, 기차에서 만난 낚시꾼 친구를 다시 볼 수 있을까 해서 제프리와 함께 칼훈 호수로 가봤지만, 호수는 너무 광활했고 얼음낚시꾼도 너무 많았다. 미네소타 주의 살을 찌르는 추위 속에 얼어붙은 호수에 서서 두리번거리는데, 대체 어떤 인간이 얼음에 구멍을 뚫고 물고기 몇 마리 잡아보겠다고 영하의 날씨에 가만히 앉아 있는 걸 즐길까 하는 의문이 들었다. 하지만 그런 사람을 이미 만났으니, 뭐.

숙박은 제프리에게 신세를 졌지만, 그곳에 머무는 짧은 시간의 대부분은 에멀리라는 옛 제자를 만나 함께 보냈다. 내가 교사로 일한 첫해에 만난 에멀리는 학창 시절 조용히 나를 찾아와, 평소에 외로움을 지독하게 탄다고 털어놓은 적이 있다. 당시 꽤 젊었고 에멀리보다 고작 몇 살 많았던 나도 마침 바다 한가운데에 뚝 떨어져 구명조끼도 없이 허우적거리는 기분으로 하루하루를 헤쳐나가고 있었다. 그래서 에멀리에게 그럴 때 내가 치르는 의식을 알려주었다. 자정이 조금 지난 시각에 밖으로 나가 달을 올려다보는 것이었다. 내가 어디에 있든, 또 어떤 일을 겪고 있든, 나 말고 수백만 명의 사람들이 바로 그 순간 똑같은 달을 보고 있을 거라는 사실이 내게 큰 위안을 주었다. 에멀리에게도, 달을 보고 있으면 너는 혼자가 아니라고 말해주었다.

우리가 미니애폴리스에서 만나 한 일도 그것이었다.

동네 레스토랑에서 저녁을 먹고 한잔한 다음, 야외 주차장에 서서 내가 다녀본 곳들과 에멀리가 가보고 싶은 곳들에 대해 이야기를 나누었다. 에멀리는 아직도 때때로 지독한 외로움을 느낀다고 했다. 지금의 나는 그 기분을 더 잘 이해할 수 있었다. 내가 오래전 이야기한 의식을 떠올리고, 우리는 함께 밤하늘을 바라보았다―그리고 그 순간에 스승과 제자는, 인생이 우리를 어디로 떠밀든 달을 보면 서로를 찾을 수 있다는 사실에서 위안을 얻었다.

제가 고등학교를 졸업할 당시, 선생님은 언제든 선생님이 필요하면 밤에 달을 보라고 하셨지요. 선생님은 매일 밤 열시에서 열한시 사이에 달을 보니까, 거기서 선생님을 만날 수 있을 거라고요. 지난 십일 년간 달을 올려다보고 선생님을 찾으면서 위로받은 적이 얼마나 많은지 몰라요.

그때 제게 큰 위안이 되어주고 그 이후로도 한결같은 사람으로 남아주셔서 감사해요. 선생님의 따뜻하고 아낌없는 마음이 수많은 학생들에게 위안을 주었어요. 어떻게 그렇게 하실 수 있는지 모르겠어요. 그때 저는 제가 특별한 제자인 줄 알았어요. 선생님과 저만의 특별한 연결고리가 있다고 믿었죠. 그러다 어느 순간 깨달았어요. 선생님은 저처럼 선생님을 우러러보는 모든 학생에게 한결같은 메나세 선생님이었다는 걸요. 선생님이 제 졸업앨범에 써주신 말은 평생 마음에 간직할 거예요. 그때 뭐라고 쓸지 모르겠다고 하신 게 기억나요. 그냥 저를 바라보며 할 말이 떠오르길 기다리겠다고 하셨죠. 그렇게 한동안 제 눈을 지긋이 바라보시더니, 앨범은 내려다보지도 않고 줄줄 써내려가시기 시작했죠. "여기, 못다 한 말을 써보도록 할게. 말로 표현하지 못한 애정과 유대감, 그리고 이젠 그리움까지. 어쩌면 그런 말들을 쓰기가 이토록 힘든 이유는 이것이 작별이 되지 않기를 바라서인지도 모르겠구나. 하지만 너도 알다시피, 어떤 것도 한자리에 영영 머무를 수는 없는 법. 연락 끊기지 않도록 최선을 다해 줘. 분명한 건, 내가 너를 보고 싶어하리라는 거야. 랠러마 양, 언제나 보고 싶을 거야. 사랑하는 D. 메나세가."

에멀리 랠러마

코럴리프 고등학교 2000년 졸업생

29

2013년 1월 26일, 미네소타에서 출발해 장활한 미국 최북단—노스다코타, 와이오밍, 워싱턴까지—을 관통하며 내리 쉰두 시간을 달리다가 오리건에서 남쪽으로 방향을 꺾은 기차는 마침내 나를 이번 여행의 마지막 목적지인 캘리포니아에 내려놓았다. 정말이지 영원히 끝나지 않을 것 같았던 기차 여행이었고, 설상가상으로 스케줄보다 늦게 도착했다. 머리가 멍하고 온몸이 찝찝한 기분으로 기차에서 내리는데, 귀에 익숙한 노래하는 듯한 목소리로 누군가 "메나셰 선생님!" 하고 외쳤다. 그 순간 오래전의 내 교실로 돌아간 듯한 착각이 들었다. 뒤를 돌아보자, 제자 모나 타젤리가 나를 향해 달려오고 있었다. "메나셰 선생님!" 모나는 다시 한번 내 이름을 부르며 나를 힘껏 안았다.

내 수업을 들었던 시절 모나는, 독재 정권의 손에 오빠를 잃고 어머니와 함께 정치적 망명자가 되어 막 이란에서 미국으로 넘어온 처지였다. 가부장제 사회에서 여성이 겪는 어려움을 직접 경험한 모나는, 집안에 권위 있는 여자 어른이 존재함에도 그것과 별개로 전통적으로 여성들에게 어떤 태도가 요구되는지 잘 알고 있었다. 그래서 어렸을 때는 주로 바깥세상과 차단된 집안에만 머무르면서 순종적으로 굴었다. 그러다 미국에 건너와 1997년 내 수업을 듣게 됐을 때는, 숫기가 없어서 아이들과 잘 어울리지 못하는데다 자기가 태어난 곳의 문화와 새로운 환경의 기대치 사이에서 균형점을 찾느라 힘들어하고 있었다.

내 수업 시간에 읽은 샬럿 퍼킨스 길먼*의 단편 「노란 벽지」에 모나가 왜 그렇게 깊이 공감했는지 이해가 갔다. 「노란 벽지」는 19세기를 배경으로, 그 당시 여성의 모든 정신질환에 편리하게 붙였던 이름인 '히스테리'를 치료받기 위해 감금당한 한 여성의 이야기이다. 이 작품을 가지고 토론한 날 모나는 자신과 똑같이 남성 지배와 가부장제에 억압당한 서양 여성의 시각에서 그려낸, 자신의 삶과 놀랍도록 평행을 이루는 누군가의 삶을 아마도 처음으로 접했을 것이다. 책의 클라이맥스에는, 무기력해 보이던 이 여자가 글쓰기 재능

---

* 미국의 작가이자 사회학자, 여권운동가, 사회개혁운동가. 길먼은 결혼하고 딸을 낳은 뒤 산후우울증에 시달렸는데, 절대로 글을 쓰지 말라는 의사의 처방으로 오히려 더 정신적 고통을 받았다. 그때의 경험을 바탕으로 집필한 자전적 소설이 「노란 벽지」다.

과 넘치는 창의력으로 억압을 이겨내는 부분이 나온다. 결국 주인공을 '자유롭게' 해준 것은 그녀의 지적 독립성이었던 것이다.

현재 모나는 결혼해서 베니라는 이름의 팔 개월 된 아들까지 두고 행복하게 잘살고 있고, 인류학을 전공해 중동 문화권에서 살아가는 여성들의 삶에 초점을 맞춘 연구로 박사학위 심사를 앞두고 있다. 주로 여성 차별을 고발하는 글을 기고하고 그와 관련된 워크숍을 주최하는 기관에서 일하면서, 자신의 지위를 향상시키고 싶어하는 여성들을 대상으로 교육 활동을 펼치고 있다. 국회의원 여성할당제를 주제로 한 책을 공동 저술하기도 했는데, 현재 그 책은 다섯 개언어로 번역되고 있다.

모나는 나를 기차역에서 곧장 골든게이트 파크로 데려다주었다. 삼 개월 전 여행을 시작하면서 내가 목표로 삼았던 것은 미국 횡단을 완주하는 것이었다. 미국 대륙의 서쪽 끝에 이르러 그나마 남아있는 시력으로 태평양을 볼 수 있다면 성공이라고 생각했다. 그날공원에 앉아, 꿈에서 수도 없이 그려본 그대로, 장엄한 골든게이트브리지와 그 너머로 펼쳐진 남빛 태평양을 바라보고 있자니, 지금껏느껴본 것 중 가장 순수한 승리감에 도취되어 거의 술에 취한 것처럼 기분이 짜릿했다. "해냈어." 내가 중얼거렸다. "내가 해낸 거야." 정말로 내가 해냈다. 암이 내게서 앗아간 자신감을 되찾고야 말겠다는 목표를 이룬 것이다.

그러나 그보다 더 좋았던 것은, 내가 모든 학생들에게 품었던 수

많은 원대한 꿈과 희망의 헌신과도 같은 모나가 그 순간을 함께해줬 다는 것이다.

　저 역시 선생님이 제게 해주신 모든 것에 감사드려요. 새로운 환경에 내던져진 저를 따뜻하게 맞아주시고, 제 정체성과 앞으로 어떤 사람이 되고 싶은지를 찾아 헤매던 십대 시절을, 그리고 나중에 어른이 되는 과도기를 한결 수월하게 보낼 수 있게 해주셔서 감사합니다. 제가 남자친구나 우정, 부모님과의 관계, 대학 진학 문제로 몇 시간이고 상담을 해도 싫은 기색 없이 친절하고 따스하게 보듬어주셔서 감사합니다. 어떤 어려움이 닥쳐오건 꿈을 향해 나아가라고 격려해주셔서 감사합니다. 마지막으로, 인생의 모든 면에서 스승이 되어주셔서 감사합니다. 메나셰 선생님을 스승으로 둔 저는 행운아예요. 지금도 선생님은 저를 지도하고 제게 영감을 주고 동기부여를 해주고 계시니까요. 선생님을 만난 것은 제게 크나큰 영광이에요. 여기까지 와서 저를 만나주셔서 고맙습니다. 고마워요, 메나셰, 제가 선생님께 받은 것이 너무 많네요!

모나 타젤리
코럴리프 고등학교 2001년 졸업생

캘리포니아를 떠나기 전에 운좋게도 마지막으로 제자 한 명을 더 만날 수 있었다. 앞날이 특히 기대됐던 제자라, 집에 돌아가는 일정을 미루면서까지 약속을 잡았다. 앨리 오캄포는 자신 없고 숫기 없는 태도 때문에 언뜻 봤을 땐 숨은 잠재력을 알아채기 힘든 학생이었다. 수업 시간에 토론이라도 할라치면 자기 머릿속에서 진행되는 사고 전환 속도를 감당 못해 말이 꼬여서 나오곤 했고, 그 때문에 점점 말수가 줄어들었다. 하루는 모의토론중에 앨리가 의견을 피력하다가 심하게 말을 더듬기 시작했다. 몇몇 학생이 키득거렸고, 나는 "잠깐 토론을 중단해봐!"라고 외치고는 밖으로 달려나갔다. 세차게 내리는 비를 그대로 맞으며 주차장에 세워둔 내 차로 뛰어갔다가 잠시 후 쫄딱 젖은 채로 돌아온 내 손에는, 병원에 화학치료를 받으러 갔다가 얻어온 빨간색 고무로 된 스트레스볼*이 있었다. 그 공을 내밀자, 앨리는 정신 나간 사람 보듯 나를 쳐다보았다. "이걸 있는 힘껏 꼭 쥔 다음에 하고 싶은 말을 해봐." 그런데 누가 상상이나 했을까? 신기하리만치 효과가 있었다.

그해 내내 나는 내 책상 서랍 제일 위칸에 공을 넣어두었다가 수

---

* 말랑말랑한 재질의 공으로, 손으로 꼭 쥐고 주무르며 스트레스를 순간적으로 해소하거나 손 근육을 훈련하는 용도로 쓴다.

업이 시작할 때마다 앨리에게 빌려주었다. 앨리는 공을 쥔 손을 몇 번이고 꼭 쥐었다 폈다 하며 생각을 정리한 다음 말을 꺼냈다. 학년이 끝나갈 즈음에는 영어 우등반에서 말을 가장 조리 있게 잘하는 학생이 되었다. 그리고 얼마 후에는 보스턴에 있는 명문 버클리 음악대학에 진학했다. 앨리가 졸업할 때 나는 네가 자랑스럽다는 의미로 스트레스볼을 선물로 주면서 이렇게 말했다. "곡 쓸 때 이게 필요할지도 모르잖아?"

그랬던 앨리가 내가 서부에 머무는 동안 한번 만났으면 한다고 연락해왔을 때, 당연히 거절할 수 없었다. 집으로 돌아가는 일정을 미루면서까지 할리우드 힐스에 있는 앨리의 아름다운 집으로 찾아 갔다. 알고 보니 앨리는 인기 있는 컨트리 밴드의 리드 싱어로 유명세를 얻어 입이 쩍 벌어질 정도로 잘살고 있었다. 기타 연주 실력이 뛰어난 뮤지션 남자친구 조시와 함께, 투어를 돌거나 새벽까지 녹음을 하거나 아니면 매력적인 아티스트, 록 스타들과 어울리며 재미나게 살고 있었다.

오랜만에 만난 우리는 실컷 회포를 나누었고, 앨리는 나를 공항까지 데려다주었다. 이 여행도 이제 끝나가는 것이, 그리고 또 한 명의 제자와 이별하는 것이 못내 슬펐다. 그래도 기분이 가라앉는 게 싫어서 나는 공항 터미널을 지나는 내내 앨리가 미는 휠체어에 탄 채로 마상 시합의 창처럼 지팡이를 휘두르면서 〈로하이드〉*의 주제 곡—"몰아서, 내보내, 로하이드!"—을 불러젖혔다. "선생님 때문에 우리 둘 다 체포되겠어요!" 앨리가 당황해서 소리쳤고, 우리는 웃음을 터뜨렸다.

공항 보안요원이 앨리가 휠체어에 탄 나를 탑승 게이트까지 데려다주도록 허용해주었다. 헤어지기 직전, 앨리는 핸드백을 뒤져 빨간색 스트레스볼을 꺼냈다. "이걸 받고서 다섯 번 정도 이사를 다녔는데 아직도 가지고 있어요. 때때로 스트레스를 심하게 받거나 많이 불안할 때 아직도 이걸 꽉 쥐어요."

"하하, 누가 상상이나 했겠니?" 내가 말했다. "그걸 아직까지 가지고 있을 줄이야."

누군가의 남편이나 아내, 부모가 된 제자들, 월 가의 금융 전문가가 된 제자들, 대학원에서 박사과정을 밟고 있는 제자들, 정부 공무원이라든가 이민국 사무원, 작가나 교사, 변호사가 된 제자들, 인생에서 큰 성공을 거둔 그들의 모습을 보고 스승으로서 뿌듯했다. 돌아보면 나는 처음부터 좋은 교사가 될 기회를 선물 받지 않았나 한다. 교사로 첫발을 내디딘 곳이 미국에서도 손꼽히는 환경을 갖춘 고등학교였던 것부터가 큰 행운이었고, 이후 십오 년을 배움에 목마른 학생들과 함께할 수 있었던 것도 축복이었다. 게다가 이번 여행

---

* CBS에서 1959년부터 1966년까지 방영한 에릭 플레밍, 클린트 이스트우드 주연의 서부극 드라마.

에서는 선생 노릇을 잠시 접고 학생이 되어 내 아이들에게서 완전히 새로운 세상을 배우고 경험을 얻을 수 있었다. 내게 가장 뜻깊었던 것은, 아이들 하나하나에 묻어 있는, 옛날 내 교실에서 보낸 시간의 흔적들을 내 눈으로 직접 확인할 수 있었다는 것이다.

제자들은 이제 나를 지금의 내 모습 그대로 봐준다. 장님 지팡이를 짚고 보기에도 힘겨울 정도로 절뚝거리며 다니고, 실수로 자기네 집 개를 밟기도 하고, 자기네 애들한테 부딪히고, 자기네 집 비싼 장식품을 툭 쳐서 떨어뜨리는 그런 사람으로 말이다. 이런 나를 제자들은, 내 증상과 장애까지 모두, 그대로 받아들였다. 제자들과 함께 있으면 나는 그들의 선생님, 그들이 존경과 애정을 담아 바라보던 그 사람으로 돌아갈 수 있었고, 잠깐이지만 그 기분은 말할 수 없이 좋았다.

여행을 마치고 잠시 플로리다로 돌아가서, 흉부에 화학치료용으로 삽입했던 관을 소독하려고 병원에 들렀다. 몇 달 동안 사용하지 않았기 때문에 반드시 소독을 해줘야 했다. 항암제를 투입하기 용이하도록 피하에 삽입한 인공장치인데, 혹시 모를 감염을 막기 위해 취하는 간단한 조치였다. 그곳은 내가 화학치료를 열여섯 번이나 받았던 아주 익숙한 병원이었는데, 제자이자 친구인 제니퍼가 예약 시간에 맞춰 차로 데려다주었다. 들어가기 전에 나는 제니퍼에게, 화학치료 병동에 있는 의료진 모두가 치료를 중단하고 여행을 떠나기로 한 내 결정을 지지해준 건 아니었으니 마음의 준비를 하는 게 좋을 거라고 넌지시 경고했다. 그들이 어떤 얼굴로 나를 맞이할지 가늠할 수 없었다. 그런데 건물에 들어가자마자 복도 저편에서 이상한 소리가 들려왔다. 박수 소리였다.

"무슨 일이지?" 내가 묻자 제니퍼도 어깨를 으쓱했고, 우리는 무슨 일인지 알아보러 복도 끝 치료실로 갔다. 우리가 들어서자마자 환자며 간호사, 의사 할 것 없이 벌떡 일어서서 계속 박수를 쳤고, 나는 어안이 벙벙해서 그들이 내게 박수를 쳐주고 있다는 것을 깨닫기까지 족히 일 분은 걸렸다. 제대로 설 수 없는 환자들조차 최대한 자리에서 몸을 일으켰고, 내가 지나갈 때 나를 힘껏 안아주거나 나와 하이파이브를 하는 환자들도 많았다. 마지막으로, 내가 제일 좋아하는 간호사 소냐가 여정을 완주한 것을 기리는 뜻으로 내게 '퍼플 하트 증명서'*를 수여해주었다.

처음에 치료를 그만두고 여행을 떠난다고 했을 때—나도 『뻐꾸기 둥지 위로 날아간 새』의 치프처럼 정신병원 창문으로 뛰어내려 자유를 찾은 것이나 다름없었다—제정신이냐고 반문한 사람이 한둘이 아니었다. 그랬던 그들이 이제 내 결정에 박수를 보내다니. 평생 잊지 못할 순간이었다.

다 합쳐서 101일 동안 집을 떠나 있으면서 31개 도시를 방문했고, 사진 1,840장을 찍었고, 62시간 분량의 음성을 녹음했고, 옛 제

---

* '퍼플 하트'는 원래 미국의 상이군인에게 주는 훈장.

자 75명을 만났다. 허클베리 핀처럼, 나도 여행을 하면서 내 세계관이 한껏 팽창한 느낌이었다. 그리고 허클베리 핀처럼 "뗏목만큼 편안한 집도 없다"는 것도 느꼈다.

30

　지금 현재 내가 집이라고 부르는 곳의 현관에 앉아 있으면 이끼 덮인 도로와 그 너머에 늘어선 고딕 양식의 주택들이 땅거미에 잠겨 가는 것이 보인다. 프리태니아 스트리트 그리고 뉴올리언스 전체에 막 해가 떨어지고 있고—우리집 분홍 목련마저 고개를 푹 꺾을 정도로 후끈하고 끈적끈적한 여름이 끝나지 않을 것처럼 이어져온 터라—눈 닿는 데에는 사람 하나 보이지 않는다. 자동차도 없다. 대신 기묘한 정적만이 동네를 감싸고 있다. 사색에 잠기기에 딱 좋은 순간이다.

　그런데 내게는 그렇지가 않다. 스케이트보드 여러 개를 뚝딱 조립해 만든 안락의자에 등을 쭉 기대는 지금 이 순간에도 기차의 진동과 그레이하운드 버스가 내 몸을 밀고 당기는 그 느낌, 그리고 내가 몸을 누였던 소파 수십 개의 거친 커버 감촉이 고스란히 느껴진다. 가만히 있는 것, 관성에 제동을 거는 것, 현재를 재정비하고 어떤 교훈들을 배워서 돌아왔나 평가하는 것—이런 과제들이 아직은 긴박하게 다가오지 않는다. 요즘 만나는 사람들은 하나같이 이렇게 묻는다. "여행 어땠어요?" 그럴 때마다 떠오르는 대답은 이것뿐이다. 아직 여행중이에요.

어쩌면 그 자체가 교훈인지도 모르겠다. 자신이 움직이고 있음을 인지하건 그러지 못하건, 우리의 인생은 하나의 여정이라는 것. 여러분은 지금 어딘가를 향해 움직이고 있다. 나도 그렇고. 우리 모두가 그렇다.

떠날 때만 해도 나는 여행중에 객사할 줄 알았다. 그런데 아니었다. 오히려 여행중에 인생을 더 제대로 살았다. 여행은 나를 죽이는 대신 나를 살렸다. 더이상 내려갈 데가 없는 바닥에서 뒹굴고 있던 나를 인생의 정점으로 끌어올려주었다. 그 과정에서 나는 그 둘, 인생의 바닥과 정점이 서로 연결되어 있음을 알게 되었다. 보노*가 노래한 것처럼 "하늘에 입맞추고 싶으면 먼저 무릎 꿇는 법부터 배워야"** 하는 것이다. 무릎은 확실히 꿇었다. 셀 수 없이 많이, 기차에서 내리다가 떨어지면서, 혹은 플랫폼에서 모르는 사람에게 부딪히면

---

* 아일랜드의 록 밴드 U2의 보컬.
** U2의 노래 〈Mysterious Ways〉의 가사.

서, 뼛속 깊이 초라함을 느꼈다. 굴욕감을 느낀 적도 많았다. 하지만 어쩌면 내게 그런 경험이 필요했는지도 모르겠다. 일생에 걸쳐 내 모토는 '내가 다 할 수 있어'였다. 혼자, 불구의 몸으로, 그것도 남들의 온정에 철저히 기대서 하는 국토 횡단 여행이 '내가 다 할 순 없다'는 것을 가르쳐주었다.

적어도 혼자서는 할 수 없다는 것을. 여기서 제자들의 역할이 빛을 발했다. 그 아이들이 나를 구원해주었다. 만날 스케이트보드만 타는 품행 나쁜 펑크족으로 살았던—게다가 헤어스타일은 더 나빴던—젊은 시절의 나로부터 내 제자들이 나를 구원해주었다. 그리고 교사를 그만둔 후 불구라는 새로운 현실에 처해 일자리도 아내도 없이 헤쳐나가야 하는 삶으로부터 제자들은 나를 또 한번 구원해주었다. 과장 없이 수천 명의 아이들이 끊임없이 사랑과 기도, 지지의 메시지를 보내왔고, 전국 각지에 살고 있는 수백 명의 아이들이 나의 즉석 도움 요청에 하던 일을 내려놓고 나를 위해 달려와주었다. 그 애들이 없었다면 어찌되었을지 나는 정말로 모르겠다.

이번 여행에서 만난 제자들 거의 전부가 우선순위 리스트를 기억하고 있었다. 몇몇은 오 년, 십 년이 지났는데도 누렇게 바래고 구깃구깃해진 그 종이를 고등학교 졸업앨범이나 옛날에 쓰던 일기장에 끼워, 각자에게 소중한 다른 과거의 흔적들—납작하게 말린 장미 꽃잎, 졸업 학사모의 술, 오래된 영화나 콘서트 티켓—과 함께 보관하고 있었다. 또 몇몇 제자들은 지금도, 인생의 현시점에서 자신이 어디쯤 와 있고 무엇이 중요한지 따져보기 위해 때때로 우선순위 리스트를 새로이 작성해본다고 한다. 나는 그애들에게 옛날에 교실에서 했던 말을 또 해주었다. 인생이 변하면 우리의 우선순위도 변하게 마련이라고.

내게는, 그렇게 많은 곳을 다녀오고 그렇게 많은 사람들을 만나고 온 지금이 어쩌면 우선순위를 재정비하기에 딱 적절한 타이밍일지도 모르겠다.

이번 리스트는 최초의 리스트에는 있지도 않았던 단어로 시작할 것 같다. 강함strength. 나는 영향력power(이 단어는 원래 리스트에 있었다)을 강함과 헷갈리곤 했는데, 이제는 그 둘 사이에 확실한 차이점이 있음을 안다. 영향력이 있다는 건 변화를 가져올 능력이 있다는 것이다. 젊을 때는 그 능력을 가지고 싶었다. 세상일에 영향을 미치고 변화를 만들고 싶었다. 그 시절 내가 얼마나 큰 영향력을 가지고 있었는지 모르지만, 아무튼 그것을 잘 사용했다는 데에 지금으로선 만족한다. 반면에 강함은 참을성을 내포하며, 따라서 지금 내 새로운 우선순위 리스트의 제일 위에 있어야 마땅하다. 남은 나날들을 내다보며 유일하게 바라는 것이 그날들을 버틸 강함이 내게 있었으면 하는 것이기 때문이다.

암 선고를 받기 전에도 그리고 받은 이후로도 변하지 않은 것, 그대로 남아 있는 것이 있다면, 학생들에 대한 내 헌신이다. 학생들은 내게 최우선순위이다. 그런데 여행 이후 나는 나 또한 그들에게 우선순위임을 깨달았다. 교사로서 나는 내가 가르친 학생들에게 책과 문학에 대한 사랑, 세상을 향한 강한 호기심을 심어줬기를 바랐다. 내게 보답으로 돌아온 것은 그보다 훨씬 뿌듯한 결과물이었다. 바로, 세상 사람들에게 친절과 사랑을 베풀 줄 아는 제자들의 모습이었다. 불치병과 절망이라는 폭풍우 속에 홀로 선 내게 피난처를 제공해주고서 보답을 바라지도 기대하지도 않은 사람들이었다. 이런 게 아니면 대체 무엇이 인간에 대한 믿음을 회복시켜주겠는가.

이제 저녁 해도 거의 다 넘어가고 사위가 캄캄해졌다. 하지만 내 등뒤, 집안에는 불빛이 남아 있다. 룸메이트 제니퍼와 멀리사가 저녁 먹기 전에 거실에서 도란도란 나누는 이야기 소리와 때때로 터뜨리는 호탕한 웃음소리가 들려온다. 잠시 후면 우리는 저녁을 먹기 위해 식탁에 둘러앉을 테고, 두 사람은 나 대신 핫소스의 뚜껑을 열어주고 어쩌면 내 몫의 요리를 썰어줄지도 모른다. 오래전이라면 그것이 말할 수 없이 슬프게 느껴졌을 것이다. 지금은? 이 둘이 내 곁에 있는 게 축복으로 느껴진다. 그리고 둘이 나의 옛 제자—한 명은 2009년, 다른 한 명은 2010년 졸업생이다—라는 사실이, 마치 운명의 바퀴가 한 바퀴를 돌아 제자리로 돌아온 듯, 이 상황에 더욱 가슴 아린 아름다움을 더해준다.

내가 하고픈 말은, 내 삶의 모든 행복은 당신 덕분이라는 것입니다. 당신은 더할 나위 없이 참을성 있게 나를 대해주었고, 누구보다 더 좋은 사람이었죠. 그걸 말하고 싶어요―모두들 알고 있지만요. 만약 나를 구해줄 수 있는 사람이 있었다면, 그건 바로 당신이었을 거예요. 모든 것이 사라졌지만 당신이 얼마나 좋은 사람인지에 대한 확신만은 남아 있어요.

1941년 3월, 버지니아 울프

끝맺는 글

인생을 가장 가치 있게 쓰는 길은,
그보다 더 오래도록 남을 것에 바치는 것이다.
철학자, 윌리엄 제임스

저는 오늘 한 생명을 구했습니다. 그저 평소에 하던 일을 했을 뿐이고 저답지 않은 일을 한 것도 아닌데, 스스로 생을 마감하려던 한 학생의 목숨을 구한 것입니다. 그 학생에게 한줄기 이성적인 목소리가 되어주고, 현실적인 조언을 건네고, 나는 무조건 네 편이라고 안심시켜주고, 또 아늑한 내 사무실이라는 피난처를 제공함으로써, 나는 그 여학생의 목숨을 구할 수 있었습니다.

제 이름은 카라 트러치오이며, 고등학교 상담교사이자 다비드 메나셰 선생님의 제자 중 한 명입니다. 저는 메나셰 선생님의 가르침을 받은 시간들이 나중에 제가 교육자의 길로 들어서는 계기가 됐다고 믿습니다. 그 당시 저는 가르치는 일에 대한 선생님의 열정에 감탄했고, 지금도 여전히 그렇습니다. 가르치는 것은 그에게 그저 '일'

268

이 아닌 열정 그 자체였습니다. 제 열정을 쏟을 대상을 발견한 지금, 저도 아침에 저 자신만을 위해 하루를 시작하지 않습니다. 저의 존재에 의지하는 학생들 한 무리가 기다리고 있으니까요. 메나셰 선생님, 바라건대, 자신이 얼마나 가치 있는 존재인지 아셨으면 좋겠습니다. 학생들에게 영감을 주는 면에 있어서 저는 메나셰 선생님의 발끝에라도 닿았으면 하는 바람입니다. 선생님은 어른이 되는 길목에 있었던 우리에게, 각자의 열정을 찾기 위해 꼭 필요했던 도구를 쥐여주셨죠. 제가 보기에 이 세상에 잠재력이 없는 사람은 없는 것 같습니다. 그것을 잘 키워나가는 것은 꼭 필요한 도움을 얻느냐의 여부에 달렸고요. 선생님은 우리 모두를 각각 독립적인 인격체로 봐주셨고, 우리가 품고 있는 무한한 가능성들을 펼쳐 보이도록 열정의 심지에 불을 지펴주셨어요.

선생님은 수업 시간마다 제가 결코 이해하지 못한 활동을 시키시곤 했죠. 매시간 우리에게, 누군가가 한 말이나 행동을 되는대로 적어보라고 하신 거예요. 예를 들면, 그 시간에 교실을 나간 사람이라든가 친구들이 내뱉은 단어들, 선생님이나 학생이 던진 질문, 교실에서 난 소리 같은 것을요. 그리고 수업이 끝나갈 때쯤 각자가 적은 목록을 비교해보도록 하셨어요. 십삼 년이 흐른 지금에서야 저는 그 의도를 이해하게 되었어요. 언뜻 의미 없어 보이는 이 활동이 사실은 우리가 알아채지 못하고 흘려보내는 일들이 우리 주위에서 끊임없이 일어나고 있음을 일깨워주기 위해서였다는 것을. 덕분에 저도 사소한 것들에 눈을 뜨게 됐어요. 개개인의 차이나 처한 상황과 관계없이, 생은 계속되고 세상은 돌아갑니다. 그런데 이것을 현재 메나셰 선생님이 처한 상황과 연관지어 생각하지 않을 수 없네요. 병의 예후를 똑똑히 알고 있으면서도 그것 때문에 생을 살아가기를 멈추지 않았잖아요. 그토록 쓰라린 현실을 모든 사람이 그리 담대하게 받아들일 수 있는 건 아니지요.

선생님은 교편을 놓으셨지만, 선생님께 배운 교훈들은 제가 이어받아 가르치고 있습니다. 전에 모 지역 칼리지에서 학부생들을 대상으로 심리학을 몇 학기 가르친 적이 있습니다. 그때 깨달았죠. 교과서와 평범한 커리큘럼만으로는 학생들의 질문에 모두 답해줄 수 없다는 것을요. 가르치다보니, 각기 다른 형태의 사랑을 제 나름대로 정의해야 할 일이 있었어요. 그런데 그것은 불가능에 가깝기 때문에, 대신 '메나셰의 에스키모 비유'를 학생들에게 소개했지요. 선생님은 에스키모들의 언어에는 눈雪을 설명하는 수백 가지 단어가 있다고 하셨지요. 눈을 각기 다른 수백 가지 용도로 쓰기 때문이라고요. 그렇다면 우리에겐 어째서 사랑을 설명하는 수백 가지 단어가 없는 것일까? 제가 엄마를 사랑하는 감정은 아이스크림을 사랑하는 감정과 분명 다르지요. 그래서 사랑은, 우리 모두가 각기 다른 정도로 느끼는 아주 복잡한 감정이라고 설명했지요. 그리고 우리 모두가 사랑을 할 능력이 있다고도요.

사랑하고, 가르치고, 영감을 주는 것. 메나셰 선생님, 만약 자신이 누군가의 삶에 영향을 끼치긴 했나 의심하고 계시다면, 분명 영향을 주었다고 믿으셔도 좋습니다. 메나셰 선생님의 가르침과 열정은 선생님을 거쳐간 옛 제자들, 그리고 영원히 선생님 곁에 남을 수많은 친구들의 가슴속에 살아 있으니까요. 목적이 있는 삶을 살겠다고, 그리고 선생님이 제게 선물해준 영감을 그것이 가장 필요한 이에게 전달하겠다고 맹세합니다. 인생을 초월해 오래도록 남을 것에 인생을 바친 분이 있다면, 바로 메나셰 선생님, 당신입니다.

그동안 무한한 사랑을 보내주고 필요한 교육을 제공해주고 힘들 때마다 저를 지지해준 우리 가족 모두에게 감사드립니다. 제가 청소년기에 속썩였던 것에 대해 어떤 방식으로든 조금이나마 보상해드렸기를 바랍니다.

이 여행을—나아가 이 책을 쓰는 것을—가능하게 해준 내 친구 하이디 골드스타인과 토비 스리브닉 그리고 힐러리 거버에게 고마움을 전합니다. 세 사람 모두 제 인생에서 각각 중요한 역할을 해준 이들이며, 그런 친구들이 저로서는 고마울 따름입니다.

제 여행을 위해 기부를 하거나 여행중에 잘 곳을 제공해준 제자들, 그뿐만 아니라 저를 잠깐이라도 만나 술 한잔 같이해준 모든 제자들에게 감사를 전합니다. 우리가 함께한 시간은 내게 너희가 상상할 수 없을 정도로 큰 선물이었어. 교실에서 너희들과 함께 보낸 시간은 내 인생에서 가장 의미 있고 만족스러운 시간이었지. 여행을 떠나기 전까지는 말이야. 그런데 이번 여행을 하면서 너희 덕에 새로 배운 것이 있어. 내 인생이 아직 끝나지 않았다는 것, 그리고 내 인생이 더 나아질 수 있다는 것. 그런 귀중한 교훈을 준 너희에게 무한한 감사의 마음을 표한다.

이 책이 세상에 나오기까지 애써준 우리 출판팀에게 고마움을 전합니다. 먼저 나의 에이전트 브랜디 볼스, 제 글이 한 권의 책으로 엮일 수 있다고 믿고 또 그렇게 되기까지 아낌없이 지지해주셔서 감사합니다. 세상에 당신만큼 똑똑하고 열정적이고 마음 따뜻한 에이전트는 없을 거예요. 매슈 벤저민, 나를 믿어주고 머리를 열심히 굴려 이 여행을 책으로 탄생시킬 실질적인 아이디어들을 떠올려줘서 고마워요! 데이비드 포크와 스테이시 크리머, 그리고 터치스톤과 사이먼 앤드 슈스터 출판사의 모든 팀원들께, 그동안 아낌없이 도움을 주고 응원해주셔서 감사합니다. 조디 리퍼, 몇 시간이고 나와 이야기하며 내 머릿속에 맴도는 생각들을 여럿이 읽을 수 있는 글로 정리할 수 있게 도와줘서 고마워요. 로빈 게이비 피셔, 번뜩이는 글재주로 최고의 조력자가 되어준 것도 고마운데 거기다가 친절하고 따스하고 인내심까지 넘치니, 당신에게 평생 고마워해도 모자랄 것 같네요. 당신이 없었다면 이 일은 불가능했을 거예요. 이 책을 만드는 과정에서 내가 얻은 가장 큰 결실은 당신을 알게 된 것, 그리고 당신과 친구가 된 것이에요.

  그동안 내 교실에 한 번이라도 들어와 수업을 들은 적이 있는 학생들 모두에게 고마움을 전합니다. 너희가 내게 가르쳐준 것의 지극히 일부라도 내가 너희에게 제대로 가르쳤다면 더할 나위 없겠구나.

다비드 메나셰의 우선순위 리스트

수용	소유물
모험	권력/영향력
예술적 표현	프라이버시
직업	존경
교육	안정
가족	성性
우정	주거지
재미	영성靈性
건강	스타일
명예	기술
독립성	여행
사랑	승리
결혼	부富

나의 우선순위 리스트

옮긴이 **허형은**

숙명여자대학교를 졸업하고 현재 전문 번역가로 활동중이다. 옮긴 책으로 『세상 저편으로 가는 문』 『광기와 치유의 책』 『디어 가브리엘』 『미친 사랑의 서』 『모르타라 납치사건』 『토베 얀손, 일과 사랑』 『두렵고 황홀한 역사』 『모리스의 월요일』 『빅스톤갭의 작은 책방』 『생추어리 농장』 『범죄의 해부학』 『세상에서 가장 자유로운 도시, 암스테르담』 등이 있다.

삶의 끝에서: 어느 교사의 마지막 인생 수업

1판 1쇄 2016년 3월 10일 | 1판 7쇄 2021년 5월 18일

지은이 다비드 메나셰 | 옮긴이 허형은
책임편집 이현자 | 편집 양재화 김지혜 이희연
디자인 최윤미 이원경 | 저작권 김지영 이영은
마케팅 정민호 정진아 김혜연 정유선
홍보 김희숙 김상만 함유지 김현지 이소정 이미희 박지원
제작 강신은 김동욱 임현식 | 제작처 한영문화사

펴낸곳 (주)문학동네 | 펴낸이 염현숙
출판등록 1993년 10월 22일 제406-2003-000045호
주소 10881 경기도 파주시 회동길 210
전자우편 editor@munhak.com | 대표전화 031) 955-8888 | 팩스 031) 955-8855
문의전화 031) 955-8896(마케팅) 031) 955-2634(편집)
문학동네카페 http://cafe.naver.com/mhdn | 트위터 @munhakdongne
북클럽문학동네 http://bookclubmunhak.com

ISBN 978-89-546-3978-1 03840

www.munhak.com